STEFAN SCHWEIZER
Goldener Schuss

ÜBERDOSIS Privatdetektiv Enzo Denz erhält vom türkischen Geschäftsmann Mehmet Gül den Auftrag, dessen verschwundene Tochter zu suchen. Er findet Canan in einer Ravensburger Szenekneipe. Sie hat als Prostituierte gearbeitet und ist an einer Überdosis Heroin gestorben. Schnell steht für Denz fest, dass es Mord war. Er verdächtigt Canans Zuhälter Frank, den Präsidenten eines Rocker-Clubs. Was hat aber dessen Bruder, ein Gebirgsjäger, mit dem Mord zu tun? War Canan einem Heroingeschäft zwischen Bundeswehr und Taliban auf die Schliche gekommen und wollte dieses auffliegen lassen? Und welche Rolle spielt der undurchsichtige Abgeordnete Schwarz in diesem Fall? Je näher Denz der Wahrheit zu Leibe rückt, desto mehr ist sein Leben in Gefahr. Die Kripo bedrängt ihn, er wird verprügelt und kann zuletzt nur knapp einem Mordanschlag entgehen. Einzig auf seinen Freund, den Journalisten Volker Schreiber, kann er sich verlassen. Zusammen mit ihm steht er schließlich kurz vor der Lösung des Falls!

Stefan Schweizer wurde in Ravensburg geboren. Kindheit und Jugend verbrachte er in Stuttgart und in Pittsburgh/USA. Bis heute unternimmt er gerne lange Reisen in fremde Länder. Nach der Promotion und dem Zweiten Staatsexamen arbeitet er seit 2004 im Bildungswesen. 2013 zog es ihn mit seiner Familie für ein weiteres Jahr in die USA. Er ist Autor von zahlreichen Monografien und Aufsätzen zu den Themen Terrorismus, Literatur und Kulturwissenschaft. Seit 2012 veröffentlicht er Kriminalromane.

STEFAN SCHWEIZER

Goldener Schuss

Enzo Denz' erster Fall

GMEINER SPANNUNG

Besuchen Sie uns im Internet:
www.gmeiner-verlag.de

Im Ehnried 5, 88605 Meßkirch
Telefon 07575/2095-0
info@gmeiner-verlag.de

1. Auflage 2015

Lektorat: Claudia Senghaas, Kirchardt
Herstellung: Mirjam Hecht
Umschlaggestaltung: U.O.R.G. Lutz Eberle, Stuttgart
unter Verwendung eines Fotos von: © Peter Lippert / Fotolia.com
Druck: GGP Media GmbH, Pößneck
Printed in Germany
ISBN 978-3-8392-1688-0

1

MMD

Make My Day.

Aber nicht so.

Nie im Leben.

Ich hasse nämlich Politik. Habe sie immer schon gehasst. In etwa so, wie Kleinkinder Wirsinggemüse lieben – die Wurst, die es dazu gibt, ist schon okay, aber das Grünzeug kriegen sie kaum runter. Probieren Sie es ruhig mal aus. Noch mehr als Politik hasse ich Politiker – beinahe so sehr, wie der Mailänder die Sizilianer mag – und umgekehrt. Und jetzt sah es so aus, als ob sich eine Begegnung mit der Politik und einem Politiker nicht vermeiden lassen würde. Die Chancen standen fifty-fifty. Ich wettete und setzte darauf, dass ich verlor.

Politiker sind Parasiten, die sich auf die Bevölkerung stürzen und sie aussaugen wie Moskitos einen verschwitzten und 200 Kilogramm schweren Mann im Regenwald. Mir reichten die höchstens eine Minute dauernden Statements in den Nachrichten, in denen die vom Volke demokratisch gewählten Mandatsträger formatgerecht und passend für den Adressaten die Welt in drei bis zehn Sätzen erklärten und dabei lächelten, als ob sie den Kontostand ihres Schweizer Bankkontos vor Augen hätten.

Die Anzugträger binden sich heute nicht immer einen Schlips um, manche tragen sogar einen Brillanten im Ohr und wiederum andere fahren mit dem Fahrrad zum Bundestag. Ihre Tattoos bedecken sie noch, aber seitdem die inzwischen geschiedene Gattin des ehemaligen Bundespräsidenten das ihre öffentlichkeitswirksam in ihren – mit 38 Jahren erschienenen (!) – Memoiren zur Schau gestellt hatte, war ich der Überzeugung, das würde sich im Laufe der Zeit ändern. Und in 50 Jahren gäbe es sicherlich zahlreiche Abgeordnete mit einer Menge Blech im Gesicht und sonst wo. Gleichberechtigung in der Politik bedeutet, dass Frauen ebenso wie die Männer an der großen Ausbeutungssause teilnehmen dürfen – sich dafür aber manchmal einen dummen Spruch vom scheinbar starken Geschlecht einfangen, denn da ist die Politik nicht anders als der Rest der Gesellschaft.

Mode, Gender und Gebaren – all das ändert nichts an der Tatsache, dass die Politiker die Bürgerinnen und Bürger jeden Tag aufs Neue einseifen – nicht zuletzt, um ihren Goldenen Schnitt dabei zu machen. Dabei geht es aber nicht immer nur ums schnöde Geld, sondern manchmal auch um geldwerte Vorteile wie ein kostenloses Upgrade in einem Luxushotel, Champagner und Kaviar bis zum Abwinken oder sexistische Witze in schlüpfrigen Hotelbars gegenüber Journalistinnen, die das ihrerseits in auflagenstarken Artikeln ausschlachten. Letztlich geht es immer um Macht und Geld ist nur ein Mittel, um Macht ausüben zu können – auch wenn mit Abstand das beste.

Die Luft war noch recht kalt. Der Wind peitschte unerbittlich über das Pflaster. Staub und Dreck wurden in der Luft herumgewirbelt, sodass ich froh war, meine Sonnenbrille zu tragen. Trotz der Kälte und des stürmischen Windes nahte der Frühling unaufhaltsam. Die ersten Sonnenstrahlen beschienen wohltuend den Marienplatz – wenn sie sich zwischen den Wolken hindurchkämpfen konnten. Das ständige Wechselspiel aus Licht und Schatten stellte die Sinne vor eine Herausforderung. Wer an

Migräne litt oder wetterfühlig war, deckte sich jetzt am besten mit einer Hunderterpackung Schmerzmittel ein. Ein Blick in die Tageszeitungen verriet, dass alte Menschen bei dieser Witterung reihenweise starben.

Ich stand an einem Seiteneingang des rot gestrichenen Ravensburger Rathauses, im Rücken das weiße Waaghaus mit einem der vielen Türme. Etwas windgeschützt, aber immer noch kam ich mir vor wie bei einem Urlaub an der Nordsee zu Silvester.

Drei Meter entfernt von mir hing ein Hohlkammerwandplakat, das an einer Straßenlaterne befestigt war. Mir war übel. Ob das an den paar Bier von gestern Abend, der Currywurst, oberschwäbisch Geschlagene, zum Mittagessen oder dem Plakat lag, war schwer zu sagen.

MdB Dr. Herbert Schwarz
Unsere Heimat – Unsere Sicherheit – Unser Wohlstand

Drunterzuschreiben, von wem das Plakat stammte, hätte man sich sparen können. Das konnte sogar ein ambitionierter Dreijähriger mit dem politischen Sachverstand eines Siebenjährigen sagen – sprich ein Hochbegabter. Es stand natürlich dennoch da, wahrscheinlich, weil sich das so gehörte und damit auch der letzte Idiot wissen konnte, wem er alles Gute in seinem Leben zu verdanken hatte. Besonders groß und einprägsam.

Mein Zustand verschlimmerte sich. Es stieß mir auf. Eine ungesund schmeckende Geruchswolke aus Currywurst-Spezialsoße, ranzigem Fett und Kaffee stieg nach oben. Ich kämpfte, um alles drinzubehalten. Ein Underberg wäre nicht schlecht gewesen. Leider hatte ich meine Reserve bereits verbraucht.

Die Gestaltung des Plakats war das Beste. Es wirkte so altbacken wie eine Wohnzimmereinrichtung aus den 50er- Jahren. Lernte man bei den Konservativen nicht, was Modernität hieß, oder war der antiquierte Stil Teil der Botschaft? Schwarz versuchte, die gestalterische Scharte durch seinen Gesichtsausdruck auszubügeln, was ihm einen durchtriebenen Ausdruck verlieh. Geradezu herausfordernd, siegessicher und unberührbar blickte er in das Objektiv. ›Mir kann keiner was.‹ Die oberschwäbische Variante von Scarface:

The world is yours.

Und wenn's die Welt bis nach Weißenau ist.

Der Blick von Schwarz sagte: ›Was ich will, das kriege ich. Und was ich nicht habe, das will ich nicht – zumindest nicht jetzt. Aber nehmt euch in Acht. Mit mir ist jederzeit zu rechnen.‹ Über den oberen rechten Plakatrand war ein weißer Papierstreifen geklebt, der den Anlass des Plakates bekanntgab.

MdB Dr. Herbert Schwarz, Mitglied des Verteidigungsausschusses, Stadtbibliothek Ravensburg, 18. März 2014: Die Afghanistan-Falle? Können wir die Taliban noch besiegen?

Für meinen Geschmack standen zu viele Informationen auf dem Papierstreifen. Das Ganze wirkte gequetscht und man musste die Augen zu sehr anstrengen, um es aus drei Metern Entfernung entziffern zu können. Nicht gerade professionell. Aber das passte ja zum Gesamteindruck. Heute wurde überall nur mit Wasser gekocht. Nur die Übermutti des Vereins machte (im metaphorischen Sinne) eine gute Figur, was auch nicht besonders schwierig war, wenn man sich den Rest der Kabinettsmannschaft anschaute.

Mein Job. Überwachung. Verdacht auf Untreue, Verletzung des Heiligen Sakraments der Ehe. Die knapp 40-jährige attraktive Frau stand 200 Meter weit von mir entfernt. Sie trug ein rotes Kostüm, das so unauffällig war wie ein Albino im Sahelgürtel. Der Kostümrock gewährte einen Blick auf ihre atemberaubenden Beine. Hätte sie meiner Geliebten nicht so ähnlich gesehen, dann hätte ich Regentänze aufgeführt, um ihre Aufmerksamkeit auf mich zu lenken. Der rote Hut war abenteuerlich – mit einer riesigen Krempe, auf der eine Schwarzwälder Schlachtplatte spielend Platz gefunden hätte. Vermutlich der letzte Schrei in den Boutiquen Mailands, Zürichs und – nun ja, Ravensburgs. Über dem Kostüm trug sie einen beigen Trenchcoat, der vergleichsweise konservativ wirkte, aber ihre Taille gelungen zur Geltung brachte.

Die Signalfarbe des Kostüms hatte mir die Observierung erleichtert. Auch mit dumpfem Kopf war es unmöglich, sie aus den Augen zu verlieren. Ich betete ein kurzes Ave- Maria, dass sie nicht in die Stadtbücherei ging. Das wäre der Supergau, da ich dann gezwungen wäre, mir den Vortrag von MdB Schwarz anzuhören. Der Inhalt der Rede war so vorhersehbar wie die Karfreitagspredigt:

- das aufrechte Deutschland,
- wild gewordene Taliban, die ihre Frauen zwingen, verhüllt und nur in Begleitung eines männlichen Verwandten auf der Straße herumzulaufen und
- blindwütige al-Qaida-Terroristen, die sich in Großmannssucht übten.

Noch bestand ein wenig Hoffnung. Sie wirkte unentschlossen und holte ein Handy aus ihrer Tasche. Vielleicht rief sie den von ihrem Ehemann imaginierten Lover an.

Vor drei Tagen hatte ich von ihrem Mann, dem schwerreichen oberschwäbischen Wurst- und Fleisch-Tycoon Meier, den Auftrag erhalten, sie zu überwachen. Er war misstrauisch geworden, da sich seine Frau nicht mehr den ganzen Tag in der heimischen Villa langweilte, sondern so etwas wie ein soziales Eigenleben entdeckt hatte. Immer, wenn er sie anriefe, hielte sie sich irgendwo anders auf, manchmal ginge sogar nur die Mailbox ran.

Meier war mittlerweile außer sich. Wenn er sie dann an der Strippe habe, behaupte sie, bei Freundinnen, auf einer Vernissage, bei Lesungen und Ähnlichem zu sein.

Das könne doch nicht mit rechten Dingen zugehen, so der Unternehmer, der der beste Beweis dafür war, dass seine Produkte schmeckten. Seine rote Gesichtsfarbe wies aber zugleich auf die Gefahren eines zu hohen Fleisch- und Wurstkonsums hin. Zu viel Nitrit-Pökelsalz und Fett sind einfach ungesund.

Während er 24 Stunden am Tag das Geld heranschaffte, so fuhr er fort, vergnügte sie sich, so seine Fantasie, mit zahllosen Liebhabern auf wilden Sexorgien. Was ihm am meisten Angst einjagte, war, dass sie mit seinen Qualitäten als Liebhaber unzufrieden sein könnte und das herumerzählte. Unzufrieden betrachtete er seine kurzen, dicken Wurstfinger. Seine Stimme bekam einen weinerlichen Klang und die Worte zitterten wie Espenlaub im Herbststurm, als er sagte:

»Das habe ich nicht verdient. Finden Sie Beweise. Sie soll bluten. Keinen Cent kriegt die von mir.« Beim letzten Satz wurde er wieder selbstsicherer, da er wusste, dass ihm beim Geld niemand etwas vormachen konnte.

Selbstmitleid und Angriffslust in einem Atemzug – kaum auszuhalten. Aber ich dachte an mein leeres Bankkonto und daran, dass ich abends hin und wieder gerne ein paar Bier trank, dabei sinnlose Serien anschaute und die Seele baumeln ließ. Für Letzteres benötigte ich ab und zu ein gewisses Stimulans und das kostete noch mehr als Bier.

»Und wenn Ihre Frau treu ist und ich nichts finde?«, hatte ich vorsichtshalber eingewandt.

»Dann suchen Sie eben weiter«, gab er sich störrisch und von der Richtigkeit seines Verdachts überzeugt.

Den Auftrag hatte ich passenderweise meinem Vater zu verdanken, da er Duzfreund des Wurstfabrikanten war und sie hin und wieder gemeinsam golften oder bei einem Freimaurertreffen seltsame Rituale ausübten. Bei einem unserer nächsten Gespräche würde mein Vater mir sicherlich unter die Nase reiben, was ich ihm alles schuldete. Aber mein Vater ist ein Thema für sich, über das ich nicht gerne rede.

Die ersten zwei Tage der Ermittlungen waren ergebnislos verlaufen. Brunch, Mittagessen und Kaffeetrinken mit Freundinnen, ausgiebiges Shoppen, eine Lesung, ein Besuch im Fitnessstudio und weitere Harmlosigkeiten. Okay, sie war aktiv und ihren Freizeitterminkalender hätte ich nicht haben wollen. Von einem Liebhaber war aber weit und breit nichts zu sehen. Konspiratives Verhalten, Klandestinität? Keine Spur. Sie klappte das Handy zu und bewegte sich Richtung Stadtbibliothek. Ich schien meine Wette zu gewinnen. Und jetzt blühte mir vermutlich der öffentliche Vortrag eines Politikers über die deutsche Sicherheitspolitik in Afghanistan. Ich seufzte. Das war hart verdientes Geld. Aber mir blieb nichts anderes übrig, als ihr zu folgen, da ich den Auftrag angenommen hatte und der Tag ohnehin schon versaut war. Noch herrschte das Prinzip Hoffnung, denn sie blieb wieder stehen.

In der Stadtbücherei Ravensburg finden regelmäßig Lesungen und Vorträge statt. Die Stadtbücherei befindet sich im Kornhaus, das 1451 bis 1452 erbaut worden war. Bis in das 20. Jahrhundert hinein diente es als Lager- und Handelshaus für Getreide aus ganz Oberschwaben. Von meinem Standpunkt aus sah ich die Vorderseite des weißen Gebäudes mit hässlichen braun-grünen Fensterläden. Es sah aus wie ein überproportioniertes Fachwerkhaus, nur dass die Holzbalken fehlten. Die Stadtbibliothek thronte majestätisch auf dem Marienplatz.

Die Wurstfabrikanten-Gattin klappte ihr Handy zusammen und blickte einen Moment lang auf die moderne Glaskonstruktion, die zur Tiefgarage führte. Wollte sie doch zu ihrem Auto? Hatte sie eine Verabredung in der Tiefgarage? Ihr Blick schweifte nach links zu den drei großen Fahnenmasten, die rechts neben dem ehemaligen Kornhaus flatterten und kulturelle Events in der Oberschwaben-Metropole bewarben. Plötzlich sah sie eine adrett gekleidete Blondine im modischen grünen Mantel und mit braunen Wildlederschuhen, deren Haare so wasserstoffblond waren, wie sie dies wohl in Träumen 15-Jähriger immer sind. Die Frauen begrüßten sich mit galantem Bussi-Bussi, einer flüchtigen Umarmung und gingen dann auf den Haupteingang der Stadtbibliothek zu.

Also doch der Vortrag. Ich war konsterniert, obwohl das Ergebnis absehbar gewesen war. Vielleicht entpuppte sich die Veranstaltung als konservatives Gangbang-Event inklusive verwackelter Handy-Filmchen und Internetvermarktung – dann hätte der Wurstfabrikant mit seinem Verdacht doch recht gehabt. Aber daran glaubte ich nicht.

Ich beschloss, heute noch die Ermittlungen fortzuführen und sie dann für eine Woche ruhen zu lassen und dabei das Honorar weiterzuberechnen, das die Fleischer-Portokasse kaum belasten dürfte – bei Tonnen von Wurst und Fleisch spielte es ja kaum eine Rolle, ob fünf Scheiben Lyoner fehlten oder nicht.

Das Publikum im Vortragssaal der Stadtbibliothek war gemischt, von Partei-Honoratioren über oberschwäbischen Geldadel bis hin zu gelangweilten Rentnern, die bedauerten, dass die Republikaner in der Bedeutungslosigkeit verschwunden und sie für die NPD zu alt waren. Ich kam mir unpassend vor. Wie der Papst im Frankfurter Bahnhofsviertel, der eine Münze in einen Kondom-Automaten wirft. Die Fabrikanten-Gattin und ihre Freundin begrüßten Bekannte und setzten sich ziemlich weit vorne in die bestuhlten Reihen, direkt hinter die lokale Parteiprominenz.

Ich zog es vor, mich links in die letzte Reihe zu setzen. Kritische Blicke blieben mir dennoch nicht erspart. Das musste an meiner Aufmachung liegen. Dabei hatte ich mich für diesen Auftrag recht schick gekleidet, da ich geahnt hatte, dass die Observierung einer großbürgerlichen Dame mich zwangsläufig in gutbürgerliche Kreise führen würde. Mein weißes, leicht zerknittertes Hemd wies vielleicht einen roten Fleck von der mittäglichen Curry-Soße auf oder waren die Schwitzränder unter den Achseln inzwischen zu ausgeprägt, um bei einer konservativen Parteiveranstaltung unbeachtet durchgehen zu können? Lag es unter Umständen daran, dass meine braunen Lederschuhe staubig und abgenutzt aussahen? Konnten die grobe Missachtung ausdrückenden Blicke eventuell an meinem braunen Leinensakko liegen, das ich beinahe zehn Jahre nicht mehr getragen hatte und bei dem sich Taschen und Nähte in Auflösung befanden? Nur Gott ist allwissend, ein Ich-Erzähler hingegen muss sich manchmal auf Mutmaßungen stützen.

Nachdem der Obermufti des Kreisverbandes den Hauptredner angekündigt und seine Verdienste um die Stadt und den Landkreis in den schillerndsten Farben gepriesen hatte, kam Schwarz an die Reihe. Er erhob sich von seinem Platz in der ersten Reihe und bewegte sich dynamisch wie ein Athlet auf das Rednerpult zu, wobei er die wenigen Treppen wie ein Hürdenläufer nahm. Er trug einen sündhaft teuren grauen Anzug und darunter eine elegante Weste – à la englischer Gentleman. Die Fliege vervollständigte das großbürgerliche Aussehen.

Schwarz war Anfang 50 und machte einen sehr vitalen Eindruck, was nicht zuletzt an seiner nahtlosen Sonnenbankbräune lag. Ein dichter schwarzer Vollbart mit grauen Strähnen umrahmte ein kräftiges, rundes Gesicht mit markanten, stechenden grau-grünen Augen. Die Nase war ein wenig groß geraten. Trotz seines Alters hatte Schwarz volles Haar und auch hier waren nur vereinzelte graue Haarsträhnen zu sehen.

Der Applaus schien nicht enden zu wollen. Die Mitglieder des hiesigen Parteiverbandes verehrten Schwarz offensichtlich als einen, der es geschafft hatte, aus der Provinzpolitik den Schritt in die große, weite Welt nach Berlin zu tun. Dankend nickte Schwarz immer wieder ins Publikum und hob abwechselnd den linken und rechten Arm. Sein strahlendes Lächeln war dabei so falsch wie die Zähne eines 90-Jährigen, der sein Leben lang gerne Marmeladenbrote und Torte gegessen hat.

»Meine sehr geehrten Damen und Herren, liebe Parteifreundinnen und Parteifreunde, liebe Ravensburgerinnen und Ravensburger«, begann Schwarz sehr dynamisch, nachdem der Applaus endlich verebbt war, seine Rede, und es war sofort klar, dass dieser Mann ein Hobby besaß, nämlich sich selber reden zu hören.

Der oberschwäbische Akzent wirkte aufgesetzt. In Berlin kam er sicherlich gut an und hier in der Metropole Oberschwabens wirkte er kultiviert und weltmännisch. Lautsprecher sind bei mir in etwa so beliebt wie christliche Missionare in Saudi Arabien. Diese ganze Art der Selbstdarstellung war mir zuwider und bestätigte einmal mehr meine Vorurteile gegenüber der Politik und den Politikern.

»Die Sicherheitslage der NATO- und ISAF-Truppen in Afghanistan ist alles andere als unbedenklich«, fuhr Schwarz fort. »Die Frühjahrsoffensive der Taliban steht wieder einmal an, und es ist die Frage, ob wir auch dieses Mal in der Lage sind, sie erfolgreich zurückzuschlagen. Im Vergleich zu den Vorjahren sind inzwischen deutlich weniger Truppen in Afghanistan stationiert …«

Meine Gedanken drifteten ab. Ich dachte kurz an meine eigenen Afghanistanerfahrungen, dann an die armen Teufel, die in Afghanistan stationiert waren und an die noch ärmeren Teufel, die in Afghanistan lebten und für die der Krieg seit Jahrzehnten zum Alltag gehörte.

»Zwei Strategien sind denkbar, da sind wir uns mit unseren amerikanischen Verbündeten einig. Entweder wir spüren die Taliban und die Mitglieder der al-Qaida in ihren Verstecken auf und vernichten sie. Oder wir gewinnen das Vertrauen der afghanischen Bevölkerung, sodass diese ihre Unterstützung für die Aufständischen zurückzieht und merkt, dass Demokratie und wirtschaftliches Wohlergehen …«

Aus reinem Selbstschutz folgte ich dem Vortrag nur mit einem Ohr. Das Publikum hingegen war gefesselt. Schwarz legte den Saal flach und alle hingen begeistert an seinen Lippen. Das rief ein bisschen Neid in mir hervor, denn ich war alles andere als ein begabter Redner, der seine Zuhörerschaft mir nichts, dir nichts um den Finger wickeln konnte.

GSB

Ganz schön beschissen.

Aber aus dieser Nummer kam ich jetzt so schnell nicht mehr raus. Oder doch? Wer oder was sollte mich daran hindern, aufzustehen und die Veranstaltung zu verlassen? Vielleicht hatte der Fleischfabrikant einen Detektiv auf mich angesetzt, um zu überprüfen, ob ich meine Arbeit tatsächlich erledigte – oder ein Techtelmechtel mit seiner Gattin anfing.

»Wer mich kennt, weiß, dass ich …«

Diese Form der Selbstbeweihräucherung verursachte mir immer ernsthafte Bauchschmerzen.

»… nicht gerne einem Kollegen der Sozialdemokraten recht gebe, zumal, wenn es sich bei diesem um ein Nordlicht handelt …«

Das Publikum wieherte.

»… aber was Peter Struck, der erst vor Kurzem verstorbene ehemalige Verteidigungsminister …«

Gemischte Reaktionen des Publikums, vereinzeltes Klatschen und ein Bravo-Ruf zeugten von der geistigen Einstellung des Publikums.

»… gesagt hat, stimmt: Deutschlands Freiheit wird am Hindukusch verteidigt.«

Tosender Applaus war die Folge. Siegessicher und arrogant blickte Schwarz in die Zuhörerschaft. Jetzt hatte der Krieg in Afghanistan auch schon Oberschwaben erreicht. Es hätte nicht viel gefehlt und einige der Zuhörer wären aufgestanden, hätten den rechten Arm gehoben und irgendetwas von Sieg gebrüllt.

Ich hatte genug. Mein Fall war vorerst erledigt. Ich beschloss, dass ich mir mindestens ein Bier verdient hatte. Wer sich das freiwillig antat, war selber schuld.

2

Am nächsten Tag schienen Sonnenstrahlen freundlich durch mein Bürofenster. Der März ließ sich heute nicht so schlecht an. Mein Büro befand sich hinter dem Ravensburger Bahnhof, mitten in einem Wohngebiet, unweit der Schussen. Die Randlage spiegelte sich in der gut bezahlbaren Miete wider – zumal die anderthalb Zimmer auf knapp 20 Quadratmeter verteilt waren. Mein Vermieter war ein optimistischer Philanthrop und pensionierter Deutsch- und Gemeinschaftskundelehrer, der nicht unbedingt auf die Mieteinnahmen angewiesen war. Das erklärte, warum er manchmal ein Auge zudrückte, wenn ich mit der Zahlung im Verzug war. Erlassen hatte er mir aber noch nie auch nur einen Cent. So etwas gab es vermutlich in Schwaben nicht und schon gar nicht bei Vermietern.

›Privatermittlungen E. Denz‹ stand auf dem gut sichtbaren Türschild auf blau-weißem Grund. Die Farbwahl entsprach den Farben der Stadt Ravensburg. Ich hoffte, dass meine potenzielle Klientel das E. für Eberhard oder einen anderen soliden schwäbischen Vornamen hielt. Dass ich Enzo hieß, würde vielleicht doch so manchen Kunden davon abschrecken, meine Dienste in Anspruch zu nehmen. Das konnte ich mir nicht leisten.

Verschmitzt dachte ich an das leckere Sixpack Bier, das ich mir am Abend gegönnt hatte, während Fußball im Fernsehen lief. Der VfB Stuttgart hatte sich ganz wacker geschlagen. Glanz und Gloria vergangener Zeiten lagen allerdings in weiter Ferne. Es war auch nicht ersichtlich, wie der VfB an die goldenen Zeiten anknüpfen wollte. Guido Buchwald, Fritz Walther und Maurizio Gaudino – Meisterjahr 1984 mit Dinkelacker-Bier auf dem Trikot. Dann einige Jahre später das goldene Dreieck: Krassimir Balakow, Giovane Elber und Fredi Bobic. Nichts war davon mehr zu sehen.

Der VfB sorgte nicht nur für ausgelassene Freude.

Gedankenblitz. Switch. Ich schloss die Augen und begann zu träumen: von meinem nagelneuen Alfa Romeo Giulia. Ganz in Schwarz. Eine Verführung zu nicht unschuldigem Fahrverhalten. Vor ein paar Monaten hatte ich mir den lang gehegten Traum erfüllt. Man lebt schließlich nur einmal. Was meine Bank glücklich machte und mich mittelfristig hoch verschuldete. So what? Im Moment juckte mich das wenig, Hauptsache der Fahrspaß stimmte.

Allerdings: Ich hatte ein paar Jahre sparen müssen. Der letzte Urlaub lag lange zurück. Teneriffa. Ich war in die Vollen gegangen. Vier-Sterne-Hotel. AI. All inclusive. RIU. Beste Küche, bestes Essen. In der Nähe von Las Americas. Ehemaliges Sheratonhotel, immer noch nobel. Briten, Skandinavier, Franzosen und wenig Deutsche. Tolle Pool-Landschaften. Der Infinity-Pool – der Hammer. 14 Tage lang derselbe Ablauf. Englisches Frühstück mit Rührei, gebratenem Speck und Bohnen. Um 10.00 Uhr, mit dem Öffnen der Pool-Bar, das erste Bier. Cruzcampo. Super Stoff. Lecker gekühlt. Trinken, schwimmen, träumen, Frauen hinterherstarren und ansprechen. Mittagessen, kurzer Schlaf im Zimmer, dann zurück an den Pool. Sonne tanken. Zu Hause war beschissenes Wetter gewesen. Ein Traum. Gediegenes Abendessen mit mindestens fünf Gängen. Und spät am Abend ziemlich abgefüllt ebenso dichte Britinnen oder Skandinavierinnen abchecken. Ich seufzte. Damals war ich Single gewesen. Ein Superurlaub. Mit hohem Spaßfaktor. Aber auf was verzichtete man nicht alles, wenn man sich sein Traumauto kaufen wollte. Außerdem war ich ja in quasifesten Händen, was eine Wiederholung des Urlaubs ohnehin unmöglich gemacht hätte.

Aus der kleinen Stereoanlage, die im weißen Aktenregal stand, das von einem schwedischen Möbelhersteller stammte, wummerte der Bass. Die ›Massiven Töne‹ rappten über das Autofahren – passend zu meinem inneren Film.

Obwohl ich im Moment die Vorteile einer recht stabilen, wenngleich auch nicht ungefährlichen Beziehung genoss, teilte ich den Wunsch der ›Massiven‹ nach Bewunderung durch das weibliche Geschlecht – für mich, meine Fahrkünste und mein Auto.

Bevor der Refrain beendet war, dachte ich eine Sekunde lang an meinen Auftrag. An den furchtbaren Vortrag in der Stadtbücherei. An die – so hatte es zumindest im Moment den Anschein – treue Frau des Fleisch- und Wurstunternehmers, die nur ihre sozialen Kontakte auffrischen wollte, um zu Hause nicht in Bollinger zu ertrinken. Daran, dass dieser Auftrag half, die Schulden für Giulia abzubezahlen. Die ›Massiven‹ drängten zurück in mein Bewusstsein:

Die Hip-Hop-Band ›Die Massiven Töne‹ waren sicherlich nicht die intellektuellen Größen der Rapkultur. Die Rhymes aber waren witzig und der Groove lässig. Und sie stammten aus Stuttgart und waren nur wenig älter als ich. Stuttgart – die Raphochburg Deutschlands der 90er- Jahre. Die Kolchose ließ grüßen – gute alte Zeiten. In Gedanken drehte ich noch ein paar Runden Richtung Bodensee – mit meiner Geliebten Bettina. Ihr blondes, wallendes Haar duftete nach Frühling. Wir fuhren vorbei an endlosen Hopfenfeldern – Grundlage für unzählige Hektoliter Bier.

Ich hasste Scheidungssachen und Eifersuchtsaufträge. Alles sehr schmutzig, widerlich und klein-klein. Ein eifersüchtiger Partner war so unvoreingenommen wie ein Plagiatsjäger bei der Untersuchung der Dissertation eines konservativen Politikers. Wer suchte, der fand, und wer fand, der richtete und vernichtete. Meine Aufgabe bestand bei dieser Art von Auftrag darin, die bereits vorgefertigte Meinung zu stützen. Falls die Fakten das nicht hergaben, taugte der Detektiv nichts. Es gab wirklich nettere Dinge, als herauszufinden, wer mit wem was hatte, obwohl sie das eigentlich nicht haben sollten, oder wer wen unbegründet verdächtigte, mit jemand anderem etwas zu haben. Mir wurde schwindlig. Eindeutig Flüssigkeitsmangel.

Gerade als ich mir zu überlegen begann, was ich zu Mittag essen wollte,

a) Pizza
b) Currywurst, also hier Oberländer, mit Bahnschranke und Pommes frites (siehe gestern),
c) Döner Kebab oder
d) Leberkäsewecken mit Ketchup und Senf

schreckte mich die Türglocke aus meiner Grübelei. Ich verschob die Entscheidung, tendierte aber zu b) und c) oder a) und d).

Ein neuer Klient? Oder ein Überraschungsbesuch von Bettina? Ohne nachzufragen, wer da sei, drückte ich den Türöffner, öffnete die direkt in mein Büro führende Wohnungstür einen Spalt weit und setzte mich chefmäßig hinter meinen Schreibtisch, die Beine weit gespreizt und die Arme vor der Brust verschränkt. Es kostete mich Mühe, nicht wieder – alles ganz easy – die Beine auf den Schreibtisch hochzulegen. Zaghaft öffnete sich die Tür. Ein kleiner, untersetzter Mann mit olivbrauner Haut, einer Stirn- und Deckelglatze und einem adrett zurechtgestutzten Schnurrbart schaute unsicher herein. Er war ziemlich korpulent und wirkte wie ein putziger Teddybär, kaum größer als 1,60 Meter. Er trug ein grau-braunes kariertes Sakko und eine scharf gebügelte graue Stoffhose. Die braunen Lederschuhe waren poliert. Die Garderobe passte zwar nicht zusammen, machte aber einen sehr ordentlichen Eindruck. Irritiert blieb sein Blick auf meinem Schreibtisch haften, in dessen Mitte eine italienische und eine deutsche Flagge standen.

»Meine Mutter ist Italienerin«, murmelte ich mehr zu mir selber, was er geflissentlich überhörte.

»Herr Denz?«, fragte er schließlich zaghaft und blieb – immer noch halb in der Tür – stehen.

Ich nickte.

»Enzo Denz. Privatermittlungen. Nehmen Sie doch bitte Platz.«

Mein Vorname irritierte ihn trotz des Hinweises auf meine Mutter, er ließ sich aber immerhin dazu hinreißen, in das Büro einzutreten. Der Besucherstuhl war orange, aus Plastik und stammte aus den 70er-Jahren – frisch vom Sperrmüll, nicht vom Flohmarkt. Ich bin kein Freund unnötiger Ausgaben.

»Mehmet Gül«, stellte sich mein potenzieller Klient vor und reichte mir eine edle Visitenkarte.

Die Köfte hatten ihm offensichtlich immer gut geschmeckt. Sein Blick streifte irritiert durch mein Büro, als suche er etwas.

»Äh, die Musik …«, ließ er den Satz mit leicht oberschwäbischem Akzent in der Luft hängen, wie eine Rauchschwade in einer serbokroatischen Kneipe an einem Sonntagvormittag.

Die ›Massiven‹ waren gerade bei ›Wer‹ angelangt.

»Ich kann auch ›Azzuro‹ von den ›Toten Hosen‹ auflegen, ›Tarkan‹ habe ich leider nicht da«, stellte ich halb zufrieden und teils mit Bedauern fest, schaltete dann aber die Musik ab, während Gül nervös mit den Händen über seinen Bauch streichelte. »Bier?«, fragte ich, während ich voller Stolz auf meinen zwei Meter hohen weißen Kühlschrank deutete, der neben dem Aktenordnerregal stand.

Der Kühlschrank verlieh mir Integrität und bildete das Rückgrat meiner Selbstständigkeit.

»Nein, danke.«

Endlich hatte er Mut gefasst und sich auf den Besucherstuhl gesetzt. Ich hatte ihn an der Angel.

»Ich kann Ihnen auch ein Glas Leitungswasser bringen oder einen Kaffee machen, falls Ihnen das lieber ist.«

Der Türke schüttelte den Kopf. Er hielt den Kopf gesenkt, sodass sein Doppelkinn prominent hervortrat. Er faltete die Hände über seinem dicken Bauch und machte einen friedvollen, in sich ruhenden, aber auch bemitleidenswerten Eindruck. Ich schaffte es mit Mühe, ihn nicht in den Arm zu nehmen.

»Ich möchte, dass Sie …«

Verzweifelt brach er ab. Schnappatmung setzte ein. Obwohl es in meinem Büro nicht geheizt war, brach ihm der Schweiß auf der Stirn aus. Die Mundwinkel zitterten leicht. Ich ging zum Kühlschrank, nahm eine Flasche Leibinger-Bier heraus und öffnete sie an der Schreibtischkante. Das erste Bier am Tag ist immer das beste.

»Ist das Ihre Arbeitskleidung?«, wechselte er abrupt das Thema und deutete auf meinen dunkelblauen Hoody mit weißen Streifen und danach auf meine türkisfarbene Jogginghose mit den drei Streifen.

»Nein, aber mein Credo«, entgegnete ich.

Das verstand er nicht.

»So etwas wie meine Lebenseinstellung«, fügte ich deshalb hinzu.

Ich nahm einen langen Schluck Bier und ließ den goldenen Stoff die Kehle hinunterlaufen.

»Was kann ich für Sie tun?«, versuchte ich dann, zum geschäftlichen Teil der Veranstaltung zurückzukommen.

Die Gesichtsfarbe Güls rötete sich um drei Nuancen. Eine Ader auf der Stirn pochte. Ich glaubte, sein Herz laut und schnell pumpen zu hören, aber wahrscheinlich bildete ich mir das nur ein. Er schien unter starkem Stress zu stehen.

»Meine Tochter Canan ist verschwunden«, brachte er schließlich mit heiserer Stimme hervor, während er die Handflächen aufeinanderpresste. »Sie müssen sie finden, bevor es zu spät ist.«

Eine Träne kullerte an seiner Wange herunter, dann noch eine. Es wurden immer mehr und das Schluchzen war herzzerreißend. Es gehörte nicht zu meinen Pflichten, Klienten die Hand zu halten. Aber es brach mir beinahe das Herz.

3

Ich hatte drei Möglichkeiten:

a) ihm ein Taschentuch zu reichen,
b) ihn in seiner türkischen Mannesehre zu beschämen, indem ich ihn fragte, warum er wegen einer verschwundenen Tochter weinte – das werde doch in seiner Heimat eher als Glücksfall angesehen, oder
c) ihn emotional aufzufangen, um endlich den Sachverhalt geschildert zu kriegen.

Ich entschied mich für c).

»Es ist gut, dass Sie Ihre Gefühle rauslassen, aber um

Ihrer Tochter wirklich zu helfen, sollten Sie mir erzählen, was passiert ist.«

Er schnäuzte sich die Nase mit einem riesigen Stofftaschentuch und seine kleinen braunen Augen blickten verloren in meine Richtung. Ich tat, was ich immer tat, wenn ich mit einem Klienten nicht weiterwusste, und blickte rüber zu 2Pac, der stolz an der Wand hing. Natürlich ist es vielleicht nicht ganz altersangemessen, wenn ein über 30-jähriger Mann Poster seiner Musikidole an seinem Arbeitsplatz aufhängt. Aber ich hatte mich ja nicht umsonst für die Selbstständigkeit entschieden – und gegen einen Job in der Bank oder bei einer Versicherung.

»Ich kann Canan nicht finden, weiß nicht, wo sie ist …«, schluchzte Gül und wischte sich den Rotz aus dem Gesicht.

Vielleicht hatte Canan genug von ihrem Teddybären-Papa, der rumheulte wie ein Sechstklässler, dem man das nagelneue Fahrrad demoliert hatte.

»Ich weiß nicht, was ich machen soll …, ich bin sehr verzweifelt …«, ließ er erneut einen Satz unvollendet stehen und hob anklagend beide Arme in die Luft.

Ein weiterer Schluck Bier brachte Schwung in mein Gehirnstübchen.

»Am besten ist es, wenn Sie mir die Geschichte ganz von vorne erzählen«, sagte ich so ruhig und sachlich wie möglich.

Ein letzter Seufzer und dann sprudelte es aus ihm heraus.

»Ich bin kurz nach der deutschen Wiedervereinigung nach Deutschland gekommen. Mein Onkel hat meine Unterstützung in seinem florierenden Import-Export-Geschäft benötigt. Er brachte mir das Geschäft von der

Pike auf bei. Mit türkischen Lebensmitteln und Waren lässt sich viel Geld verdienen – deutsche Luxuskarossen sind in der Türkei sehr beliebt. Das Geschäft meines Onkels versorgte den Bodenseeraum und Oberschwaben mit Oliven, Öl, Reis, Hirse, Tomaten, Käse und Brot. Später hat er seine Angebotspallette erweitert.«

Mehmet Gül hielt kurz inne, zog eine Marlboro-Schachtel aus der Anzugstasche und blickte mich fragend an. Ich nickte kurz, holte einen großen Aschenbecher aus der Schreibtischschublade und schob diesen zu ihm herüber. Er zündete die Zigarette an und inhalierte tief. Seine Gesichtszüge entspannten sich ein wenig.

»Meine Familie hat dann in der Türkei eine Hochzeit mit meiner Frau Hatice arrangiert. Ich weiß, was man hier über diese Art von Heirat denkt. Aber meine Frau war und ist meine ganz große Liebe. Das beruht auf Gegenseitigkeit. Zwei Jahre nach der Hochzeit wurde Hatice schwanger und meine Tochter Selma wurde geboren. Exakt zwei Jahre später kam dann Canan auf die Welt. Wir waren eine glückliche Familie und wären es im Prinzip auch noch heute …«

Die Pause war vielsagend. Vermutlich hatte er sich einen Jungen gewünscht. Die Wärme, mit der von seiner Familie sprach, verriet mir aber, dass er sie liebte und nicht unzufrieden mit dem Erreichten war.

»Als Deutschland Fußballeuropameister wurde, starb mein Onkel.«

Dieser Satz erstaunte mich. Wie konnte ein türkischer Mitbürger, der nicht den Eindruck eines fanatischen Fußballfans machte, 1996 – nach beinahe 20 Jahren – mit diesem großartigen Sportereignis in Verbindung bringen? Vielleicht liebte er das Land, in dem er lebte, und seine

Menschen so sehr, dass er sich mit ihnen über dessen nationale Erfolge freute.

»Da er kinderlos war, übernahm ich das Geschäft, das ich bis heute erfolgreich führe. Aber was bedeutet schon Geld, wenn das Herz in Trauer lebt? Meine Frau kümmerte sich um die Kinder. Selma und Canan waren gut in der Schule. Beide haben die Mittlere Reife sehr erfolgreich bestanden.«

Der Stolz über den Bildungserfolg seiner Töchter war dem Vater deutlich anzusehen. Ein Seufzer und ein Räusperer leiteten zu dem weniger angenehmen Teil seiner Erzählung über.

»Mit der Pubertät begannen aber auch die Probleme. Vor allem Canan wollte nicht mehr gehorchen und entwickelte ihren eigenen Kopf. Sie kam nicht mehr direkt nach der Schule nach Hause und war mit Leuten zusammen, die man allgemeinhin als ›falsche Freunde‹ bezeichnet. Wenn Hatice sie bat, ihr im Haushalt zu helfen, wurde sie ausfallend. Bei den geringsten Versuchen, sie zu erziehen, stellte sie auf stur. Sie brüllte uns an, war respektlos, knallte mit den Türen, schloss sich in ihrem Zimmer ein und hörte in einer Lautstärke Musik, dass die Wände wackelten. Kurzum, es war eine Katastrophe.«

Die Erziehungsprobleme Jugendlicher waren wohl überall gleich.

»Jungs?«, stellte ich die naheliegende Frage.

Die Gesichtszüge entglitten ihm beinahe. Heftig schüttelte er den Kopf.

»Natürlich hatte sie Jungs im Kopf – welches Mädchen hat das nicht in dem Alter? Aber da war nichts. Das schwöre ich.«

Zum Glück sagte er nicht: ›Auf den Kopf meiner Tochter‹. Ich fragte mich, woher er diese Gewissheit nahm.

»Sie brach das Berufskolleg ab und blieb zu Hause. Alles gute Zureden der Lehrer und von unserer Seite half nichts. Canan wollte nicht länger auf die Schule gehen. Meine Frau versuchte, ihr das Nötigste für die Haushaltsführung beizubringen.«

»Heirat?«, hakte ich nach.

»Ich würde lügen, wenn ich sagen würde, dass wir uns das nicht überlegt hatten. Aber konkrete Pläne gab es keine.«

Irgendwie kaufte ich ihm das ab.

»Und die Ältere, Selma?«, wollte ich wissen.

Er winkte ab.

»Besser, aber auch nicht ganz einfach. In jedem Fall geriet Canan immer mehr in die falschen Kreise. Alle unsere Erziehungsmaßnahmen versagten. Seitdem sie volljährig ist, haben wir jegliche Kontrolle über sie verloren.«

Gül schluckte und fing wieder zu schluchzen an.

»Wenn sie volljährig ist, muss sie nicht mehr bei Ihnen zu Hause wohnen«, wies ich unbedarft auf den legalen Rahmen hin.

»Sie verstehen nicht«, entgegnete er dynamisch. »Canan wohnt schon lange nicht mehr zu Hause.«

Mein Gehirn ratterte.

»Ich soll sie überreden, nach Hause zurückzukehren?«

»Ja, aber vielleicht anders, als Sie denken. Ich habe immer gewusst, wo Canan sich aufgehalten hat. Auch wenn ich das, was sie tat, nicht gutheißen konnte. Jetzt ist sie aber komplett vom Bildschirm verschwunden.«

Ich atmete tief durch, schickte den Blick durch das

Fenster nach draußen und schaute in den sonnigen Garten. Das Knarzen des orangefarbenen Plastiksessels signalisierte, dass Gül sich unruhig hin und her bewegte. Der Rest des Bieres war schon etwas angewärmt und abgestanden. Ich holte mir eine neue Flasche aus dem Kühlschrank, da ich vermutete, dass mein potenzieller Klient noch einiges erzählen würde, und überlegte, ob ich ihn um eine Zigarette bitten sollte. Dann fixierte ich seine Augen und er erwiderte meinen Blick wie ein geprügelter Hund.

»Ich fasse zusammen: Ihre Tochter wohnt seit einiger Zeit nicht mehr zu Hause. Jetzt wissen Sie aber nicht mehr, wo sie sich aufhält. Ich soll sie suchen und finden. Richtig?«

Er nickte kurz.

»Sie hat bis vor Kurzem in so einer Art Wohngemeinschaft in Ravensburg gelebt. Jetzt ist sie nicht mehr da«, setzte er zu einer Erklärung an.

»Haben die Mitbewohner Ihnen das mitgeteilt?«

»Nein, vorgestern hat mich ein …«, er suchte lange nach dem richtigen Wort, »… Motorradfahrer aufgesucht.«

Meine Alarmglocken schrillten.

»Hell's Angels?«

»So ähnlich. Er hat mir gesagt, dass Canan 50.000 Euro Schulden bei ihm habe und deshalb abgehauen sei.«

»Die nächste Frage ist nicht angenehm, liegt aber nahe: Hatte Canan etwas mit Drogen und Prostitution zu tun?«

Er fing wieder an zu weinen.

»Ich weiß es nicht. Aber der Mann hat gesagt, dass sie die Schulden bei ihm abarbeiten müsse. Und dass ich sie finden sollte, bevor er das tue. Denn wenn er sie fände, könnte er für nichts garantieren.«

Der Mann sank wieder in sich zusammen. Der Fall bot immer neue Überraschungen, bevor er richtig begonnen hatte.

»Können Sie die 50.000 nicht einfach bezahlen?«, wandte ich ein. »Ihr Unternehmen wirft doch sicherlich einiges ab.«

»Das ginge schon und das habe ich auch angeboten, aber der Mann hat gesagt, sie müsse sie bei ihm abarbeiten. Ich könne ihm auch das Doppelte bieten. Er dürfe sein Gesicht nicht verlieren. Punkt.«

»Hat er gesagt, wieso sie Schulden hat?«

»Für Service- und Cateringleistungen. Daraus bin ich nicht ganz schlau geworden.«

Ich wusste nicht, wie ich reagieren sollte, entschied mich dann für erbarmungslose Offenheit. Die Heulerei hatte ich ohnehin im Ohr.

»Ich möchte jetzt Klartext mit Ihnen reden, Herr Gül. Ihre Tochter ist vermutlich drogensüchtig. Kokain, Heroin, Meth-Amphetamin, wer weiß das schon genau? Macht letztlich auch keinen großen Unterschied. Über die Sucht hat sie Schulden angehäuft und ist ins Prostitutionsmilieu abgerutscht. Und die modernen Zuhälter sind Motorradfahrer. Rocker. Kriminelle. Bandidos.«

Die Reaktion fiel wie erwartet aus. Mir klingelten die Ohren.

»Ich gebe Ihnen einen Tipp. Gehen Sie zur Polizei. Die kennt sich mit solchen Sachen aus. Die tritt dem Zuhälter mal kurz auf die Füße. Und die findet auch Canan. Garantiert.«

»Nein! Keine Polizei!«

Die Antwort war heftig und eindeutig. Kein Widerspruch möglich. Ich stockte. Ein weiterer Schluck Bier.

»Dann ist Canan tot, hat der Mann gesagt. Ich muss sie finden – mit Ihrer Hilfe. Aber keine Polizei. Unter keinen Umständen.«

Ich dachte an mein leeres Bankkonto. An Giulia. An Bier. An viele Dinge, die das Leben angenehmer machten. Sollte der Türke doch was springen lassen. Geld hatte er ja. Das hatte er oft genug durchblicken lassen.

»Was machen Sie mit Canan, wenn ich sie gefunden habe?«

»Ich bringe sie in Sicherheit. In die Türkei. Und sollte der Mann dann kommen und sein Geld wollen, werde ich ihn bezahlen.«

Das hörte sich vernünftig an. Beinahe zu vernünftig

»Okay. Ich nehme den Auftrag an. Versprechen kann ich nichts.«

Gül blickte auf. Lächelte. Strahlte. Griff in seine rechte Anzugtasche und legte ein dickes Geldbündel auf den Schreibtisch.

»10.000 Euro als Anzahlung. Und sobald Sie Canan gefunden haben, gibt es noch einmal dasselbe.«

Mein Herz machte einen Luftsprung. Ich war motiviert. Bis in die Haarspitzen. Auch wenn der Fall nach Ärger roch.

4

Gül war gegangen. Sein eigentümlicher Geruch hing noch im Zimmer. Mir tat der Mann nach wie vor leid. Auch wenn er sich zu sehr gehen ließ. Ungläubig nahm ich das Geldbündel von der Schreibtischplatte. Nicht, dass ich ihm misstraut hätte. Der Mann war grundsolide, keine Frage. Er wollte seine Tochter unbedingt retten, koste es, was es wolle. Aber das dicke Geldbündel auf dem Tisch war zu schön, als dass ich mir die Gelegenheit entgehen lassen wollte.

Das Geld raschelte verheißungsvoll zwischen meinen Fingern. Eins, zwei, drei ... Die 500-Euro-Scheine landeten nacheinander wieder auf dem Schreibtisch: tack, tack, tack ... 20 an der Zahl. Mit dieser Summe kam ich eine Zeit lang ganz gut über die Runden. Inklusive Raten für Giulia. Zwei Scheine steckte ich in den Geldbeutel. Den Rest verschloss ich in der Schreibtischschublade.

Ich betrachtete Canans Foto, das er mir dagelassen hatte. Ein Porträt-Foto mit hellem Hintergrund, vermutlich in einem Fotostudio aufgenommen. Die junge Frau war sehr hübsch, das ovale Gesicht wurde von vollen, langen pechschwarzen Haaren eingerahmt. Ihre glatte Haut hatte einen olivfarbenen Teint, die Nase war wohlproportioniert, die Ohren eher klein. Am meisten faszinierten mich ihre dunklen Augen. Sie zeigten ein hohes Maß an Intelligenz, aber auch Verletzlichkeit. Eine ungesunde Mischung. Die anfällig machte für Drogenkonsum. Die Intelligenten und Sensiblen hingen schneller an der Fixe, als ihnen und der Gesellschaft lieb sein konnte.

Canan sah unschuldig aus. Lichtjahre von harten Drogen und käuflichem Sex entfernt. Noch war alles heile Welt, das fürsorgliche Elternhaus, die Schule, die Freunde … Was einmal mehr der Beweis dafür war, wie schnell sich alles ändern kann. Nichts ist auf Dauer angelegt, stand in der Bibel. Hatte mir zumindest mein protestantischer Vater beigebracht. Was meine katholische Mutter immer mit Augenrollen quittiert hatte. Mein Vater wollte mir damit die Botschaft geben, dass man auf Erden den Arsch zusammenkneifen musste, um Punkte für das ewige Leben zu sammeln. Falls es dann mit der Gnade Gottes zusammentraf. Die Message meiner Mutter war denkbar einfacher. Es ist sowieso alles bald vorbei, darum nehmen wir mit, was geht. Sünder sind wir alle – so oder so. Gottes Liebe und Gnade sind so unendlich, dass sie alles auffangen können. Also konnte man es gleich darauf ankommen lassen. Die oberschwäbisch-protestantische und die italienisch-katholische Seele stritten in mir manchmal um die Vorherrschaft. Ausgang ungewiss. Mit leichten Vorteilen für den Katholizismus.

In diesem Sinne beschloss ich, dass es Zeit für ein üppiges Mittagessen war, und ich nahm meine Multiple-Choice-Aufgabe wieder auf. Das nötige Kleingeld hatte ich ja jetzt für A), B), C) und D). Nur mein Magen würde es mir nicht danken.

Den ersten Ansatzpunkt für meine Ermittlungen stellte die Drogenspur dar. Wenn Canan ihrem Zuhälter abgehauen war, hieß das noch lange nicht, dass sie keine Drogen mehr brauchte, im Gegenteil, es war davon auszugehen, dass sie weiterhin ihren Stoff benötigte wie ein Fisch das Wasser. Entweder hatte sie die Fliege gemacht und dann war sie weit weg – ab nach Berlin oder Hamburg.

Oder – und davon ging ich im Moment aus – sie war in Ravensburg untergetaucht. Soweit das in einer Kleinstadt wie Ravensburg möglich ist. Aber auch hier gibt es eine Scene, alternative Wohn- und Lebensgemeinschaften und einige weitere Schlupflöcher, um für eine gewisse Zeit vom Radar zu verschwinden.

Es war kurz nach 21.00 Uhr. Seit einer halben Stunde beobachtete ich den Eingang der ›Turm-Eck‹, deren Geschichte gut 150 Jahre in die Vergangenheit der Stadt Ravensburg reichte. Die ›Turm-Eck‹ war seit über 30 Jahren eine Institution und eng mit der Stadt verwurzelt. Das wesentliche Merkmal der ›Turm-Eck‹ war die Kontinuität. Die Inhaber hatten seit 30 Jahren kaum etwas verändert, und wenn, so nur dann, wenn es sich absolut nicht mehr vermeiden ließ.

Die ›Turm-Eck‹ lag am Fuß eines Burghanges, fast senkrecht unter dem ›Mehlsack‹, einem Wahrzeichen Ravensburgs, und beinahe subversiv unter dem Arbeitsgericht. Die Berufsakademie, die Stadtbücherei, das Kino ›Die Burg‹ und das Parkhaus Marienplatz befanden sich in unmittelbarer Nähe der linksalternativen Anarcho-Kneipe.

Ab und zu ging ich dort ein Bier trinken, unter anderem dann, wenn nichts anderes mehr offen hatte, mein Durst aber noch nicht versiegt war. Die ›Turm-Eck‹ war inzwischen eine der ganz wenigen alternativen Locations in der Gegend, wobei inzwischen auch hier Geschäftsleute und Lehrer einen trinken gingen, um sich wieder etwas alternativ und jünger zu fühlen.

Am Eingang grüßte ich Che, der in bekannter Pose am linken Fenster klebte. In der ›Turm-Eck‹ konnte man kaum etwas erkennen. Dichte Rauchschwaden zogen durch die Gaststube. Irgendjemand hatte vergessen, die Tür zu schließen, die den Raucher- vom Nichtraucherbereich trennte. Als Nichtraucher wurde man wahrscheinlich rausgeschmissen und erhielt Lokalverbot. Aus einer Ecke roch es komisch. Ich war mir ziemlich sicher, dass es sich dabei um marokkanisches Haschisch handelte.

An der Theke bestellte ich eine Halbe und sondierte das Geschehen. Mit meinem Surfer-Hoody fiel ich nicht gerade auf, aber im Vergleich zu den anderen Gästen wirkte ich ein wenig overdressed. Die Typen und wenigen Frauen wirkten, als ob sie direkt aus ihrer Wagenburg in die Kneipe gestürmt wären, ohne sich vorher am Bach zu waschen. Ein paar junge Kids saßen verschämt an einem runden Tisch und vermittelten den Eindruck, ganz großes Kino zu erleben.

Auf meinem Bierglas konnte ich ohne Lupe vier verschiedene Fingerabdrücke sehen. Die einfachen hellbraunen Holzbänke, Tische und Stühle wirkten beliebig im Gastraum angeordnet. Die Farbe passte allerdings perfekt zu den rot-orange gestrichenen Wänden. In den Ecken hingen Lampen, die dunkles Licht verstreuten. An den Wänden hingen Fotografien mit künstlerischem Anspruch.

Auf einem Stuhl neben der Toilette saß eine traurige Gestalt. Vielleicht knapp 20 Jahre alt. Nur Haut und Knochen. Im Vergleich zu ihm wirkte ich wie zwei Kleiderschränke. Sein Blick fixierte den Fußboden. Kein bisschen Körperspannung. Kein Leben. Die Kleidung total verwahrlost. Die Haare stumpf, die Haut gelb. Vermutlich Hepatitis A, B und C – auf einmal. Ich hatte Angst, denn ein direktes Gespräch barg immer die Gefahr einer Spuckattacke – beabsichtigt oder nicht. Ich fragte mich, ob er noch eigene Zähne hatte. Er nahm einen Schluck Bier. Schien ihm nicht sonderlich gut zu schmecken.

Auf einem Bierdeckel baute ich unter dem Tresen einen einblättrigen Joint. Mit gutem schwarzen Hasch. Ölig und harzig. Keine Durchschnittsware, sondern vom Feinsten. Hatte auch eine Menge Schotter gekostet. Aus eigener Erfahrung wusste ich, dass man in der ›Turm-Eck‹ unauffällig einen durchziehen konnte, wenn man es nicht übertrieb. Ich schnappte mir einen Stuhl, setzte mich neben die traurige Gestalt und zündete den Johnny an, obwohl wir im offiziellen Nichtraucherteil der Gaststätte waren – hier hielt sich sowieso niemand daran. Der Typ blickte vom Boden auf. Seine Augen waren ohne Leben. Stumpf. Tot. Der Haschduft schien in ihm eine vage Erinnerung an das irdische Leben zu wecken. An seinem Hals waren zahlreiche Einstichspuren zu erkennen. Langsam drehte er sich zu mir um.

Innen – Turm-Eck – Abend

Ich sitze dem Heroinabhängigen gegenüber.

Heroinabhängiger: Kann ich mal ziehen?
Ich: Klar.
Er zieht kräftig an der Tüte und inhaliert tief.
Ich: Und?
Heroinabhängiger: Was?
Ich: Das Dope?

Er seufzt, raucht den Rest und zuckt unbeteiligt die Schultern.

Ich: Interesse an 100 Euro?
Heroinabhängiger: Ich hab's ein paar Mal probiert. Ne, danke. Schwänzelutschen ist nicht mein Ding. Und mein …
Ich: Kennst du das Mädchen auf dem Bild?
Heroinabhängiger: Für 200 Tacken könnte ich mir überlegen, ob ich was über sie weiß.

Ich hole drei 50- Euro-Scheine aus meiner Tasche und reibe sie aneinander.

Heroinabhängiger: Okay. Schieb' schon rüber. 150 sind auch in Ordnung. Das vertreibt meinen Affen für eine Weile …
Ich: Zuerst die Info.
Heroinabhängiger: Probier's morgen mal im ›Space‹.
Ich: Space? Das ist doch kein H-Schuppen.
Heroinabhängiger: Aber wenn man gut aussieht und bereit ist, sich zu verkaufen, kann man dort ein Taschengeld dazuverdienen …

Ich gab dem Wrack die Kohle und fühlte mich mies. Es ist kein gutes Gefühl, einem Heroinabhängigen seine Sucht zu finanzieren.

Dabei fühlt man sich so wie:

A) eine Oma, die einem Penner mit dem Schild ›Geld für Essen‹ einen Euro gibt und dabei genau weiß, dass er ihn sofort in Schnaps umsetzt,
B) ein Vater, der einem 15-jährigen Sohn Taschengeld gibt und weiß, dass dieser das sofort mit seinem besten Kumpel in Gras investiert,
C) der Geistliche der Suchtberatung, der den armen

Geschöpfen doch nur menschliche Nähe und Wärme zukommen lassen möchte, um ihnen zu helfen, und ihnen dann an die Wäsche geht …

D) A) bis C) treffen zu.

Der Wirt beobachtete mich misstrauisch. Gefixe und Dealerei sollten nicht unbedingt in aller Öffentlichkeit in seiner Gaststätte stattfinden. Vielleicht hatte der Junkie mich verarscht. Dann würde ich zurückkommen und ihm seine Pumpe und den Rußlöffel in den Hintern jagen. Seinen Hinweis galt es morgen zu überprüfen. Immerhin hatte ich eine erste erfolgversprechende Spur. Der Feierabend war verdient.

5

Am nächsten Tag, es war Mittwoch, der 20. März, war ich tagsüber – entgegen meinem Entschluss – Frau Meier gefolgt. Ein Abstecher nach Lindau mit guten Freundinnen, Kaffeetrinken und Sektschlürfen und zum Abschluss noch in die Spielbank. Ein paar Euro wurden verjubelt, aber keine Aussetzer. Von einem Liebhaber wieder weit und breit keine Spur. Ich hatte das beruhigende Gefühl, meine Pflicht getan zu haben, und erstattete Meier am Nachmittag telefonisch Bericht. Meine Hoffnung, dass er den Auftrag als erledigt betrachtete, wurde enttäuscht. Meier tobte – ihm war gerade ein lukratives Geschäft mit Slowenien entgangen – und er befahl in übelstem Kasernenton eines herzinfarktgefährdeten Cholerikers: »Diese Schlampe führt uns alle an der Nase rum. Ich will Resultate. Tun Sie was für Ihr Geld. 3000 extra, wenn Sie etwas finden«, um sich dann in allgemeinen Hasstiraden gegen das weibliche Geschlecht und konkreten Beschimpfungen gegen seine Frau zu ergehen. Während er weiterschimpfte, legte ich den Hörer auf den Schreibtisch und öffnete ein Bier. Als die Flasche halb leer war, schimpfte er immer noch. Ich glaubte zwar weder an die Erfolgsprämie noch war der Fall in irgendeiner Form stimmungshebend, aber das Honorar konnte ich weiter gut gebrauchen. Und immerhin war ich ehrlich gegenüber Meier geblieben, das sorgte für ein gutes Gewissen.

Am Abend nahm ich die Ermittlungen zum Fall Canan Gül wieder auf. Ich wollte dem Hinweis des Junkies aus der ›Turm-Eck‹ nachgehen. Es war empfindlich kalt und es regnete. Das ›Space‹ befand sich direkt hinter dem Ravensburger Bahnhof in unmittelbarer Nähe von meinem Büro. Es handelte sich um eine typische Disco am Rande eines Gewerbegebiets. Das flache, längliche Gebäude war eine ehemalige Lagerhalle, die inzwischen auf edel und modern getrimmt war. Der Außenbereich des ›Space‹ war auf Dschungel gestylt, wirkte aber schick – zumindest für Ravensburg. Große Rattansofas, Ölfässer mit Werbeaufschriften und moderne Tische standen unter Tarnnetzen und neben weißen Sonnenschirmen. Pilzförmige Heizstrahler sorgten dafür, dass Raucher auch im Winter nicht froren.

Alle hinter den Gleisen liegenden Parkplätze waren voll, weit bis hin zum Gelände des hiesigen Molkereibetriebs – kurz ›OMIRA‹. Ich fragte mich, ob heute eine HARTZ-IV-Party stattfand, denn es war immerhin schon

22.30 Uhr und der Donnerstag ein normaler Arbeitstag. Vor dem Eingang lungerten einige Mittzwanziger herum, die die Fahrbahn blockierten. Zum Glück war um diese Uhrzeit hier nicht mehr allzu viel Autoverkehr los. Sie trugen Hosen in knalligem Rot, Grün und Gelb –mit einem Wahnsinnsschlag, den es selbst in den 70ern nie gegeben hatte.

Die Haare waren dynamisch nach oben gestylt. Sie zogen an ihren Zigaretten, als ob ihr Leben davon abhinge. Die Bewegungen waren fahrig und unkontrolliert. Sie ließen eine Plastikflasche Fanta rumgehen – direkt vor den Augen der Türsteher. Heißer Tipp: Liquid Ecstasy. Warum die Kids auf diesen Scheiß standen, verschloss sich mir völlig. Rumtorkeln inklusive eines Filmriss klappte doch auch auf die klassische Art, mit einer Flasche Wodka. Mein Weltbild wurde wieder ins rechte Lot gerückt, als das Alpha-Techno-Tier einen Plastikbeutel Pillen aus seiner Schlaghose auspackte und eine Runde schmiss.

Mich beeindruckte zunächst das altruistische Verhalten, dann aber kassierte er von jedem einen Zehner – zwar nicht wahnsinnig viel, aber deutlich über dem Selbstkostenpreis. Das Ganze war in etwa so unauffällig wie eine Bauchtänzerin in einem tibetanischen Kloster.

Ich fragte mich, was eine fixende junge Türkin aus dem horizontalen Gewerbe hier verloren haben sollte. Pillen und H ergaben kaum ein Match, und wie sie hier Geld verdienen wollte, war mir ein Rätsel. Der Einzige, der solvent war, war vermutlich der Dealer.

Ich löste mich aus dem Schatten der Bäume und ging auf den Eingang zu. Vom Außenbereich bis zum Gebäude waren es gut 20 Meter. Die Raver stierten mich an wie ein Fünfjähriger den Weihnachtsmann. Old- School-Hip-Hopper hatten hier wohl nichts verloren – zumindest nicht am Mittwochabend beim Rave-Event. Ich hob die rechte Hand, machte minimale Kreisbewegungen in Kopfhöhe und wummerte vor mich hin.

»Humpf, Humpf, Humpf ...«

Da hörte der Spaß auf – nicht auf Kosten der Musik. Böse Blicke verfolgten mich. Der Sound, der aus dem Inneren der Diskothek zu hören war, klang aber auch nicht anders als meiner.

Vor der Tür standen drei Schränke. Kahlrasierte Schädel, Bomberjacken, darunter schwarze Rollkragenpullis, hellblaue Jeans und Springerstiefel. Ich kannte die Jungs. Besonders Drago, der drei Jahre mit mir zusammen zur Schule gegangen war. Drago stammte aus dem Kosovo. Wir begrüßten uns mit Gettofaust. Ich winkte mit den Augen. Drago verstand. Wir stellten uns etwas abseits, sodass die beiden anderen Gorillas uns nicht hören konnten.

»Was geht, Bruder?«

Drago konnte sich nicht entscheiden. Mal war er Redskin, dann Hip-Hopper und hin und wieder hing er voll in der Technoszene drin. Manchmal machte er auch nur einen auf prolligen Balkanesen.

»Viel zu tun«, antwortete ich vielsagend.

»Geht uns allen so. Muss man aufpassen, dass der Kreislauf nicht versagt und man einen Herzkasper kriegt.«

»Fischöl schützt die Pumpe. Schon mal probiert?«

»Dafür stinkst du den ganzen Tag, so als ob du nichts anderes machen würdest, als Muschis zu schlabbern.«

Wir lachten dreckig und abgeklärt. Männer unter sich. Als wir uns beruhigt hatten, holte ich Canans Foto raus.

»Heute schon hier aufgetaucht?«

Er kniff die Augen zusammen wie ein schwäbischer Pietist, wenn die Rede von Spitzenunterwäsche ist. Dann schüttelte er den Kopf.

»Aber du kennst sie?«

»Ja, sie war in letzter Zeit ein paar Mal hier. Wenn du mich fragst, besitzt die Kleine ein paar ungesunde Hobbys.«

»Das heißt konkret?«

Er runzelte kritisch die Stirn. Unsere Freundschaft ging nicht so weit, dass er sich mir über Gebühr verpflichtet fühlte.

»Du verdienst doch was an deinem Auftrag. Oder stehst du nur auf die Kleine? Dann kenne ich noch ein paar andere …«

Ich gab ihm einen Zwanziger. Den er missmutig betrachtete.

»Dafür kann ich mir nicht mal Pornos für das Wochenende ausleihen«, meckerte er übel gelaunt.

Ich legte einen weiteren Zwanziger drauf und erklärte kurz und bündig, dass mehr nicht drin sei.

»Versuch's bei dem Typen da drüben. Der hat sie mal mitgenommen – soviel ich weiß.«

Er deutete auf Mr. Pillen-Oberchecker, der inzwischen auf einem getunten, lilafarbenen VW Golf hing. Seine Entourage hatte ihn verlassen, nur ein junges Mädchen war an seiner Seite.

»Firma dankt«, sagte ich zu Drago und wir verabschiedeten uns mit der obligatorischen Gettofaust, nachdem wir uns demnächst auf ein paar Biere verabredet hatten.

Der Pillen-Dealer witterte instinktiv die Gefahr. Er

war groß, schlank, ja beinahe hager und hatte blonde Haare. Seine blassblauen Augen wirkten stumpf, die Pupillen waren riesig.

»Dollars?«, fragte ich und nannte damit den Namen einer legendären Pille, die vor vielen Jahren auf dem Markt gewesen war und von der es hieß, dass sie mit Peyotepilz versetzt war und das MDMA gelungen um eine spirituelle Ebene ergänzte.

Der Typ lachte. Ein irres Lachen.

»Verzieh dich. Ich hab alles verkauft. Und wenn du mir zehnmal meinen Allerwertesten ausleuchtest – da findest du nichts mehr.«

Er besaß mehr Humor, als ich angenommen hatte.

»Ich möchte dich nur was unter vier Augen fragen, unter Männern sozusagen«, gab ich ihm die Vorlage.

Das Angenehme an Ravern ist, dass sie nicht immer auf stur schalten und bockig sind. Mit einem Klaps auf den Hintern schickte er das Mädchen weg.

»Und willst du wissen, wie lang meiner ist?«, wurde er dann frech. »Das hätte ich dir mit Franka besser demonstrieren können.«

»Du hast neulich von hier mal eine kleine Türkin mit nach Hause genommen, für ein paar Leibesübungen.«

In seinem pillenverseuchten Hirn ratterte es. Es machte keinen Spaß, ihm beim Überlegen zuzuschauen.

»Türkin?«

Ich hielt ihm Canans Bild unter die Nase. Ihm dämmerte es so langsam.

»Mhm. Die hat ein paar Sachen drauf, die gibt's gar nicht. Spitzenservice. Die Alte auf Speed zu nudeln, ist wie Weihnachten und Ostern zusammen.«

Ich wollte mir nicht noch weitere seiner Erinnerungen

anhören und würgte ihn mit einer eindeutigen Handbewegung ab.

»Hast du sie mit nach Hause genommen?«

Die Erinnerung an die Nacht mit Canan schien ihm einen neuen Glücksschub zu geben. Er verdrehte die Augen, grinste wie ein Lemming und starrte in den wolkenverhangenen Himmel, während er die Arme über das Autodach ausbreitete.

»Nein, Alter, das wollte die nicht.«

Ich wusste, dass ich mich auf der Siegerstraße befand.

»Wo habt ihr's getrieben? Auf dem Güterbahnhof?«

Er gluckste vor sich hin.

»Nein …«

»Ich geb' dir einen Fuffi, wenn du mir verrätst, wo.«

Er schaute mich beleidigt an.

»Deinen Fuffi kannst du behalten. Ich nehme kein Geld von Schnüfflern. Wir sind zu ihr gefahren. Ziemlich krasse WG, ganz in der Nähe … So was Versifftes habe ich noch nie erlebt. Dass es das heute noch gibt …«

Ich war kurz davor zu explodieren. Ich hatte es bald geschafft.

»Wo?«, herrschte ich ihn an.

»Nicht auf die Tour!«, fauchte er zurück.

Ich verspürte gute Lust, ihm ein paar mitzugeben, sah dann aber ein, dass das ungerecht wäre.

»Wo?«, flötete ich deshalb.

»Siedlerweg 5. Ich habe mir das deshalb so gut gemerkt, weil wir zu Fuß gegangen sind und ich wieder zurückfinden wollte. Und jetzt ist Feierabend. Schluss mit dem Interview.«

Er stieß sich von dem Auto ab, bewegte sich Richtung Discoeingang und ließ mich stehen. So war das. Integrität bei Ravern, einer Spezies, die es eigentlich nicht mehr gab. Die heiße Spur hatte mich keinen Cent gekostet. Ich hatte nicht einmal die Keule auspacken müssen.

6

Die Frage, die sich mir brennend stellte, war, warum der Rocker nicht selber nach Canan suchte. Das Ganze war ein Ponyhof – bis hier hin. Selbst Herr Gül hätte Canan ohne Problem finden können, wäre er nicht ständig weinend zusammengebrochen. Ich war von der Märznacht nicht so angetan, unbedingt zu Fuß gehen zu wollen. Die Fahrt in meinem Alfa Romeo dauerte zweieinhalb Minuten – die Hälfte weniger als bei Google Maps angegeben. Es gab aber auch so gut wie keinen Verkehr. Ich parkte Am Schussendamm im Halteverbot und lief die wenigen Meter zum Siedlerweg. Das Flussrauschen von hinter dem Damm war deutlich zu hören.

Die Wohngegend Am Schussendamm war nach dem Zweiten Weltkrieg hochgezogen worden. Unzählige Flüchtlinge aus dem Osten drängten nach Deutschland und benötigten dringend günstigen Wohnraum – das zusammengebrochene und geschrumpfte ehemalige Deutsche Reich hatte Probleme, den Flüchtlingsstrom zu beherbergen und zu versorgen.

Das Prinzip des Neubaugebiets Am Schussendamm war denkbar einfach gewesen. Nachbarn halfen Nachbarn und umgekehrt. In mühevoller Gemeinschaftsarbeit zogen die Familien die einfachen Einfamilienhäuser, Doppelhaushälften und Reihenhäuser hoch. Jedes Haus hatte sogar einen kleinen Garten.

Der Siedlerweg bestand hauptsächlich aus Doppelhaushälften. Eine sah wie die andere aus. Die meisten waren frisch gestrichen und adrett hergerichtet. Die winzigen Gärten waren liebevoll gepflegt. Was als Viertel für arme Leute begonnen hatte, zeigte sich heute als Wohngegend für junge Familien, die ihre Kinder naturverbunden und außerhalb der Stadt aufwachsen lassen wollten.

Der Siedlerweg 5 stach ins Auge – auch bei Dunkelheit. Die Doppelhaushälfte wirkte heruntergekommen. Die weiße Farbe blätterte ab und Risse durchzogen die Hausfront. Im Garten stand unglaublich viel Sperrmüll. Alte Fahrräder, Sessel, Sofas, Gartengerät, eine Schubkarre und weiteres unbrauchbares Zeug.

Die andere Haushälfte, Siedlerweg 7, stellte das glatte Gegenteil dar. Sie war herausgeputzt und spießbürgerlich. Die Hauseigentümer wollten sich offensichtlich ein kleines Paradies erschaffen und scheuten keinerlei Mühen, um mit den vorhandenen Mitteln das Beste daraus zu machen. Ich fragte mich, wie sie zu ihren Nachbarn standen, die das Idyll ja doch empfindlich störten.

Mein Blick wanderte zurück zu Nummer fünf und ich konnte auf dem Hausdach etwas Rot-Weißes erkennen. Bei genauem Hinsehen erkannte ich, dass es sich um das Symbol des Roten Kreuzes handelte. Was sollte das? Ein rotes Kreuz auf weißem Grund auf dem Dach? Damit der Russe, die Amerikaner oder der al-Qaida-Typ es nicht bombardierten? Wohnten in dem Haus lauter Gestörte? Ich wurde den Verdacht nicht los, dass es sich um eine Fixer-WG handelte, die zu häufig einen Affen und die damit verbundene Paranoia schob. Wie konnte solch eine WG aber ausgerechnet hier überleben? Bei diesen Nachbarn? Die sicherlich alle zwei Tage die Polizei riefen? Wegen verdächtiger Aktivitäten? Lärmbelästigung und Ähnlichem?

Jetzt war es aber still. Beinahe zu still. Nirgendwo brannte Licht. Die Menschen gingen hier wohl früh schlafen. Standen früh auf und arbeiteten hart. Ich sah keinen Vorhang, der sich bewegte. Niemand beobachtete mich. Mir blieb nichts anderes übrig, als mein Glück zu versuchen.

Das rostige graue Gartentor quietschte bedenklich. Eindringlinge hatten hier keine Chance, unbemerkt zu bleiben. Ich versuchte, nicht zu stolpern. Unmöglich. Beinahe trat ich auf eine Gartenharke, die schön in meinem Gesicht gelandet wäre. Ich veranstaltete noch mehr Lärm und hatte es schließlich bis zu den sechs Stufen geschafft, die zur Haustüre hochführten.

Die Treppe besaß kein Geländer. Das war der Originalstil der 50er-Jahre. Das würde heute bei keinem Bauamt der Welt mehr durchgehen – abgesehen von Somalia und vom Jemen vielleicht. Auf der obersten Treppenstufe lag eine nicht taufrisch aussehende Damenbinde. Ich versuchte, der Tretmine auszuweichen. Aus dem Haus waren immer noch keine Geräusche zu hören. Vielleicht delirierten die Bewohner alle im H-Rausch vor sich hin.

Die Frage war, wie ich, möglichst ohne Aufsehen zu erregen und Misstrauen zu wecken, in das Haus zu Canan gelangen konnte. Ich holte die roten Smoking-Zigarettenpapiere und das kleine Plastiktütchen mit einem Kanten Haschisch aus meiner Jackentasche und hielt sie gut sichtbar in der rechten Hand. Ich klingelte. Alles blieb stumm. Ich klopfte. Nichts regte sich. Ich lauschte an der Haustür. Keine Geräusche.

Da half nur noch brachiale Gewalt. Mit der Faust donnerte ich eine Minute lang gegen die Sperrholztür. Jetzt bewegte sich irgendetwas im Haus. Eine Tür wurde im Hausinneren geöffnet. Schritte schlurften über den Gang. Die Haustür öffnete sich in Zeitlupe. Ein bleiches Gespenst streckte langsam den Kopf heraus. Lange, fettige Haare. Eingefallene Wangen. Tote Augen.

»Geht's noch?«, fragte es mit matter Stimme, wobei die Frage ein Witz war, da eine Spritze in seinem rechten, immer noch abgebundenen Arm steckte. Der Typ war mehr als weggetreten und hatte die Pumpe einfach vergessen. Dass er sich auf den Beinen halten konnte, grenzte an ein Wunder. Wie durch Zufall fasste ich mich mit der Hand, in der sich die Raucherutensilien befanden, an die Nase und kratzte ein wenig. H-Erkennungszeichen. Moderates bis ausgeprägtes Jucken und hedonistisches Kratzen. Dann das Dope in meiner Hand. Entwarnung. Der Typ entspannte sich noch mehr, falls das überhaupt möglich war.

»Canan?«, gab ich mich kryptisch.

Es fiel ihm schwer, sich auf den Beinen zu halten. Er öffnete die Tür einen Spalt weit und nickte in Richtung Treppe. Ich bedankte mich und schob mich an dem Suchtkranken vorbei. Oberhalb der Treppe gab es eine spärliche Lichtquelle. Sie reichte gerade aus, um nicht hinzufallen. Die alten Holzstufen, die mit rotem Teppichboden ummantelt waren, knarzten bei jedem Schritt. Selbst der späte Beethoven hätte gehört, dass ich mich im Anmarsch befand. Unten schloss sich die Tür. Dann folgte ein dumpfes Geräusch. Vermutlich war der Türöffner hingefallen. Das würde ihn in seinen Opiat-Träumen wohl wenig stören.

Als ich oben angekommen war, konnte ich die Lichtquelle identifizieren. Rechts ging eine Tür weg, die einen Spalt weit geöffnet war. Vorsichtig warf ich einen Blick hinein. Ein Matratzenlager, eine Kerze, die in einer Chianti-Weinflasche stak, und ein Bollerofen waren alles, was das Zimmer beherbergte. Die Wände waren nackt – nicht einmal Raufasertapete. Die Kerze rußte und flackerte und war die einzige Lichtquelle in dem Raum. Ich drückte sachte gegen die Tür, die nicht nachgeben wollte.

»Hey?«, fragte eine sanfte, erotisch klingende Stimme. »Bist du das, Charly? Hast du mir Laudanum mitgebracht?«

Seit der Oberstufe und dem Deutsch-Leistungskurs hatte ich den Begriff Laudanum nicht mehr gehört. Damals hatte der Kursleiter, ein Studienassessor namens Dr. Menger, die literarische Romantik vor und zurück durchgekaut, bis einem davon richtig schlecht werden konnte und jeder Schüler sich geschworen hatte, nie mehr im Leben einen Romantiker zu lesen.

E. T. A. Hoffmann, Joseph von Eichendorff und Novalis – immer wieder und bis zum Erbrechen. Einen besonderen Narren hatte Dr. Menger an Novalis' Blauer Blume gefressen, die für ihn die Chiffre der Spätromantik schlechthin zu sein schien. Aus seinen kryptischen und zugleich hypotaktischen Andeutungen wurden wir Schüler nicht recht schlau. Vermutlich war der Typ zu doof, Reclams Lektürehilfen zu verstehen und wiederzugeben.

Die Blaue Blume stand eben für alles: den Kosmos, das Universum, die Welt, das Leben und … Nur nicht die Blaue Blume selber. Mohn? Fehlanzeige. Bei einigen Andeutungen von uns druckste er immer nur herum. Bis ihn mein Nebensitzer Oliver aufforderte, mal konkreter zu werden und sich nicht in nebulösen Ausweichmanövern zu ergehen. Naiv, wie er war, tippte Oliver natürlich glatt daneben.

»Hat Novalis gekifft?«, tastete er sich an die Blaue Blume heran, immer bemüht, Dr. Menger bloßzustellen.

Empört plusterte Dr. Menger seine Wangen auf. Das Schlimme war, dass der Oberstudiendirektor zum Unterrichtsbesuch da war und er sich also zusammenreißen musste. So viel Unwissenheit und Ignoranz gegenüber einer Blüte der deutschen Kultur konnte er natürlich dennoch nicht durchgehen lassen.

»Aber nein, wahre Künstler würden so etwas niemals tun«, log er ungelenk, um das schnöde K-Wort zu umgehen, was ihm ein paar Buhrufe einbrachte. »Das sollten Sie doch wissen. Nicht alles im Leben dreht sich um …«

Verzweifelt suchte er nach dem passenden Wort, das ihm nicht einfiel. Unnötig zu erwähnen, dass die Klasse den Wichtigtuer nicht mochte – abgesehen von zwei bis drei Schleimern, die jedem nach dem Mund redeten und dabei vor Freude mit den Augen rollten, solange die Punkte flossen. Der Schulleiter machte Atemübungen, um nicht vom Stuhl zu fallen. Er war sicherlich einiges gewohnt, aber … Oliver drehte auf – mindestens 180. Die nichtssagende Antwort wollte er nicht auf sich sitzen lassen.

»Ich habe aber gelesen«, ließ er nicht locker, während Mengers Gesichtsfarbe puterrot wurde und eine bedenkliche Schnappatmung einsetzte, »dass Novalis seiner Verlobten schrieb, dass er das Haus nie mehr ohne sein Dope verlasse. War wohl ganz schön drauf, der gute Mann.«

Die Klasse lachte und klatschte sich auf die Schenkel. Menger brauchte eine Minute, um die Contenance wiederzugewinnen. Immerhin wusste er, wovon Oliver sprach, oder tat zumindest so.

»Das haben Sie jetzt falsch beziehungsweise einseitig dargestellt. Novalis schrieb an Sophie von Kühn, dass er sein Haus niemals ohne sein Laudanum verlasse. Aber das dürfen Sie um Gottes willen nicht wortwörtlich nehmen. Wie alles in der Romantik hat Novalis auch hier in Bildern gesprochen. Laudanum, das steht für – so etwas wie ein Riechsalz, das positive Energien freisetzt und …«

Das war das Letzte. Wenn sie schon die Romantik in den Lehrplan reinschrieben, dann sollten sie sie auch richtig unterrichten. Wir hofften, dass der Schulleiter ihm seine dreisten Lügen und fachlichen Fehler in der Nachbesprechung um die Ohren hauen würde, was vermutlich auch eintrat. Nach dem Ablauf der Probezeit musste Dr. Menger das Welfengymnasium verlassen – Destination unbekannt.

7

»Kein Laudanum. Aber was zu rauchen«, antwortete ich und trat in das Zimmer mit den angerußten Wänden.

»Laudanum kann man auch rauchen. Wenn man das

Gras oder den Tabak damit bestreicht«, korrigierte mich die Frauenstimme.

Da wusste jemand Bescheid über die wichtigen Dinge des Lebens. Direkt hinter der Tür lag eine wunderhübsche Frau mit einem Traumkörper – langen Beinen, großen Brüsten und einem wohlproportionierten Hintern. Ich war erleichtert, Canan endlich gefunden zu haben.

Sie trug moderne und teuer aussehende Jeans, die ihre Hüften betonten. Die weiße Bluse kontrastierte gut zu ihrer dunklen Haut und gewährte einen tiefen Einblick in ihr Dekolleté. Ich versuchte, weder zu starren noch zu sabbern. Beides fiel mir gar nicht so leicht. Sie passte in dieses Haus wie ein Amazonasindianer eines gerade eben entdeckten Stammes in einen Club auf der Bond Street. Dass sie Drogen nahm, stand außer Frage. Aber bisher war es ihr weder anzusehen noch anzumerken. Auch ihre Erscheinung wirkte alles andere als drogenverseucht.

Außer ihr befand sich niemand in dem Zimmer. Sie konnte ihre Enttäuschung über das ausgebliebene Laudanum nicht ganz verbergen, zeigte aber keinerlei Überraschung, dass ich unangemeldet in dem Zimmer stand. Vielleicht war die Fluktuation in dem Haus hoch und unangemeldete Gäste waren an der Tagesordnung.

»Na, dann bau mal einen, Gangsta«, hatte sie sich schnell wieder im Griff. »Besser als nichts.«

Dass sie mich sofort richtig einer Szene zuordnete, sprach für ihre geistige Flexibilität. Gangsta – Chicago- oder Detroitstyle. Zwei amerikanische Städte im Mittleren Westen mit gigantischen Skylines – verseucht mit dem Virus der italienischstämmigen Mafia. Landsleute sozusagen – zumindest zur Hälfte. Ich verschlang die amerikanischen Mafia-Filme und wünschte mir nichts sehnlicher, als einmal diese beiden Städte besuchen zu können.

Ich setzte mich hin und begann einen zu wickeln. Vertrauensbildende Maßnahme sozusagen. Allerdings war ich mir nicht so sicher, ob das hier funktionierte. Wo sollte ich ansetzen? Über Drogen fachsimpeln? Oder über die beschissene Gesellschaft schimpfen und dass einem niemand eine Chance gab? Für beides schien mir Canan zu intelligent zu sein. Dass sie mich einen Joint bauen ließ, lag mehr an ihrem Wunsch, gesellig zu sein, als aus einem anderen Bedürfnis heraus.

»Hey, Bushido, pack ordentlich was rein«, witzelte sie.

Ich grummelte, dass ich Bushido nur bedingt gut fände.

»Du siehst aber aus wie Bushido, nur deutlich besser«, sagte sie und schenkte mir einen Augenaufschlag, den ich bis in die Zehenspitzen spürte.

Ich versuchte, mich zu beherrschen und die Initiative zurückzugewinnen. Ansonsten hätte sie mich gleich um den kleinen Finger wickeln können.

»Dein Vater hat mich geschickt«, fiel ich mit der Tür ins Haus.

Schlagartig verfinsterte sich ihr heiteres Gesicht. Es war, als ob ein Schalter umgelegt worden wäre.

»Dann pack deinen Scheiß zusammen und verpiss dich!«, giftete sie mich an.

Ich rührte mich nicht von der Stelle und baute weiter.

»Wie von der Sitte oder dem RD siehst du nicht aus.«

Ich nickte zur Bestätigung.

»Außerdem glaube ich nicht, dass sich mein Vater an die Polizei wendet. So korrupt wie in Istanbul sind die hier nicht …«

Aus der letzten Bemerkung wurde ich nicht recht schlau.

»Dein Vater möchte, dass du zu ihm zurückkehrst. Er vermisst dich und hat schreckliche Angst um dich.«

Canan lachte hysterisch. Es ging mir durch Mark und Bein. Ihre Augen verloren die Klarheit.

»Er möchte dir helfen. Dich in Sicherheit bringen.«

Sie verlor völlig ihre Fassung.

»*Der* mich in Sicherheit bringen …?« Inzwischen kam mir Canan etwas menschlicher und weniger überirdisch vor. Was sie nur noch begehrenswerter machte. Probleme zwischen einer Tochter, die fixte und anschaffen ging, und einem sich sorgenden Vater waren normal. Dass sie so heftig auf die Rettungsaktion ihres Vaters reagierte, war doch eigentlich ein gutes Zeichen, denn die emotionale Basis war vorhanden.

»In die Türkei«, winkte ich mit dem Zaunpfahl.

Keine Reaktion. Okay, Türkei war vielleicht der falsche Ansatzpunkt. Canan fixierte einen Punkt an der unverputzten Wand. Überlegte sie?

»Lieber sterbe ich, als zu meinem Vater zurückzugehen«, sagte sie dann sanft und beherrscht.

NZM.

Nix zu machen.

Das war deutlich. Ihre Entscheidung stand fest. Ich ließ dennoch nicht locker. Das schuldete ich meinem Auftraggeber. Außerdem verschätzte sich Canan, wenn sie sich in Sicherheit wiegte. Auch sie wollte ich schützen.

»Auch deine Mutter möchte dir helfen …«

Treffer. Ihre Augen bekamen einen eigentümlichen Glanz.

»Wie geht es Selma?«

Auf ihre weibliche Verwandtschaft war sie deutlich besser zu sprechen als auf ihren Vater.

»Gut, den Umständen entsprechend. Sie lässt dich grüßen und möchte dringend, dass du zurückkehrst«, log ich.

Ich zündete den Joint an und reichte ihn Canan. Sie ignorierte ihn. Die Vertrauensbasis war dahin. Es war an der Zeit, den letzten Trumpf auszuspielen. Das würde ihr den Rest geben.

»Dein Zuhälter sucht dich. Dein Leben ist in Gefahr.«

Die Überraschung war echt. Ihr Lachen auch.

»Du meinst wohl, er hat Sehnsucht nach mir?«, kicherte sie albern.

Jetzt überschätzte sie sich maßlos. Okay, sie war eine Bombe. Sex pur. Sie hatte mich in 0,25 Sekunden scharf gemacht. Nach einem Tag mit ihr würde ich vermutlich jemanden für sie töten. Und nach einer Woche würde ich sogar meine Mutter für sie verkaufen. Aber ein eiskalter, gnadenloser Zuhälter aus dem Rockermilieu, der sie liebte und an ihr hing – oder auch nur abhängig war von ihr? Das widersprach jeglicher Professionalität und Wahrscheinlichkeit.

Allerdings konnte es den Sachverhalt erklären, warum der Zuhälter darauf bestand, dass Canan die 50.000 Euro bei ihm abarbeitete, anstatt sie von ihrem Vater anzunehmen. Sie war sicherlich eine Goldgrube – in jeder Hinsicht.

»Er war bei deinem Vater. Er hat gedroht, dich umzubringen, sollte dein Vater dich nicht finden und wieder bei ihm abliefern.«

»Und jetzt spielt mein Vater den Helden, indem er behauptet, mich in die Türkei zurückzubringen?«

Ungläubig schüttelte sie den Kopf.

Showdown – Zeit, die Entscheidung herbeizuführen.

»Komm mit mir. Ich bringe dich zu deinem Vater. Wenn du das allerdings absolut nicht möchtest, kann ich dich beschützen.«

Wieder erntete ich einen Augenaufschlag, der meine Pumpe auf 180 Umdrehungen pro Minute hochschraubte.

»Du bist süß …«

Ich drückte die Tüte aus.

»Gehen wir.«

Es sollte als Befehl durchgehen. Ich stand auf.

»Nein.«

Definitiv. Endgültig. Ich gab auf.

»Ruf mich an, wenn du Hilfe brauchst und es dir anders überlegst.«

Mit einem Kugelschreiber verewigte ich meine Telefonnummer an der Wand. Die konnte sie nicht sofort zerreißen. Mit wackligen Beinen bewegte ich mich zur Tür. Mir graute vor der Treppe. Hoffentlich langte ich ohne Genickbruch unten an. Ich war schon aus der Tür draußen, als sie mir hinterherrief.

»Morgen um 14.00 Uhr, in der ›Turm-Eck‹?«

Vor dem Haus blieb ich stehen und atmete tief durch. Der Fall ging mir jetzt schon an die Nieren. Der herzzerreißend weinende Vater – die charmante und umwerfende Tochter, für die ich alles zu tun bereit war. Ich fühlte mich ein bisschen verliebt, aber das körperliche Verlangen überwog bei Weitem. Auf dem Weg zum Auto kam es mir so vor, als ob ich beobachtet würde. Scheiß Kiffen. Ich sollte mir für die Zukunft vornehmen, bei der Arbeit nüchtern zu bleiben.

»Vergiss es«, dachte ich laut vor mich hin. »Das ist so unwahrscheinlich wie …«

Mir wollte kein passender Vergleich einfallen.

8

Am nächsten Morgen um 9.00 Uhr riss mich stürmisches Klingeln aus meinen unruhigen Träumen.

Durch den Spion erkannte ich – meine Freundin Bettina.

Unangemeldet – spontan. Ich öffnete die Tür und sie landete in meinen Armen. Ich drückte sie gegen die Wand. Das schien ihr zu gefallen. Wir küssten uns ausgiebig. Bettina war eine Hammerfrau. Knapp 1,80 Meter groß, schlank und doch weiblich. Strohblond by nature.

Ein hübsches Gesicht mit glasklaren blauen Augen, einer kleinen Nase, hübschen Ohren und sinnlichen, vollen Lippen. Mit ihrem Aussehen hätte sie auch locker den Bundespräsidenten heiraten können. Da sie aber vernünftig war, hatte sie den Polizeipräsidenten von Ravensburg geehelicht. Oder besser: genau andersrum. In zweiter Ehe, versteht sich.

Gerd Ferber hatte eigentlich alles gehabt, was das Herz begehren konnte. Eine Frau und zwei Töchter, die ihn liebten, ein ansehnliches Haus und eine nicht zu verachtende Karriere im Polizeidienst. Doch mit dem Aufstieg und knapp vor seinem 50. Geburtstag hatte ihn der Rappel gepackt und er hatte Existenzängste gekriegt. Die übliche Geschichte eben.

Eine knapp 20 Jahre jüngere Frau musste her. Eine Bombe, die jeden umhaute und auf dem Parkett was hermachte. Noch einmal durchstarten. Beweisen, dass man zwei Familien durchfüttern konnte.

Dass Bettina seinem Werben nachgegeben hatte, war

ihr nicht zu verübeln. Hätte sie es nicht getan, dann wäre es eben eine andere gewesen. Sie hatte zudem eine uneheliche Tochter und viel Pech mit den Männern gehabt, da sie immer an die falschen geraten war. Entweder Blender, Luschen oder Ganoven. Da kamen ihr die materielle Sicherheit von Ferber und der damit verbundene soziale Status gerade recht. Ihr Kind war versorgt, und dass sie Ferber zwei Jahre nach der Hochzeit einen Sohn schenkte, zementierte nur die bestehenden Verhältnisse. Ferber behandelte sie nicht schlecht, auch wenn er ihr nicht die Aufmerksamkeit zuteilwerden ließ, die ihr gebührte.

Was … mich ins Spiel brachte.

Mir war klar, dass Bettina Ferber niemals verlassen würde, und ich dankte Gott dafür. Es gab keine schlimmere Vorstellung, als mich auf Dauer fest zu binden und mehr Verantwortung als für mich selber im Leben übernehmen zu müssen. Das wusste Bettina. Und da alles so wunderbar passte, waren wir glücklich und genossen unsere Zeit. Alles rosarot, bis auf den Umstand, dass ich Privatdetektiv war und ihr Mann Polizeipräsident meiner Heimatstadt. Das machte die Beziehung von Bettina und mir in etwa so prekär wie

a) eine Nonne, die ihr Gangbang-Video auf Youporn einstellte,

b) ein Schwimmlehrer, der den Kindern beim Einseifen und Abduschen half,

c) die Verbindung von Abdullah (Kurde) und Ayse (Türkin), wobei Ayse fünf große, kriminelle Brüder hatte,

d) das Verhältnis des Papstes zu Vatileaks.

Auf gut Deutsch: Niemand durfte uns jemals auf die

Schliche kommen, unter gar keinen Umständen. Was gar nicht so einfach war. Was uns aber unsere Freude nicht vermiesen sollte.

Bettina packte aus: eine Flasche gekühlten Champagner, frische Croissants und Räucherlachs. Ich schmiss die De Longhi Kaffeemaschine an und ließ uns zwei Tassen raus. Wir frühstückten mit Heißhunger.

»Du weißt ja, dass Liebe durch den Magen geht«, sagte sie mit einem vielsagenden Lächeln,

das die Vorfreude steigerte und mich zu der Erwiderung

»Dann wird es gleich wunderschön« verleitete,

die sie mit

»Ich freu mich riesig drauf«

parierte.

Die nächsten Stunden verbrachten wir mit Leibesertüchtigungen, Small Talk, Späßen und … Essen. Zum ersten Mal seit langer Zeit fühlte ich mich wieder als ganzer Mensch. Bettina sich ebenso. Um 12.00 Uhr blickte sie besorgt auf ihre Uhr. Die Zeit war wie im Flug vergangen.

»Ich muss Emma von der Schule abholen. Und Felix vom Kindergarten.«

Eine letzte Umarmung und der Alltag hatte sie wieder. So fröhlich und beschwingt, wie sie, von Vorfreude animiert, gekommen war, verließ sie mich auch wieder.

Mich zog es zurück ins Bett. Ich wusste nicht, was mich am heutigen Tag erwartete. Und warum mich Canan in die ›Turm-Eck‹ bestellt hatte. Ein wenig Ruhe vor dem Sturm konnte aber sicherlich nicht schaden.

9

Das graue Einkaufszentrum aus billigem Beton ist der Schandfleck des ansonsten sehr pittoresken und anschaulichen Humpisviertels. Mittelalter live. Es sieht aus wie in einer Film-Kulisse. Ravensburg, das Nürnberg Oberschwabens. Alte Fachwerkhäuser. Schief und verwinkelt. Das Obertor, den Turm am oberen Stadtende und den modernen Rutenbrunnen lasse ich links liegen.

Es zieht. Ich stehe an der Ecke Markt- und Burgstraße. Versteckt hinter einem Hauseingang. Im Hausinneren gibt es einen Shop, in dem alle Artikel des Spiele-Herstellers und Buchverlags ›Ravensburger‹ zum Verkauf ausgestellt sind. Ich habe die ›Turm-Eck‹ fest im Blick. Sie sticht aus dem rundum erneuerten Ravensburg heraus. Alles ist renoviert und frisch gestrichen. Zum Teil in knalligen Farben. Das Fachwerkhaus hingegen, in dem sich die ›Turm-Eck‹ befindet, ist grau, bröckelt und wirkt verfallen. Die Inhaber scheuen wohl die Investition, solange sie noch nicht wissen, wie lange sie ihr Lokal weiter betreiben können. Außerdem gehört die heruntergekommene Fassade zum Image dazu. Die ›Turm-Eck‹ als Bierausschank für die modernen Räuber – in einer modernen Welt.

13.55 Uhr. Vor dem Lokal steht ein Motorrad. Canans Zuhälter, der Rocker? Ist Canan schon in der Gaststätte? Das Handy klingelt. Display: Bettina. Ich gehe ran, ohne den Blick auch nur einen Millimeter zu wenden.

»Ich wollte dir nur sagen, dass das nach ganz baldiger Wiederholung schreit«, zirpt sie in den Äther.

Ich stimme ihr zu, erkläre aber, dass es gerade ungünstig ist. Sie legt auf. Ich bin erleichtert.

Eine Hand tippt mir auf die Schulter. Unwillig drehe ich mich um. Emilia. Eine alte Freundin meiner Mutter, die meint, auf mich aufpassen zu müssen, seit Mama wieder in Apulien weilt. Sehr lästig.

»Enzo, mein Kleiner, wie geht es dir denn?«, fragt die knapp 1,50 Meter große Frau und versucht ernsthaft, mir in die Wange zu kneifen, indem sie sich auf die Zehenspitzen stellt. »Hast du endlich eine Frau gefunden? Was macht deine Arbeit – verdienst du etwas?«

Ich möchte nicht unhöflich sein, deshalb antworte ich ihr. Das verlangt der Respekt – auch wenn es gerade überhaupt nicht passt.

»Gut. Nein. Ich habe gerade zu tun.«

Aber Emilia lässt sich nicht aus der Ruhe bringen.

»Du siehst auch ein bisschen blass aus, bestimmt vor lauter Arbeit. Du rauchst doch nicht mehr – oder hast du wieder angefangen? Ich kann mich noch genau daran erinnern, wie ich dich und Giovanni beim Rauchen erwischt habe. Ich habe Giovanni die Ohren lang gezogen und sofort deiner Mutter Bescheid gesagt. Und essen musst du auch mehr. Aber dass du noch immer keine Frau gefunden hast«, lässt sie einen Vorwurf nach dem anderen in vorwurfsvoll-besorgtem Ton vom Stapel.

Ich drehe mich kurz um, in Richtung ›Turm-Eck‹ – nichts ist passiert. Emilia schaut mich vorwurfsvoll an.

»Hast du etwas von deiner Mutter gehört?«, führt sie die Inquisition fort. »Sie liebt dich ja so sehr. Ihren kleinen Enzo.«

Mama ist ein schlechtes Thema.

»Schon ein bisschen länger her, dass ich mit ihr telefoniert habe …«

Trotz meiner kurz angebundenen Art lässt sie nicht locker, wie ein kleiner Bullterrier, der sich in ein Hosenbein verbissen hat. Es kostet mich jede Menge falscher Versprechungen, Emilia loszuwerden. Ich komme demnächst bei ihr vorbei, treffe mich bald mit Giovanni, rufe meine Mutter an, finde eine Frau fürs Leben und setze ein paar süße kleine Bambini in die Welt. Ein Blick auf die Uhr. 14.03 Uhr. Endlich ist die Alte weg.

Cut. Schwenk auf die ›Turm-Eck‹. Das Motorrad ist auch weg. Verdammt. Mein Puls beschleunigt sich. Dumm gelaufen, wenn ich Pech habe, läuft alles aus dem Ruder … Ich kriege es mit der Angst zu tun. Canan. Ich fange an zu rennen. Außer Atem komme ich bei der schwarzen Holztür an. Verschlossen. Ein Blick auf die Öffnungszeiten. ›Geöffnet ab 17.00 Uhr‹. Mehr als drei Stunden, bis die ›Turm-Eck‹ ihre Pforten für das Publikum öffnet.

Ich wummere mit der Faust gegen die Tür.

»Aufmachen!«

Meine Stimme überschlägt sich.

»Aufmachen!«

»Sonst geht's noch?«, herrscht mich ein Passant im beigen Trenchcoat und mit bordeauxroter Herrentasche im breitesten Oberschwäbisch an.

Typischer Bürohengst, der einen auf dicke Hose macht. Ich zeige ihm zuerst die Faust und dann den Mittelfinger und bedeute ihm, sich schnellstmöglich zu verziehen. Von der anderen Straßenseite schauen ein paar ältere Damen besorgt herüber und schütteln die Köpfe.

»Polizei! Gefahr im Verzug. Wenn Sie nicht öffnen,

müssen wir die Tür aufbrechen«, wechsle ich die Strategie und halte eine Karte in die Höhe, die überall auf der Welt gleich aussieht.

Dabei handelt es sich aber nur um eine uralte Bus-Abo-Karte. Nichts rührt sich. Ich fange an, um das Gebäude herumzulaufen. Alle Türen sind abgeschlossen. Das Tor, das in den Hinterhof führt, in dem sich auch der Biergarten befindet, ist zu. Eine mächtige Steinmauer versperrt mir den Weg. Verzweifelt suche ich nach einem Ausweg. Die ›Turm-Eck‹ ist besser gesichert als viele Halbhöhenlagen-Häuser in der Ravensburger Südstadt. Dann – der Geistesblitz. Ich klettere geschwind einige Treppen hoch, die zur Veitsburg hochführen. Weiter oben ist es kein Problem, über die Steinmauer zu klettern. Der Weg nach unten ist weit. Deutlich über zwei Meter, obwohl ich bereits mit ganzer Länge an der Mauer herunterhänge. Dann lasse ich mich fallen und komme geschickt auf dem Boden auf.

Die Suche geht weiter. Wo kann ich in die ›Turm-Eck‹ gelangen? Mit einem Satz überspringe ich den Holzzaun des Biergartens. Das Küchenfenster ist geschlossen. Das Kellerfenster ebenso. Fieberhaft scannen meine Augen die Rückseite der ›Turm-Eck‹. Da! Das Toilettenfenster steht offen!

Ich stoße mich kräftig vom Boden ab und hüpfe nach oben. Stechender Schmerz durchfährt meine Finger. Die Fensterrahmenunterkante schneidet in das Fleisch. Ich versuche, meine 80 Kilogramm schnell nach oben zu ziehen. Das regelmäßige Training und meine Ausbildung beim Militär kommen mir zugute. Gelernt ist gelernt – auch, den Schmerz zu ertragen.

Flashback I: Afghanistan/Kandahar: Staub/trockenheiße Luft/Nachtsichtgeräte/Grüne Optik/Einsatz gegen al-Qaida-Zelle/Kommando-Spezialkräfte-Bundeswehr+US-Navy-Seals-Joint-Force/Überklettern der Mauer/Blinde Terroristenschüsse/Gezieltes Gegenfeuer/Schreie/Junge rennt auf uns zu …

Ich quetsche mich durch das Toilettenfenster. Die Kabine ist leer. Immer noch keine Geräusche zu hören. Der Toilettenboden hallt von meinem Aufprall wider. Am Pissoir steht niemand. Ich öffne die andere Toilettenbox.

Flashback II: 75 Meter/Gefahr: Der Teddybär/Jones zögert/Ich ziele/schieße/der Junge fällt hin/orangefarbener Feuerball/Druckwelle reißt mich nach hinten/Jones schreit/Schrapnelle fliegen uns um die Ohren …

Canan – liegt auf dem Boden, ihr graziler Körper etwas angewinkelt, dieselbe Kleidung wie gestern, das lange Haar wallend auf dem Boden, engelsbleich und wunderschön, dieser Welt entrückt. Das Lächeln sieht aus, als würde sie alle himmlischen Heerscharen gleichzeitig hören. Die Spritze steckt in ihrem rechten Arm. Alles rausgedrückt. Ich fühle den Puls. Keiner – oder?

Minimal vorhanden. Ich stehe neben mir und kriege mit, wie ich in das Telefon brülle und nach einem Rettungssanitäter verlange. Dann unbeholfene eigene Rettungsversuche: Ich stemme Canan in die Höhe und versuche, mit ihr im Kreis herumzulaufen, um den Kreislauf, die Pumpe wieder in Schwung zu bringen, sie hängt an mir wie ein nasser Sack, da geht nichts mehr. Dann kotzt sie sich die Seele aus dem Leib. Eindeutiges Indiz für eine Überdosis. Das Erbrochene ist mit Blut durchmengt. Kaltes Wasser, aber auch das bringt sie nicht mehr zu den

Lebenden zurück. Ich bin verzweifelt, schreie sie an und haue ihr ins Gesicht …

Ich muss aber trotzdem kühlen Kopf bewahren. Deshalb der Anruf bei der Kripo, damit sie mir keine Schwierigkeiten wegen meiner Lizenz machen. Obwohl ich bei der Mordkommission anrufe, geht Kriminalhauptkommissar Heinkel dran, der Hauptkommissar ohne festen Geschäftsbereich; direkt Polizeipräsident Ferber zugeordnet. Heinkel, der Ferber bis zum Anschlag in den Allerwertesten kriecht. Ich melde den Vorfall und Heinkel knurrt mich an, mich ja nicht von der Stelle zu bewegen. Dann wieder der verzweifelte Versuch, Canan zu retten und …

Flashback III: Raffi/drückt/zum ersten Mal/nach dem Abitur/klappt zusammen/verdreht die Augen/schäumt vor dem Mund/zu viel/Strychnin/Blaulicht/Intensivstation/verzweifelte Eltern/Beerdigung in strömendem Regen …

Jetzt: wieder Sirenen, Blaulicht, zuerst die Sanitäter, kurz darauf taucht die Kripo auf der Bildfläche auf. Heinkel schwebt selbstherrlich in den Raum, die Kippe im Mundwinkel, einen Columbo-Trenchcoat, graue Stoffhose, weißes Hemd, rote Krawatte mit dünnem Knoten. Er ist der typische Schmidtchen-Schleicher, ein mieser Schleimer, eine kleine Ratte, die jeden in die Pfanne haut, wenn sich ihm nur die Gelegenheit dazu bietet …

Ein Schupo bugsiert mich in den Gastraum, alles wie im Traum. Ich gehe in den Raucherraum und schnappe mir ein Bier von dem Kühlschrank hinter der Theke und setze mich hin und trinke die Flasche auf ex leer – denke an gestern Abend, als Canan noch lebendig war, an den beinahe gemeinsam gerauchten Joint, die flackernde

Kerze, als Heinkel sich auf die Holzbank schräg gegenüber setzt.

Innen – Turm-Eck – Früher Nachmittag

Heinkel: Was hatten Sie hier verloren?
Ich: Der Vater des Mädchens hat mich beauftragt, sie zu suchen.

Heinkel: Wieso sind Sie hier widerrechtlich eingebrochen?
Ich: Canan hat mich gestern gebeten, sie hier heute zu treffen. Ich wusste also, dass sie hier drin ist. Als das Motorrad ihres Zuhälters verschwunden war, habe ich geahnt, dass etwas …

Heinkel haut kräftig auf den Tisch.

Heinkel: Bullshit, da war nichts. Die Kleine ist hier eingebrochen, hat sich einen Goldenen Schuss verpasst. Ende der Geschichte …

Ich widerspreche. Laut und deutlich. Indizienlage und Canans Charakter, der sie bedrohende Zuhälter, hinter dem ein Rockerring stehe … Aber Heinkel bleibt stur. Macht ganz klar: Nach momentanem Ermittlungsstand deute alles auf einen klassischen Selbstmord oder Unfall durch den Goldenen Schuss hin. Wie in Trance lege ich wieder meinen Standpunkt dar, merke nicht, dass es besser wäre, jetzt zu schweigen, da Heinkel bereits unter der Zimmerdecke hängt.

»Ein für alle Mal: Ihr Fall ist abgeschlossen. Der Suchauftrag ist erledigt. Lassen Sie sich ausbezahlen, kaufen

Sie sich ein paar Bierfässchen und machen Sie sich ein paar schöne Tage. Aber lassen Sie die Finger von dem Fall. Sollte ich Sie dabei erwischen, wie Sie weiter herumschnüffeln, dann sind Sie Ihre Lizenz schneller los, als Sie Boff sagen können.«

Um nicht die Beherrschung zu verlieren, stehe ich auf und gehe langsam Richtung Ausgang, während er mir hinterherbrüllt, ob ich ihn verstanden habe, worauf ich eine abwertende Handbewegung mache.

Im Freien atme ich tief durch – immer wieder – und wünsche mir zwei Kästen Bier – am besten auf einmal. Ich werde nicht aufgeben, werde den Rocker finden, der Canan auf dem Gewissen hat, ihr das schmutzige H durch die Venen jagte und dem jungen Leben ein Ende bereitete, bevor es überhaupt begonnen hatte.

Das schwöre ich mir hier und jetzt. Hoch und heilig. Komme da, was wolle. Das bin ich ihr und mir schuldig.

10

Ich saß gerade bei meiner dritten Halben im ›Jäger‹, der eine gute Sicht auf den Marienplatz bot. Das Lokal war auf edel getrimmt, im Grunde seiner Seele aber gutbürgerlich. Der ›Jäger‹ zählte eigentlich nicht zu meinen beliebtesten Locations in der Stadt der Türme, zumal hier sehr viel Tamtam um Weine gemacht und das Bier beinahe stiefmütterlich vernachlässigt wurde. Der ›Jäger‹

befand sich aber ganz in der Nähe zur ›Turm-Eck‹, zwischen der Stadtbibliothek und dem Rathaus, mit direktem Blick auf den Marienplatz, und mein Wunsch nach einem Bier war zu groß gewesen, um mir ein passenderes Lokal zu suchen. Allerdings verstanden sie es auch hier, eine gepflegte Halbe einzuschenken. Schließlich spielte es keine allzu große Rolle, wo man sein Bier trank, Hauptsache, es schmeckte. In gewisser Weise war der ›Jäger‹ das Gegenprogramm zur ›Turm-Eck‹. Die schneeweißen Tischtücher und edel gefalteten Servietten kontrastierten mit der lilaroten Tapete, die mit einer kunstvollen Ornamentik versehen war.

Meine Stimmung hatte sich dank des Biers ein wenig aufgehellt. Ich war nach wie vor grimmig entschlossen, den Mörder Canans zu fassen. Denn es stand für mich fest, dass Canan durch einen extern induzierten Goldenen Schuss aus dem Leben befördert worden war. Mord – ohne jeden Zweifel, auch wenn das die Kripo anders sah. Und es war für mich eine Frage der Ehre, ihren Mörder zu erwischen. Auch wenn es Blut und Tränen kosten sollte. Und das würde es, das war so sicher wie Uli, der Fehlerteufel, in einem Sechstklässler-Diktat. Mit Zuhältern und Rockern legte man sich nicht umsonst an.

Natürlich gab es bei H immer wieder Unfälle. Überdosierungen waren an der Tagesordnung – heute deutlich weniger als noch vor 20 Jahren, aber immer noch mehr als genug. Manchmal war das H zu rein und manchmal mit zu viel Dreck gestreckt. Und manchmal hielten die Konsumenten den Lebensdruck einfach nicht mehr aus. Da war der Goldene Schuss dann eine angenehme Möglichkeit, um sich ins Jenseits zu befördern.

Flashback IV: Martin: Ich werde keine 24/Martin mit

22/total an der Fixe/verballerte jeden Cent/die zerstochenen Venen/hinauf/bis Hepatitis A, B und C/und: AIDS/festgestellt wurden/zockte Leute ab, indem er verseuchte Spritzen an ihren Hals hing/infizierte andere durch das Teilen der Nadel/lebte nur noch im übelsten Delirium/bis/kurz vor seinem 24. Geburtstag/Knast oder Entzug/Entzug/Flucht nach München/Goldener Schuss auf dem Klo im Hauptbahnhof/drei Tage/vor seinem 24. Geburtstag/self fulfilling prophecy.

Aber nicht bei Canan, da war ich mir sicher. Ihre lebenslustige Art, der Humor und der Spaß am Leben schlossen für mich die gewollte Selbsttötung aus und für einen Unfall schien sie mir zu clever, trotz ihrer Sucht. Sie hatte bei unserem kurzen Treffen keinerlei Anzeichen erkennen lassen, dass sie eine Selbsttötung für erstrebenswert hielt. Die Abneigung gegen ihren Vater war sehr groß gewesen und zeigte für mich einen unbändigen Drang nach Leben und Unabhängigkeit. Denn wer verneint, ist noch am Leben.

Ihre unbegründete Missachtung der Gefahr, die ihr durch den Zuhälter drohte, verstand ich allerdings nicht. Dabei hatte dieser ihrem Vater unmissverständlich klar gemacht, dass er Canan töten würde, wenn er sie erwischte. Eine offenere und aggressivere Drohung konnte es kaum geben – auch wenn man davon ausging, dass der Zuhälter hier eventuell nur eine Drohkulisse aufbauen wollte. Canan hatte sich aber sicher gefühlt und war selbstsicher genug gewesen, davon auszugehen, dass sie den Zuhälter um den kleinen Finger gewickelt hatte und er ihr nicht nach dem Leben trachten würde – eine fatale Fehleinschätzung mit tödlichen Folgen, wie das Resultat bewies. Ein kleines Mädchen konnte eben keine hartgesottenen Kriminellen nach Belieben formen und steuern, das gab es nur in billigen Hollywoodschinken. Für jeden dürfte doch klar sein: Mit Zuhältern oder Rockern ist unter keinen Umständen zu spaßen.

Versonnen spielte ich mit dem 500-Euro-Schein und dem Wechselgeld, das ich von dem zweiten Schein, den ich mir in die Geldbörse gesteckt hatte, noch übrig hatte. Insgesamt 10.000 Mäuse durch einen Auftrag, der nicht einmal eine Woche gedauert hatte, so viel Geld, wie ich schon lange nicht mehr zu Gesicht bekommen hatte. Und ich hatte erfolglos versucht, Canan zu schützen. Zwar war der Auftrag erledigt, adieu, Erfolgsprämie (seufz!), aber ich hatte ein ziemlich schlechtes Gewissen, da Canan tot war. Der Fall war für mich noch nicht abgeschlossen, das erforderte meine Professionalität.

Das Motorrad vor der ›Turm-Eck‹ hatte eindeutig wie ein Szene-Motorrad ausgesehen. Das gehörte in Rockerkreise, eindeutig – oder zumindest einem Zuhälter, der versuchte, in das Rockermilieu einzusteigen. Vermutlich eine Harley Davidson.

Liebenswert-schrullige Emilia – verdammt, wäre sie mir nicht in die Quere gekommen, hätte ich die Gelegenheit gehabt, die ›Turm-Eck‹ die ganze Zeit über zu beobachten, und vielleicht wäre Canan jetzt noch am Leben. So fehlten mir die alles entscheidenden Minuten.

Die Fakten sagten, dass das Motorrad, nachdem ich mich den Gesprächsversuchen Emilias erfolgreich entzogen hatte, nicht mehr an seinem Platz stand. Der Fahrer hatte sich aus dem Staub gemacht. Vielleicht aber hatte das Motorrad nur zufällig vor der ›Turm-Eck‹ gestanden und der unbedarfte Besitzer war vom ›Mehlsack‹ oder anderswoher zum Motorrad gegangen und hatte nichts mit den Ereignissen in der ›Turm-Eck‹ zu tun. Dann wäre mein Verdacht in Richtung Rockermilieu zunächst einmal unbegründet. Wer aber sonst sollte ein Interesse daran besitzen, Canan umzubringen? Mir fiel beim besten Willen niemand ein, obwohl es unter Süchtigen oft Streit gab. Die Tat sprach aber für ein Höchstmaß an Professionalität und Kaltblütigkeit, sodass ein normaler Süchtiger beinahe auszuschließen war.

Also war die Variante mit dem zufällig vor der ›Turm-Eck‹ abgestellten Motorrad sehr unwahrscheinlich. Die Indizienkette legte eine Tat von Canans Zuhälter nahe. Was aber sollte die Flucht über das Toilettenfenster? Oder war er einfach aus dem Vorderausgang des Lokals herausspaziert? Aber warum dann das offene Fenster? Hatte die Putzkolonne es offen stehen gelassen? Viele ungeklärte Fragen.

Der Zuhälter musste sich irgendwie Zutritt zur ›Turm-Eck‹ verschafft haben – ebenso wie Canan. Wer alles hatte den Schlüssel zur Kneipe? Vielleicht der Zuhälter – als eine Art stiller Beteiligter an den Geschäften der ›Turm-Eck‹ oder ein zeitweiliger Mieter von weiteren Räumen? Oder verfügte Canan über freien Zugang zur ›Turm-Eck‹, vielleicht, weil sie sich einem der Inhaber des Lokals hin und wieder erkenntlich zeigte? Oder bestand da so etwas wie eine Freundschaft, also die gleiche Gesinnung?

Fragen über Fragen und ich kam im Moment nicht weiter, sondern drehte mich nur im Kreis. Wieso hatte Canan mich zur ›Turm-Eck‹ bestellt? Wollte sie mit ihrer Vergangenheit im Prostitutionsmilieu aufräumen und benötigte meine Hilfe? Wollte sie einfach einen Zeugen dabeihaben?

Andere Variante: Canan wollte einen letzten großen Deal organisieren, mit dem sie selber ihre Schulden abbezahlen konnte. Dabei hatte sie die Brutalität der Dealer unterschätzt und nicht gewusst, dass eine Menge Bargeld und Drogen eine Menge Menschen dazu führen konnten, ohne mit der Wimper zu zucken Mitmenschen aus dem Weg zu räumen. Vielleicht hatte sie sich in puncto Deal auch einfach nur überschätzt und gedacht, dass sie damit schon klarkäme – flankiert von einem harmlosen Trottel wie mir. Und irgendein Drecksack hatte sich über ein naives, junges Ding gefreut, das ihm auf einen Schlag viel Bargeld und eine Menge Drogen beschert hatte.

Die junge Frau hinter dem Tresen mit dem gestärkten weißen Hemd, dem schmalen Schlips und der um die Hüfte gebundenen blauen Schürze blickte mich fragend und mit einem strahlenden Lächeln an:

»Trinken Sie noch mal eins?«

Dieser Charmeoffensive konnte ich mich nicht entziehen und nickte. Als sie das Bestellte vor mir platzierte, versuchte ich ein freundliches Grinsen, das mir vermutlich misslang. Die teuer aussehenden braunschwarzen Ledersofas und Ledersessel verunsicherten mich. Das war nicht meine Kragenweite. Schon gar nicht in meinem jetzigen psychischen Zustand.

Ich entwarf einen Vierpunkteplan:

a) Informationen über Prostitution in Ravensburg und dem Umland online recherchieren,
b) im Prostitutionsmilieu Nachforschungen anstellen, um Genaueres über die Funktionsweise des horizontalen Gewerbes aufzudecken,
c) über a) und b) herauskriegen, wer der Zuhälter Canans war und

d) mir den Zuhälter und Mörder Canans vorknöpfen und ihn mit Canans Tod konfrontieren, um ein Geständnis zu erhalten.

Zunächst stellte sich aber noch eine andere unangenehme Aufgabe. Ich musste Canans Vater vom Tod seiner Tochter Bericht erstatten. Ich seufzte. Das würde nicht einfach werden. Ich hörte bereits sein Schluchzen und Weinen. Ich würde ihm versichern, dass ich den Mörder seiner Tochter finden würde.

Das Handy vibrierte. Unbekannte Nummer.

»Denz. Hallo?«

In der Leitung hörte ich kurzatmiges Schnaufen. Ich wiederholte meine Frage. Das Atmen wurde schneller, ging stoßweise.

»Haben Sie Canan gefunden?«

Ich schluckte. Der Anruf kam unerwartet.

»Ja.«

Die Pause war bedeutungsschwanger. Ich konnte mich nicht aufraffen weiterzusprechen. Es fiel verdammt schwer.

»Und?«

Seine Stimme klang gehetzt. Panisch. Jetzt schon voller Verzweiflung. Vielleicht ahnte er Schlimmes.

»Wir sollten uns treffen«, schlug ich vor, um Zeit zu gewinnen.

Er dachte genau zwei Sekunden darüber nach.

»Nein. Ich möchte *jetzt* wissen, was Sie herausgefunden haben. Geht es Canan gut? Ist mit ihr alles in Ordnung?«

Ich trank einen Schluck Bier. Also gut, hier und jetzt.

»Ja, ich habe Canan gefunden.«

Ich sprach nicht schnell genug weiter, denn ich hörte einen Stoßseufzer der Erleichterung.

»Ich bin Ihnen so sehr zu Dank verpflichtet. Sie haben meine Tochter gefunden.«

Ein letzter Schluck Bier, dann musste es raus.

»Sie ist tot. Gestorben an einer Überdosis.«

Wie erwartet, brach er in Weinen und Schluchzen aus. Es war herzzerreißend, aber nicht mit anzuhören. Ich legte das Handy auf den Tresen und widmete mich meinem Bier. Auch aus der Entfernung konnte ich sein Klagen laut und deutlich vernehmen. Nach einigen Minuten, als er sich wieder zu beruhigen schien, hielt ich das Handy erneut ans Ohr.

»Ich verspreche Ihnen, ich finde den Mörder Ihrer Tochter. Ich werde Himmel und Hölle in Bewegung setzen, um ihn zu erwischen.«

Er schluckte. Schnäuzte sich die Nase.

»Ich werde Ihnen nicht mehr Geld zahlen. Die Erfolgsprämie galt für eine lebende Canan.«

Mich wunderte, dass er jetzt an Geld dachte. Weniger seltsam erschien es mir, dass er mir unterstellte, nur auf das Geld scharf zu sein. Vielleicht hatte er ja diesen Eindruck gewonnen. Vielleicht dachte er wie viele Geschäftsmänner aber auch nur, dass alle nur an sein Bestes wollten.

»Sie haben mich bereits fürstlich entlohnt. Das reicht, um eine Zeit lang weiterzuermitteln. Ich werde das Schwein finden, das Ihre Tochter auf dem Gewissen hat.«

Wieder herrschte Stille im Äther.

»Sind Sie sicher, dass Canan sich nicht selber getötet hat?«

Mir verschlug es die Sprache.

»Selbstmord durch einen Goldenen Schuss schließe ich aus.«

Die Details verkniff ich mir. Wieder fing er zu weinen an.

»Ich werde den Täter finden«, kam ich mir wie eine Schallplatte mit einem Sprung vor.

Er atmete tief durch.

»Das macht Canan auch nicht wieder lebendig. Und was passiert dann mit so einem Zuhälter? Die haben die besten Anwälte und können Staatsanwälte und Richter einschüchtern. Selbst im Gefängnis haben sie das beste Leben. Das bringt doch alles nichts.«

Ich schluckte. Diese Wendung hatte ich nicht erwartet.

»Ich werde niemanden für Sie umbringen, falls Sie das meinen. Aber es geht doch um Gerechtigkeit für Ihre Tochter.«

Er schnaubte.

»Gerechtigkeit. Pah. Hier geht es um ganz andere Dinge.«

Mir schwante Schlimmes.

»Werden Sie bedroht? Ich kann Sie beschützen«, versuchte ich, ihm eine Brücke zu bauen.

»Ich werde nicht bedroht.«

Ich hoffte, dass er nicht auf die dumme Idee kam, Canan selber rächen zu wollen. Mit weinerlicher Stimme, Tränen in den Augen und einem Döner-Messer in der zitternden Rechten. Der Zuhälter würde sich vor Lachen in die Hosen pissen.

»Obwohl es mein Herz bricht. Der Fall ist erledigt.«

Er hatte aufgelegt.

11

Ich saß da wie bestellt und nicht abgeholt. Die Tochter meines Klienten war tot. Ich hatte sie ihm nicht zurückbringen können. Jetzt war ich auch noch ohne offiziellen Auftrag. Mit einer ausdrücklichen Verwarnung der Kriminalpolizei – ausgerechnet noch vom Oberschleimer Heinkel –, meine Finger von dem Fall zu lassen. Ohne Auftrag hatte ich ohnehin keine legitime Berechtigung mehr, in dem Fall weiterzuermitteln. Damit war Ende Gelände, aus die Maus. Frustriert trank ich mein Bier aus und machte der jungen Dame durch Signale deutlich, dass ich bezahlen wollte.

»14 Euro bitte.«

Ich legte 15 Euro auf den Tresen und wurde mit einem geschäftsmäßig-neutralen Blick verabschiedet. Für ein Lächeln reichte das Trinkgeld vermutlich nicht aus. Trotz meines plötzlichen Wohlstands war mir nicht nach Prassen zumute. Rasch überquerte ich den Marienplatz und lief Richtung Parkhaus, in dem ich Giulia abgestellt hatte. Ich bezahlte das Parkticket und begab mich unterirdisch Richtung Parkplatz. In meinem Büro angelangt, holte ich den Acer-Laptop aus der Schreibtischschublade. Vorher streichelte ich noch einmal die vielen 500-Euro-Scheine und verwahrte sie dann wieder sorgsam. Mir war klar, dass nicht nur die vielen Nullen mich verpflichteten, den Mörder Canans zu finden, sondern auch meine moralische Verpflichtung der jungen Frau gegenüber. Dann baute ich mir einen kleinen Joint und holte mir eine Flasche Bier aus dem Kühlschrank. Schreibtischermittlungsarbeit konnte anstrengend sein und ich wollte mich dafür gut stärken.

Ehrlich gesagt gehöre ich zu den Menschen, die den Umgang mit Computern nicht so gerne mögen. Auch das Internet und die neuen sozialen Medien bereiten mir mehr Unbehagen als Freude. Allerdings gab es heute kaum mehr einen Fall, in dem es ohne moderne Technik, Internet, Trojaner, Onlineüberwachung oder Ähnliches abging. Die gute, solide Ermittlungsarbeit der Privatdetektive, die den ganzen Tag in Autos rumhängen, in leere Flaschen pinkeln und sich einen Urlaub auf den Malediven vorstellen, gibt es nicht mehr. Die 90er sind längst vorbei. Auch wenn mir diese Art, draußen, in der wirklichen Welt, zu ermitteln, viel mehr Spaß bereitete. Aber es half nichts.

Den Sinn von Prostitution habe ich immer eingesehen. Ohne Prostitution wäre ein friedliches gesellschaftliches Miteinander vermutlich gar nicht möglich. Wo sollten die Männer denn mit ihrem überschüssigen Testosteron hin, wenn nicht zu einer Prostituierten? Aus welchen Gründen auch immer, es gab Millionen von Männern, die sexuell unbefriedigt waren und deshalb die Dienste einer Professionellen in Anspruch nahmen. Die andere Seite hing mit der Ausbeutung, Entmenschlichung und Funktionalisierung der Frauen zusammen. Die meisten Frauen wurden zur Prostitution gezwungen. Häufig wurden sie aus dem Osten Europas, Afrika, Asien und Südamerika unter falschen Versprechungen in die sogenannten wohlhabenden Länder gelockt. Dort mussten sie Schulden abbezahlen, die angeblich für Transport, Unterkunft, Besorgung falscher Papiere und so weiter angefallen waren. Diese Schulden wurden dann mit den sexuellen

Dienstleistungen, die sie den Freiern gegenüber erbringen mussten, verrechnet, wobei der prozentuelle Anteil, den die Frauen für einen Liebesdienst erhielten, ein Witz war; im schlechtesten Fall eine Packung Kippen oder fünf Euro für die Nummer. Das sicherte den Zuhälterbanden jahrelang ein auskömmliches Einkommen und sorgte für einen Boom des horizontalen Gewerbes.

Die Sache schien mir im Fall Canan aber anders gestrickt zu sein. Und damit kam eine weitere sehr unschöne Facette der Prostitution ins Spiel. Drogen. Drogen machten den Menschen nicht nur seelisch und körperlich kaputt, sie schufen auch extreme, zum Teil hochgradig asymmetrische Abhängigkeiten. Und wer einmal von harten Drogen richtig süchtig ist, der tut alles dafür, dass er sie auch kriegt. Sie möchten gar nicht wissen, was ein Junkie auf Entzug für einen Schuss Heroin zu tun bereit ist. Dabei ist Heroin nicht mehr die einzige harte Droge, die sofort süchtig macht, sobald man sie injiziert hat. Ende der 80er- und Anfang der 90er-Jahre kam Crack auf, ein Gemisch aus Bakingsoda und Kokain, das nach dem ersten Hit durch die Crack-Pfeife süchtig machte. Einmal zum Mond in 0,5 Sekunden – und ewig an der Pfeife. Entwickelt wurde das Teufelszeug in den Labors der CIA. Es sollte zwei Zwecken dienen:

a) die afroamerikanische Bevölkerung in den amerikanischen Slums und Gettos ruhig halten und süchtig machen, als Teil einer Inländischen-Counterinsurgency-Strategie und
b) die Contras in Nicaragua mit Waffen und Geld versorgen, um eine Ausbreitung des Kommunismus in dem zentralamerikanischen Staat und auf dem amerikanischen Kontinent zu verhindern.

Heute gab es wieder neue Drogen infernalischen Ausmaßes, wie die sogenannten Metamphetamine. Diese Upper zerstörten die menschlichen Organe in einer besorgniserregenden Geschwindigkeit und machten mindestens so süchtig wie Heroin oder Crack. Inzwischen sprach man davon, dass in den USA Landstriche von dieser Droge überschwemmt seien, und auch in Deutschland nahm das Ganze horrende Ausmaße an. Kurzum, es wurden immer neue Drogen entwickelt, die Frauen (und auch Männer!) in eine extreme Abhängigkeit führten. Aufgrund dieser Abhängigkeit waren die Süchtigen bereit, ihren Körper an jeden zu verkaufen, um dafür an die begehrten Drogen zu kommen.

Bei Canan schien mir der Fall aber noch etwas anders gelagert zu sein. Sie hatte zwar laut Aussage ihres Vaters ein Drogenproblem und dass ich sie in der Fixer-WG angetroffen hatte, schien in diese Richtung zu deuten. Aber das Verhalten von Canan, ihre Ausstrahlung und ihre Aura sprachen dagegen, dass sie bereits völlig gegen die Droge verloren hatte und hilflos an der Fixe hing. Vielmehr hatte ich den Eindruck gehabt, dass Canan sich auf einem Weg befand, dessen Ausgang noch ungewiss war. Problematisch und in keinster Weise durchsichtig war die Rolle des ominösen Zuhälters. Ich ärgerte mich, dass ich Papa Gül nicht genauer zu dem Mann befragt hatte. Dass der Zuhälter Motorradfahrer war und dem Rockermilieu nahestand, half nicht wirklich weiter.

Wie sollte ich ihn identifizieren können? Ich musste mich mit den Strukturen und Eigenheiten der Prostitution in und um Ravensburg vertraut machen. Der Laptop war längst hochgefahren und ich war mit dem

Internet verbunden. Was sollte ich bei Google eingeben? Welche Worte waren am meisten Erfolg versprechend?

›Prostitution Ravensburg‹

Knapp 90.000 Treffer. Die ersten Treffer waren Zeitungsartikel aus der lokalen hiesigen Zeitung, die sich mit dem Aspekt der Zwangsprostitution beschäftigten. Offensichtlich befand sich die Ravensburger Rotlichtszene in Bewegung. Dass das ein heißes Eisen war und von der Lokalpolitik kontrovers diskutiert wurde, war klar. Aus einem unerfindlichen Grund musste ich an Schwarz und seine Rede in der Stadtbibliothek denken. Wie lange würde es wohl brauchen, bis die ersten Frauen aus den Klauen der Taliban in die Fänge der Frauenhändler gerieten?

Der fünfte Link war ein Modell-Profil. Hier wurden sehr viele Anzeigen über Prostituierte in Baden-Württemberg präsentiert. Aber nur eine für Ravensburg. Bezeichnenderweise mit dem Namen ›Meerjungfrauen‹. Ich kannte die Straße, in der die ›Meerjungfrauen‹ ansässig waren. Eigentlich hatte ich das Haus nie beachtet, aber jetzt fiel mir wieder ein, dass rote Fenster und ein roter Türeingang auch dem letzten Bauernlümmel aus Baindt signalisierten, dass hier käufliche Liebe zu erwerben war. Für den stadtbekannten Geschäftsmann lag der Eingang sehr geschickt, da er perfekt zur Bachstraße und ein wenig zur Kohlstraße hin abgeschirmt war.

Ein weiterer Link verriet mir, dass es neben den ›Meerjungfrauen‹ eine weitere sogenannte Terminwohnung in der Rosmarinstraße mit dem Namen ›Pussycat‹ gab. Schließlich fand ich noch ein ›Dirndlluder‹ in der Gänshaldestraße. Die anderen im Online-Zeitungsartikel angesprochenen Terminwohnungen konnte ich nicht finden.

Vielleicht waren sie ja noch nicht online, was eigentlich geschäftsschädigend war, es sei denn, dort liefen ganz krumme Nummern, die nur durch Mund-zu-Mund-Propaganda bekannt wurden.

Ich schaute mir die Wohnungen genauer an. Die ersten beiden Terminwohnungen waren jeweils mit zwei Frauen besetzt. Alle vier schienen aus Osteuropa zu stammen. Sie warben mit aufreizenden Fotos, die sie in unterschiedlichsten erotischen Posen zeigten. Zum Teil trug ein und dieselbe Dame verschiedene Reizwäsche, einmal pink und einmal orange – vermutlich, um den Geschmack von möglichst vielen Freiern zu treffen. Die Fotos waren professionell. Mit Sicherheit sabberten im Moment Hunderte von Männern vor ihren Computern und besahen sich die Bilder.

Unter den Bildern waren die angeblichen sexuellen Vorlieben der Damen aufgelistet. Dort fand sich von Verbalerotik über Deep Throat bis zu Analverkehr beinahe alles, was das Männerherz begehren konnte. Die Damen sahen auf den Fotos so aus, als ob sie sich kaum zurückhalten konnten, bis der nächste Freier kam – durch und durch fachmännisch. Ich klickte mich durch die Seiten durch. Die Preise waren gesalzen. Ein Bordellbesuch konnte einige Hundert Euro kosten. Ich dachte an das viele Geld in meiner Schublade. Das war doch zu hart verdient, um es irgendwelchen Damen für Liebesdienste in den Rachen zu werfen, die dann ihrerseits wieder den Löwenanteil an ihren Zuhälter weiterleiten mussten.

In jedem Fall stand für mich fest, dass die Damen auf den Bildern keine allzu großen und offensichtlichen Drogenprobleme besitzen konnten. Sie sahen gut genährt und fit aus – das war natürlich die Grundvoraussetzung, um diesen Job überhaupt erledigen zu können. Vermutlich standen nur ganz kranke und kaputte Typen darauf, sich irgendjemanden vom Straßenstrich ins Auto zu holen. Den suchtkranken Prostituierten reichten vermutlich wenige Euro extra, um Verkehr ohne Schutz zu haben. Was es in den Puffs in Ravensburg offensichtlich nicht gab. Aber vielleicht auch nur offiziell.

Was mich frustrierte, war, dass es in Ravensburg augenscheinlich recht wenig offene Prostitutionsstrukturen gab. Das konnte doch bei knapp 100.000 Einwohnern im Nahbereich und 150.000 Mitbürgern im Mittelbereich Ravensburgs nicht alles sein, was es an Prostitution gab. Ich dachte an Canan und daran, dass sie ihren Körper in der Disco ›Space‹ angeboten hatte. Aber das war nur ein Notbehelf gewesen. Entweder gab es in Ravensburg eine Menge versteckter käuflicher Liebe oder es gab ganz in der Nähe ein Prostitutionszentrum.

Ich seufzte, denn ich war müde und wollte am liebsten vor den Fernseher. Anstatt dessen sah das Ganze nach einer weiteren ungeliebten Internetrecherche aus.

12

Der Punkt, den ich noch nicht verstand, war, wie Canan in das Bild hineinpasste. Das ergab für mich keinen Sinn. Schwieriges Verhältnis zum Vater und zur Familie – okay. Und dann? Irgendwie in die Drogenszene reingerutscht, wobei auch hier für mich Unklarheiten bestanden. Was hatte Canan tatsächlich konsumiert und wie viel davon? Wie lange hatte sie an der Fixe gehangen und geballert? Oder war sie noch im Stadium des Experimentierens gewesen?

Unter Umständen war die Drogensucht sogar ein Lügenkonstrukt des Zuhälters, um seinen Mord hinterher gut vertuschen zu können? War der Goldene Schuss Canans in der ›Turm-Eck‹ ihr erster Schuss überhaupt? Allerdings hatte sie mich bei unserer Begegnung nach Laudanum gefragt – allzu zugedröhnt hatte sie aber nicht gewirkt. Und dass sie nach Laudanum fragte, musste nicht zwangsläufig bedeuten, dass sie drückte. Opiate konnten auf verschiedene Arten und Weisen konsumiert werden. Bereits das Schniefen von Heroin verringerte die Suchtgefahr ernsthaft im Vergleich zum Fixen.

In jedem Fall wollte ich mein Bild über die Prostitution in der Gegend vervollständigen. Ravensburg konnte mit seinen drei Terminwohnungen doch nicht der Weisheit letzter Schluss sein. Ich überlegte, welche anderen Orte in der Nähe infrage kamen. Es war schwierig. Entweder waren sie zu klein oder zu weit weg.

Eigentlich kamen nur Ulm und Friedrichshafen in die nähere Auswahl. Ulm wollte ich zunächst ausklammern und mich auf die Bodenseeregion konzentrieren. Aus einem nicht näher bestimmbaren Grund hegte ich den Verdacht, dass der Fall Ravensburg und die Bodenseeregion betraf. Sollte ich dort nicht weiterkommen, konnte ich immer noch in Richtung Ulm ermitteln. Ich gab verschiedenste Begriffe und Begriffskombinationen bei Google ein, bis ich schließlich auf einen Link stieß, der mich brennend interessierte.

Unter ›lustmap.de‹ waren alle Etablissements in Friedrichshafen untereinander aufgelistet. Es haute mich beinahe vom Hocker. Hier waren nicht weniger als 15 Bordelle, Nightclubs, Swingerclubs und Erotic Center gelistet. Im Vergleich zu Ravensburg nahm sich Friedrichshafen wie das Babylon der käuflichen Liebe aus. Friedrichshafen schien also für den Bodenseeraum das Mekka der Prostitution zu sein – zumindest was die Vielfalt des Angebots betraf.

Ich klickte mich durch die Links und erhielt einen Überblick über die einschlägigen Locations. Die Palette war vielfältig. ›Asian Delight‹ war etwas für den Asienliebhaber, da in dem Laden nur Thailänderinnen und Vietnamesinnen arbeiteten. ›Hot Massage‹ stellte die direkte Konkurrenz dar. Ein Blick ins Impressum verriet aber, dass der Betreiber derselbe war. Hier gab es fernöstliche Massagen inklusive Prostatabereich mit garantiertem Happy End zu genießen. Voller Verdruss erinnerte ich mich an meinen letzten Besuch beim Urologen und fragte mich, wer sich das freiwillig antat. ›From Russia, With Love‹ hingegen bot Russinnen eine sichere Arbeitsstätte. Olga, Vanja und Svetlana boten unterschiedliche Sexualpraktiken an, versprachen aber alle Girlfriend-Sex vom Feinsten. Inklusive Zungenküsse für jeden. Mir drehte sich der Magen um. Ohne Zeitdruck und mit viel Liebe und Einfühlsamkeit. Sex-Verkäufer waren schließlich auch nur Verkäufer, die ihre Ware loskriegen mussten.

Das ›Red House‹ hatte sich anderweitig spezialisiert. Mir fiel der gleichnamige Song von Jimi Hendrix ein.

Das ›Soixante Neuf‹ hatte sich – ganz ›nomen est omen‹ – der französischen Liebe verschrieben. Ich war sehr erstaunt, wie viele Varianten es dort gab und wie viele damit verbundenen Tarife:

- Französisch mit
- Französisch ohne
- Französisch mit Aufnahme
- Französisch mit Gesichtsbesamung
- Deep Throat

Bei der Lektüre kam ich mir wie ein Schüler im Sex-Laden vor und ich fragte mich, was ich in meinem bisherigen Leben wohl alles verpasst hatte. Vielleicht besaß ich ja mehr Nachholbedarf als angenommen.

Schließlich landete ich bei einem sogenannten ›Lauf-Haus‹. Hier befanden sich 50 Frauen in einem Gebäude. Ich hatte bereits mehrfach von dem berühmt-berüchtigten Dreifarbenhaus in Stuttgart gehört, in dem sogar noch mehr Frauen anschaffen gingen. Das hier war aber vergleichbar.

Ich ging die Zimmer durch und zum ersten Mal bei meiner Suche stolperte ich über eine türkische Prostituierte. Selina konnte Canan nicht das Wasser reichen. Sie war deutlich kleiner, dicklich und besaß in keinerlei Hinsicht die Klasse Canans. Ihre Vorlieben-Liste hielt sich in Grenzen. Auf den Fotos machte sie keinen allzu motivierten Eindruck. Die Kunden hatten sogar die Möglichkeit, die Damen zu bewerten. Selinas Bewertungen waren nicht gerade berauschend, der Wiederholungsfaktor lag sogar unter 50 Prozent.

Ich überlegte mehrfach hin und her, ob das Lauf-Haus Friedrichshafen vielleicht die Adresse gewesen sein könnte, bei der Canan gearbeitet hatte. Ich klickte mich weiter durch die Bildergalerien und betrachtete die Frauen: Kroatinnen, Spanierinnen, Ungarinnen, Rumäninnen, Thailänderinnen … Ich kam zu dem Schluss, dass Canan hierfür eine Spur zu exklusiv war.

Durch diesen Gedanken angespornt, nahm ich den ›Gents-Point‹ unter die Lupe. Der Club versprach ein exklusives Ambiente. Die Damen waren wieder international bunt gemischt. Stutzig machte mich, dass auf der Seite für ein ›Pussycat‹-Etablissement in Friedrichshafen geworben wurde. In Ravensburg gab es schließlich auch ein ›Pussycat‹-Bordell. Ich verglich das Impressum. Beide Male war dort ein Heinz Müller eingetragen. Das bedeutete, dass ›Pussycat‹ Ravensburg und ›Pussycat‹ Friedrichshafen zusammenhingen. Zumindest stand ein und derselbe Typ im Impressum. Auch wenn es theoretisch möglich war, dass es zwei unterschiedliche Heinz Müller gab.

Nun war guter Rat teuer. Wie sollte ich weitermachen? Ich musste herausfinden, ob der Zuhälter, der ›Pussycat‹ betrieb, identisch war mit demjenigen, der Canans Leben bedroht hatte. Dabei half vermutlich nur eine Ermittlung vor Ort. Ravensburg oder Friedrichshafen? Vielleicht war es besser, nicht direkt in Ravensburg mit den Nachforschungen zu beginnen.

Ich wählte die Telefon-Nummer des Gents-Points in Friedrichshafen. Es tutete sechs Mal. Vermutlich ging es drunter und drüber. Dann wurde schließlich der Hörer abgenommen.

»Willkommen beim Gents-Point. Chantal am Apparat. Was kann ich für dich tun?«

Die Stimme war Sex pur. Vermutlich hatte ich die Puffmutter an der Strippe. Ich überlegte kurz, da ich solch ein Gespräch noch nie zuvor geführt hatte. Die Warterei schien Chantal gewöhnt zu sein.

»Hallo, hier spricht Enzo. Ich wollte mich erkundigen, ob Lydia heute noch einen Termin frei hat.«

Mehr oder weniger zufällig hatte ich mich für Lydia entschieden. Laut Homepage war Lydia eine 19-jährige Rumänin. Anfängerin. Die aber, außer Analverkehr, alles machte. Und viel Spaß an der Arbeit hatte. Ich hörte etwas rascheln, so, als ob ein dickes Buch gewälzt wurde.

»Lydia ist den ganzen Abend ausgebucht. Aber morgen hätte ich noch etwas frei – um 19.00 Uhr?«

Das dauerte mir zu lange. Ich wollte heute mit den Ermittlungen weiterkommen, solange die Spur noch heiß war.

»Und Annabella?«

Laut Internetbeschreibung eine feurige, vollbusige Spanierin, bei der kein Männerwunsch offenblieb. Chantal seufzte.

»Heute ist nur noch Elena frei.«

Schnell klickte ich das Bild im Laptop an. Elena, eine Ukrainerin. Typisches Aussehen. Kuhgesicht und riesige Glupschaugen unter strohblonden Haaren. Ich war nicht überrascht, dass sie heute noch zu haben war.

»In einer Stunde?«

Ich rechnete. Eine Stunde – kein Problem.

»Wie lange und mit wie vielen Extras?«, säuselte Chantals Stimme wieder durch den Äther.

Da ich nicht genau wusste, was das bedeutete, schoss ich einfach ins Blaue.

»Eine halbe Stunde. Zwei Extras.«

»Sehr schön, der Herr.«

Chantal klang zufrieden. Zur Sicherheit steckte ich einen Tausender ein. Der Spaß konnte schließlich teuer werden.

13

Als ich mich hinter das Lenkrad von Giulia klemmte, war es bereits dunkel. Da es Donnerstag und noch kein Wochenende war, entschied ich mich für den direkten Weg, in der Hoffnung, dass der Verkehr nicht zu stark sein würde. Ich machte das Radio an und ließ mich mit Nachrichten aus aller Welt berieseln: die Wahl des neuen Papstes, die atomaren Drohungen aus Nordkorea, der immer noch andauernde Krieg in Syrien … Auf der B 30 herrschte moderater Verkehr – alles richtig gemacht.

Nach einigen Minuten, als mich die Musik nervte, schaltete ich das Radio aus und versuchte, mir einen Plan zurechtzulegen. Wie käme ich bei Elena wohl am besten an die gewünschten Informationen heran? Indem ich ganz normal ihre Liebesdienste in Anspruch nahm und danach ein paar möglichst unauffällige Fragen stellte? Oder sollte ich lieber gleich mit der Tür in Haus fallen und mein Anliegen offen zu erkennen geben? Ehrlich gesagt reizte mich Elena kein bisschen – zumindest die Fotos ließen mich kalt. Aber die Lust konnte ja noch kommen – ähnlich wie beim Hunger, der während des Essens kommt.

Wie würde Elena auf meine Fragen reagieren? Sie beantworten? Oder gleich auf den Not-Knopf für den Zuhälter drücken? Nun gut, mit dem würde ich fertig werden, das stand außer Frage. Aber mein Ziel, Informationen über Canans vermeintlichen Zuhälter zu erreichen, wäre damit verpasst. Ich fasste den Plan, mit Elena erst einmal ganz menschlich das Gespräch zu suchen, um dann möglichst unauffällig das Thema ›Zuhälter‹ anzuschneiden. Pläne sind meistens für die Tonne, aber nur planlos durchs Leben zu rennen, ist auch sinnlos.

In Friedrichshafen war der Gents Point nicht zu übersehen. Von außen sah das Gebäude überhaupt nicht nach Gentlemen aus. Zwei Stockwerke, oben grau und unten schwarz verputzt. Es gab drei Eingänge. Die Türen waren weiß mit abgegriffenen goldenen Griffen. Über jeder Tür prangte eine auffällige weiße Markise. Auf den Markisen stand ›Gents‹, umrahmt von zwei Herzchen. Die Rollläden der oberen Fenster waren heruntergelassen. Es herrschte wohl Hauptverkehrszeit. In der Mitte des lang gezogenen Hauses gab es ein durch die Fenster sichtbares Treppengeländer, das mit blinkenden bunten Lichterketten umhüllt war. Die stellten sicher, dass auch ein 90-jähriger Opa den ›Gents-Point‹ nicht verpassen konnte.

Ich parkte Giulia direkt gegenüber dem Eingang, schließlich hatte ich nichts zu verbergen, da ich ja dienstlich unterwegs und prinzipiell niemandem Rechenschaft schuldig war. Intuitiv entschied ich mich für die mittlere Türe und klingelte bei ›Lovehaus‹. Sehr einfallsreich. Ein schwüler Glockenton erklang – Richard Kleidermanns ›Für Eloise‹. Leise und gedämpft. Es schüttelte mich. Spätestens jetzt war mir jegliche Lust vergangen. Einige Zeit regte sich nichts. Hinter der Tür waren aber gedämpfte Geräusche wahrzunehmen. Geschirr, das aufgeräumt wurde, und leise Gesprächsfetzen. Dann endlich näherten sich schnelle Schritte der Tür.

Als sich die Türe öffnete, war ich angenehm von einer Dame um die 40 überrascht. Pechschwarze Haare, streng nach hinten zurückgekämmt, ein wenig Make-up, das ihr hübsches Gesicht und die braunen Augen kunstvoll betonte, und ein einfaches schwarzes Abendkleid.

»Hallo, ich bin Chantal«, säuselte sie mit der mir schon bekannten Stimme und umarmte mich sanft, wobei sie mir zwei flüchtige Küsse auf die Backen drückte. »Herzlich willkommen im ›Gents-Point‹.«

Chantal war knapp 1,80 Meter groß und hatte sich verdammt gut gehalten. Sie roch gut. Sie hätte sicherlich noch einige Jahre aktiv als Liebesdienerin arbeiten können, bevorzugte aber das gediegenere Leben einer Puffmutter. Mir kam sie jedenfalls zehn Mal begehrenswerter vor als Elena. Chantal machte eine einladende Geste in das Innere des Hauses. Wer als Dame des Hauses fungierte, musste sich nicht selber verkaufen – alte Binsenweisheit.

»Du bist Enzo, nicht wahr?«

Bei unserem Telefonat hatte ich keinen Anlass gesehen, ihr nicht meinen richtigen Vornamen zu nennen – vermutlich die bessere Tarnung, denn es war davon auszugehen, dass 100 Prozent der verheirateten Männer einen falschen Namen angaben. Ich nickte und folgte ihr nach drinnen.

»Setzen wir uns erst mal an die Bar und trinken etwas. Dann können wir uns über deine Wünsche unterhalten. Du weißt ja, bei uns werden deine geheimsten Wünsche Wirklichkeit.«

Ich versuchte, mir nichts anmerken zu lassen, denn Getränke an der Bar hatte ich nicht eingeplant gehabt und geheime Wünsche hatte ich keine im Gepäck. Chantal bemerkte meinen Blick.

»Die Getränke sind bei uns inklusive«, beruhigte sie mich und fasste mich sachte am Arm, um mich Richtung Bar zu ziehen.

Na, dann stand einem wilden Saufgelage ja wohl nichts mehr im Weg. Das Innere des ›Gents-Points‹ wurde schon eher seinem Namen gerecht. Die Bar, zu der mich Chantal führte, war im Jugendstil der 20er- Jahre des 20. Jahrhunderts gehalten. Braun und Schwarz. Sehr klein und exklusiv. Vier Sitzplätze. Hohe Barhocker. Elegant und filigran. Chantal ging selber hinter die Bar. Das war hier ihr Reich, daran ließ sie keinen Zweifel.

»Champagner?«, fragte sie, während ich hoffte, dass ich genügend Geld eingesteckt hatte, um das Vergnügen hier zu bezahlen, denn was würde die Nummer kosten, wenn die Getränke umsonst waren?

Da ich den Tag bereits anders begonnen hatte, entgegnete ich freundlich, dass mir ein Bier lieber wäre.

»Bier?«, argwöhnte Chantal, als ob ich etwas Unanständiges gesagt hätte.

Zum Glück hatte ich meinen edel aussehenden Übergangsmantel anbehalten, sodass mein Hoody, der übrigens mehr gekostet hatte als der Mantel, nur zum Teil zu sehen war. In dem Laden herrschte aber eine Hitze wie im subtropischen Urwald, sodass ich das nur noch geringe Zeit durchhalten konnte, ohne wegzufließen. Chantal bückte sich und holte aus einem kleinen Barkühlschrank eine kleine Flasche Radeberger, die sie mir umständlich in ein Pils-Glas einschenkte. Pils schien hier nicht zu laufen, die Möchtegerngentlemen tranken wohl lieber Schlabberwasser. Sie schenkte sich ohne großen Enthusiasmus einen Fingerhut aus einer Schampus-Flasche ein, wirkte aber durchwegs professionell.

»Zum Wohl«, wünschte sie mit einem Augenaufschlag, für den sie einen Waffenschein gebraucht hätte.

Nach einem Schluck Bier musste ich meinen Mantel ausziehen. Erwartungsgemäß kriegte Chantal große Augen. Das war nicht der durchschnittliche Geschäftsmann, der hier einen draufmachen konnte, indem er die Firmenspesenkasse belastete. Auch nicht der typische hiesige Ehemann, der das Etablissement aus welchem Grund auch immer aufsuchte.

Ein Blick in den Spiegel über der Bar verriet mir vielmehr, dass ich aussah wie ein Checker, der sich seine Trophäen aus dem Alltag holte. Okay, vielleicht sah ich von der Statur her ein wenig nach Zuhälter aus – mir fehlten aber die Kettchen und der fiese, abgestumpfte Blick. Ich brauchte mich nicht zu verstecken, das war mir schon klar. Aber es brauchte auch nicht an meinem Ego zu kratzen, dass ich hier war. Chantal riss mich wieder aus meinen Gedanken, legte eine rote Bewerbungsmappe auf den Tresen und schlug sie auf. Ein Ganzkörperporträt von Elena im Beinahe-Eva-Kostüm lag obenauf. Ich kannte es bereits aus dem Internet. Dann zog sie ein DIN-A4-Blatt hervor, das eine Auflistung enthielt.

»Hier sind Elenas Extras. Welche möchtest du gerne? Wenn du dich nicht entscheiden kannst, empfehle ich dir gerne etwas.«

Irritiert warf ich einen Blick auf die Liste. Dass hier Fremdsprachenunterricht inklusive war, hatte ich nicht gewusst. Dann besann ich mich auf meine Rolle und versuchte, interessiert zu wirken.

»Französisch ohne. Und Spanisch.«

Ihrem Gesichtsausdruck zufolge war Chantal sehr zufrieden.

»Eine sehr gute Wahl«, sagte sie distinguiert. »Du wirst mit Elena deine Freude haben. Sie ist ein sehr talentiertes Mädchen. Und so ursprünglich. Wie viele, die aus dem Osten kommen.«

Da mir nichts Passendes einfiel, nickte ich.

»400 Euro – die halbe Stunde, nicht wahr?«, kam Chantal geschäftsmäßig zum Schluss.

Ich dachte daran, dass das ein verdammt teures Gespräch wurde. Bestimmt so teuer wie ein sehr guter Psychoklempner. Blieb die Frage, was besser half. Couch und Gespräch oder Couch und Leibesertüchtigungen?

Wie aufs Kommando ertönte Kleidermann. Ein neuer Kunde war im Anmarsch. Ich fischte einen der Fünfhunderter aus der Hosentasche. Kaum hatte ich das Wechselgeld verstaut und Chantal sich von mir mit einem flüchtigen Luft-Kuss verabschiedet, öffnete sich ein in derselben Ornamentik wie die Bar gehaltener Vorhang, der die Tür neben der Bar bedeckte.

14

Elena präsentierte sich im Türrahmen. Sie trug einen Hauch von Grün um ihre Hüften und ihre Brüste. Sie war nicht sehr groß, aber kompakt gebaut, und ihre Brüste wirkten wie die Voralpen. Ihre strohigen blonden Haare endeten auf der Höhe des Kinns – typische Nutten-Frisur. Sie versuchte ein verführerisches Lächeln. Es wirkte verkrampft und leicht peinlich. Ich schüttete schnell noch den Rest Bier hinunter, als Stärkung für das, was kommen mochte. Für 400 Mäuse muss man schließlich schauen, was man kriegt.

»Hallo, ich bin Elena«, sagte sie mit starkem russischen Dialekt, weil ich nie von selber drauf gekommen wäre.

»Kommst du bitte mit?«, fuhr sie fort, weil es tatsächlich an meiner Freiwilligkeit mangelte.

Sie stakste auf roten High Heels vor mir her, durch einen Gang, der rot-orange gestrichen war. Der Teppich war pink und flauschig. Sie hatte ihre Mühe beim Gehen, schaffte es aber, ohne hinzufallen.

»Wir müssen in den dritten Stock«, meinte sie entschuldigend mit einem Lächeln, das für den Aufwand entschädigen sollte, aber wieder nur deplatziert wirkte, was ich mir beinahe hätte denken können, denn im ersten und zweiten Stock war sicherlich die erste Garde untergebracht.

Sie schlingerte wie ein Seemann drei Stunden nach Landgang. Im dritten Stockwerk wandte sie sich nach rechts und öffnete die zweite Tür links.

»Trittst du ein, bitte«, forderte sie mich auf.

Das Zimmer hatte es in der Tat in sich. Edle weiße und schwarze Tapeten prangten an den Wänden. Ein weißes Ledersofa stand vor einem imposanten Tisch mit großer Glasplatte auf Granit. Der Flat-Screen-Bildschirm hatte beachtliche Ausmaße. Der Teppichboden war grau, passte aber stimmig zur gesamten Zimmereinrichtung.

Elena legte sich etwas unbeholfen auf die stattliche Spielwiese. Quer. Das Bett war puffrot bezogen. Eine schwarz-weiße Bettdecke im Tiger-Look lag darauf. Zum ersten Mal konnte ich Elena einen gewissen erotischen Reiz abgewinnen, so, wie sie da lag. Ihre Augen waren stumpf auf mich gerichtet. Sie machte eine einladende Geste auf das Bett hin.

»Setzt du dich zu mir«, erklärte sie für Volltrottel.

Die Gelegenheit wollte ich mir natürlich nicht entgehen lassen. Der Gang von Elena ließ nämlich zwei Schlüsse zu:

- entweder litt sie unter ihrem schweren Körperbau und damit verbundenen Koordinationsschwierigkeiten, was in ihrer Heimat bei den ärztlichen Vorsorgeuntersuchungen unentdeckt geblieben war,
- oder sie hatte H intus.

Ich tippte auf *oder*. Ich schaute ihr tief in die Augen.

»Oh, du bist romantisch«, kicherte sie.

Grenzwertig. Die Pupillen waren klein, aber nicht übermäßig klein. *Entweder* kam wieder ins Spiel. Vielleicht *entweder* und *oder*.

»Du bist ein schöner Mann«, fuhr sie fort, Honig zu träufeln, und es wunderte mich, dass sie nicht anfing, mit den Augen zu rollen oder die Bettdecke vollzusabbern. »Wenn du möchtest, wir können küssen umsonst, richtig schön und zärtlich mit Zunge und so weiter …«

Sie strahlte mich an, als hätte sie mir das Angebot meines Lebens gemacht. Ich fragte mich, was sie mit ›und so weiter‹ meinte, fragte aber nicht nach. Vermutlich irgendeine weitere Fremdsprache, die ich nicht beherrschte.

Mit jeder verstreichenden Minute nötigte Elena mir aber mehr Respekt ab. Sie blieb perfekt in ihrer Rolle und hatte sich gut im Griff – keine Aussetzer. Sie setzte sich auf und robbte bedrohlich in meine Richtung. Vielleicht wirkte ich etwas verklemmt und nachhilfebedürftig. Ihre rechte Hand wanderte an meinem Hoody hoch, als ob sie einen Hemdknopf suchen würde.

»Wieso arbeitest du hier?«, fragte ich.

Erstaunt blickte sie mich an.

»Ah, bist du so einer. Möchtest du reden.«

Sie seufzte und blickte an mir hoch.

»Ich hier arbeite, weil ich möchte Geld verdienen und hier gutes Geld verdienen kann. Meine Eltern und mein Sohn leben gut davon in Heimat.«

Gute Antwort. Schlaue Elena. Vermutlich hatte man ihr das eingeprügelt, bis sie es verstanden hatte. Falsche Frage, neuer Versuch. Ich überlegte, wie ich die gewünschten Informationen aus ihr herausbekommen könnte.

»Wer hat dich zugeritten?«

Urplötzlich funkelten ihre Augen. Sie legte den Finger auf ihre Lippen, deutete auf einen Punkt an der Wand und bedeutete mir erneut, still zu sein.

»Oh, du willst schauen Porno?«, fragte sie dann laut. »Das wir können gerne machen. Ich liebe Porno. Ich habe ganz geiles Programm.«

Offensichtlich war sie darauf dressiert, die Kundenwünsche sklavisch zu erfüllen. Sie stand auf und schaltete den Fernseher ein. Sofort erfolgten lautes Gestöhne und wüstes Gerammele – à la: welcher Hase hat die stärksten Duracell-Batterien. Elena setzte sich neben mich und deutete mir an, mich neben sie auf das Bett zu legen. Gut erzogen, wie ich war, zog ich meine weißen Air Jordan's Retro aus und ließ sie vor das Bett auf den Teppich plumpsen.

»Eine Kamera und viele Mikrofone«, flüsterte Elena, während sie zur Tarnung an mir herumstreichelte.

Fantastisch – als zahlender Kunde bekam man den Zelluloid-Service kostenlos dazu – im Zweifel für die Ehefrau und Kinder zu Hause. Als Erinnerung sozusagen und ständige Geldquelle für den ›Gents-Point‹.

»Bist du Polizist?«, fragte Elena.

Sie gefiel mir immer besser. Auf den Kopf gefallen war sie offensichtlich doch nicht. Im Gegenteil, sie war ziemlich raffiniert.

»So was Ähnliches«, erwiderte ich und kam mir reichlich dämlich vor. »Nimmst du Heroin?«

Sie senkte die Augenlider.

»Nicht viel. Aber so, dass ich bisschen bin weggetreten und Arbeit ist erträglicher.«

Meine Fährte schien richtig zu sein. Prostituierte und H.

»Ich zu Hause habe Literatur- und Kulturwissenschaft studiert, mit Goldenes Diplom. Aber habe gefunden keinen Job.«

»Wie kamst du dann hierher?«

»Ich habe getroffen Frank in Ukraine. Zuerst er war sehr nett. Große Liebe. Hat mich genommen mit nach Deutschland. Und hier dann das.«

Es fiel ihr schwer, nicht zu weinen. Aber sie hatte sich gut im Griff. Vielleicht half ihr das Heroin.

»Hat Frank einen Nachnamen?«

»Das sein Nachname.«

Sie zwinkerte.

»Muss ich dich jetzt ausziehen, sonst das fällt auf.«

Frank war nicht identisch mit dem Nachnamen Müller aus dem Impressum. Das war auch nicht zu erwarten gewesen. Ich zog meinen Hoody unbeholfen über den Kopf. Irgendwie hatte ich den Eindruck, dass Elena mich mochte. Vermutlich lag das daran, dass ich mich normal mit ihr unterhielt.

»Ist Frank Rocker?«

»Rocker?«

Sie starrte verdutzt.

»Motorradfahrer mit Clubjacke. Hells Angels oder Bandidos?«

Sie schüttelte den Kopf.

»›The Living Dead‹ auf seiner Jacke«, sagte sie schließlich.

Ihr Englisch war genauso akzentbehaftet wie ihr Deutsch. Ich hätte sie umarmen können, hielt mich aber zurück. Das war die Information, die mir weiterhelfen konnte: Zuhälter Frank war Mitglied bei den ›Living Dead‹. Nicht, dass ich den Namen schon einmal gehört hätte.

»Du musst weiter ausziehen, sonst fällt auf«, drängte sie erneut, wobei es sicherlich genügend Kunden gab, die nur zum Reden vorbeikamen.

Während ich nach einer eleganten Lösung suchte, hörte ich den langsam lauter werdenden Klingelton meines Handys, das sogar das Stöhnen aus dem Fernseher übertönte. Ich stand auf und ging zu dem Stuhl, über dem meine Jacke hing. Ohne nachzusehen, ging ich dran.

»Hallo?«, brüllte ich in das Telefon.

»Enzo?«

Die Stimme klang schwach. Weit entfernt. Sie kam mir bekannt vor, aber wegen der Geräuschkulisse und der schlechten Verbindung stand ich auf der Leitung. Eine Verflossene?

»Enzo, was ist bei dir los?«

Mama!

»Oh, das ist jetzt ganz ungünstig«, brüllte ich in den Hörer. »Ich komme, so schnell es geht.«

Dann trennte ich die Verbindung, packte das Handy ein und wandte mich an Elena.

»Das ist sehr bedauerlich. Aber ein wichtiger Geschäftstermin, der nicht aufgeschoben werden kann.«

Ich versuchte, verärgert auszusehen – für die Kamera.

Bevor ich ging, gab ich Elena verdeckt eine meiner Visitenkarten.

»Wir holen das nach«, sagte ich gut vernehmbar.

15

Am nächsten Morgen war mir die Geschichte mit Mama immer noch peinlich. Aber was sollte es? Ich war meiner Arbeit nachgegangen – mehr nicht. Und außerdem war ich erwachsen und niemandem Rechenschaft schuldig. Dennoch wollte ich mich meiner Mutter baldmöglichst erklären.

Nach zwei Kaffees und einer kurzen Recherche im Internet hatte ich herausgefunden, wo der Motorradclub der ›Living Dead‹ lag. Ich beschloss, dort einen Besuch abzustatten, und rüstete mich – für alle Eventualitäten – martialisch aus. Ich steckte einen Schlagring in die vordere linke Hosentasche, einen Totschläger in den rechten hinteren Hosenbund und für den Notfall die Artillerie rechts vorne in die Hose. Ich hatte mir unter anderem eine Glock 17 zugelegt. Für das österreichische Fabrikat sprachen gute Gründe. Vor allem die 17 bis 19 Schuss fand ich ein überzeugendes Argument; zudem konnte ich gut mit ihr umgehen.

Bis zum Club brauchte ich 20 Minuten mit dem Auto. Es war Freitag und entsprechend herrschte viel Verkehr am frühen Morgen. Zahlreiche Hausfrauen und Familien fuhren zum Einkaufen. An der Peripherie von Ravensburg drängten sich große Einkaufszentren, in gewisser Weise den amerikanischen Malls nachempfunden. Des Ravensburgers größtes Vergnügen war es, hier einmal oder mehrere Male die Woche für sein leibliches Wohl zu sorgen.

Das Clubgelände des Motorradclubs befand sich in einer ehemaligen Scheune. Die nächsten Wohnhäuser waren recht weit entfernt. Ich hatte immer gedacht, dass Rocker ihre Clubhäuser ausschließlich in Industriegebieten hatten. Bei den Living Dead schien das anders zu sein. Ein hoher Zaun mit Stacheldraht schützte die Scheune. Ich konnte mehrere Kameras entdecken, die jede Bewegung überwachten. Einen Wachhund konnte ich nicht sehen. Über dem Clubhaus wehte die Fahne. Darauf war ein weißer Totenkopf auf schwarzem Grund. Den Hintergrund bildeten Skelette und Knochen.

Ich parkte Giulia im Halteverbot und überquerte die Straße. Ich hatte mir die Kapuze meines grauen Hoodys über den Kopf gezogen. Darunter trug ich eine Ray-Ban-Sonnenbrille, die die Augenpartie komplett verdeckte. Über dem Hoody trug ich eine martialische schwarze Lederjacke. Man musste versuchen, den Gegner mit seinen eigenen Waffen zu schlagen. Am Gittertor hing ein großes Schild: ›Betreten auf Lebensgefahr untersagt‹. Ich lächelte müde. Das wirkte vielleicht bei oberschwäbischen Hausfrauen.

Ich rüttelte an dem Tor. Verschlossen, wie nicht anders zu erwarten. Ich begann, laut zu rufen. Nach drei Minuten kam ein Mann hinter der Scheune hervor. Er trug typische Rockerkluft, war breit gebaut, aber nicht gut in Form. Viel zu viel Fett, trotz seiner Größe von knapp zwei Metern. Ganz im Gegensatz zu mir mit meinem mühsam gestählten Körper. Langsam kam er auf das Tor zugewackelt. Mit ernster, verärgerter Miene. Er trug einen Kinn- und Backenbart. Die lockige Haarpracht wucherte wild auf seinem Kopf. Sein Gesicht war rot. Zu viel Alkohol, zu viel Nikotin und zu viel ungesunde Ernährung. Wenn man das außer Acht ließ, sah er furchterregend aus und roch vermutlich auch so.

Ich inspizierte seine Lederkutte. Die szenetypischen Sticker fehlten. Das bedeutete, dass der Typ ein Supporter war. Noch kein vollwertiges Club-Mitglied, sondern jemand, der jahrelang speichellecken und duckmäusern musste, in der Hoffnung, irgendwann einmal in den Club aufgenommen zu werden.

»Was willst du?«, fragte er barsch, als er das Gittertor erreicht hatte.

»Ich muss Frank sprechen.«

Einen Moment lang sah er aus, als wüsste er nicht, wen ich damit meinte. Dann schien es zu klingeln.

»Ist nicht hier.«

»Ich muss ihn aber sprechen.«

Seine Miene verfinsterte sich noch mehr.

»Ich hab gesagt, verpiss dich.«

Mir reichte es.

»Hör mal zu, du Komiker. Du gehst jetzt rein und sagst Frank, dass ich ihn wegen Canan und zwei Kilos sprechen möchte. Wenn du das nicht tust, musst du auf deine Wiedergeburt warten, um Mitglied zu werden.«

Er kratzte sich am Kopf. Überlegte, was ihn viel Mühe kostete. Dann drehte er sich um und ging Richtung Scheune, in der er verschwand. Nach zwei Minuten kam er wieder raus. Sein Gesichtsausdruck hatte sich nicht verändert. Mürrisch schloss er das Tor auf und öffnete einen Spaltbreit.

»Danke, ich finde den Weg schon alleine.«

Ich ließ ihn stehen und steuerte die Scheune an. Im Clubhaus herrschte gedämpftes Licht, das durch ein paar Milchglasscheiben fiel. An den Wänden hingen Lederkutten, Clubsymbole und Motorradzubehör. Die Scheunenbalken waren originalbelassen, ebenso wie der Fußboden. Hinten befand sich eine Bar mit gigantischen Ausmaßen. Ich taxierte mindestens 150 Flaschen. Die Partys hier ließen sich sicher ganz gut an, wenn man auf Sauforgien, raue Mengen weißes Pulver und derbes Fleisch stand.

Im rechten hinteren Winkel stand ein kleiner Schreibtisch, an dem ein Mann saß, über Bücher gebeugt. Der Mann schrieb – er führte Buch – eindeutig. Er war deutlich kleiner als der Supporter. Aber besser gebaut. Da stimmte die Übersetzung bei allen motorischen Bewegungen. Und gut durchtrainiert, im Gegensatz zum Supporter.

Als ich von Weitem seine kalten blaugrauen Augen sah, nahm ich mir vor, mich vor ihm in Acht zu nehmen. Sein Blick taxierte mich. Er hatte schwarze glatte Haare und eine Deckelglatze. Die Lederkutte prangte vor Abzeichen. Hochdekorierter Veteran. Vor dem Schreibtisch stand ein einfacher Holzstuhl. Er verzog keine Miene. Ich baute mich, so gut es ging, vor ihm auf.

Innen – Rockerclub – Tag

Ich: Frank?
Frank: Wer will das wissen? Till Schweiger für Arme? Oder der Arsch vom Dienst?
Ich: Ich spreche viel deutlicher als Till Schweiger. Aber der Arsch vom Dienst bin ich ebenso wenig. Ganz im Ernst, Denz. Enzo Denz. Privatermittlungen.

Frank haut mit der Faust auf den Schreibtisch und wird zornig.

Frank: Ich dachte, es geht um zwei Kilos.
Ich: Und Canan.

Frank fährt sich gestresst über die Deckelglatze.

Frank: Die kleine türkische Ische habe ich beinahe vergessen. Was ist mit ihr?
Ich: Sie ist mit einem Goldenen Schuss getötet worden. Du warst doch dabei.
Frank: Schade. Aber Shit happens. Also? Nochmals: Was hat das mit mir zu tun?
Ich: Ihr Vater sagt, du hast gedroht, sie umzubringen. Wo warst du gestern gegen 14.00 Uhr? In der ›Turm-Eck‹? Eine Spritze aufziehen, die du dann dem unschuldigen Ding in die Vene gerammt hast?

Frank lacht genervt.

Frank: Ich war in Füssen. Dafür gibt es Zeugen.
Ich: Scheiß auf die Zeugen. Die würden alles sagen. Du hast sie auf dem Gewissen, wegen der 50.000 Euro.
Frank: Ich höre mir diese Scheiße nicht länger an. 50.000 Euro. Pah! Verschwinde.
Ich: Wenn da was dran ist, finde ich es raus. Und dann bist du dran. Das schwöre ich dir.
Plötzlich spürte ich, wie sich eine schwere Hand auf meine Schulter legte, um dann wie ein Schraubstock zuzupacken. Schwabbelbacke war es gelungen, sich leise

an mich heranzuschleichen. Kraft hatte er ja. Bestimmt vom Maßstemmen. Meine Schulter schmerzte ein wenig. Ich täuschte richtige Schmerzen vor und fingerte den Schlagring aus meiner linken Hosentasche, um mich zu wehren.

Doch soweit kam es nicht. Frank war schneller. Ich hörte ein Klicken, drehte mich langsam um und blickte in Franks Pistolenmündung. Großes Kaliber, geeignet zum Belüftungslöcher in die Kühlerhaube schießen. Frank war hellwach, konzentriert. Ich hob die Arme. Eins zu null für ihn, aber es gab aus meiner Sicht keinen Grund, die Situation weiter eskalieren zu lassen.

»Verpiss dich jetzt!«

Ich erkannte die Endgültigkeit dieser Aufforderung und drehte mich um. Langsam ging ich zur Scheunentür. Kurz bevor ich dort angelangt war, richtete Frank noch einmal das Wort an mich.

»Ich bin der Falsche. An deiner Stelle würde ich woanders suchen. Schon mal an den Vater gedacht?«

Mit dieser Bemerkung entließ er mich.

»Netter Versuch. Ich krieg dich trotzdem.«

Draußen blies mir ein unangenehmer, kühler Wind Staub ins Gesicht. Als ich ins Auto einstieg, suchte ich die Visitenkarte von Mehmet Gül aus meinem Geldbeutel, die ich nach der Auftragserteilung dorthin gesteckt hatte, ohne ihr große Beachtung zu schenken.

›Mehmet Gül
GÜL Import – Export
Holzstraße 9
88330 Bad Waldsee‹

Die Straße kam mir bekannt vor. Dort befand sich der bekannte Wohnwagen- und Caravan-Hersteller Hymer.

Frank hatte gelogen und wollte mich auf eine falsche Fährte ansetzen – klare Sache. Aber vielleicht würde ein Besuch bei Canans Vater nicht schaden. Ich konnte ihm meine neuen Ermittlungsergebnisse präsentieren. Es konnte sein, dass er anbiss, weil er ebenso wie ich unbedingt wissen wollte, wer seine Tochter getötet hatte.

16

Ich machte mich auf den Weg nach Bad Waldsee. Die B 30 war wenig befahren. Hin und wieder blickte ich versonnen nach links und rechts aus den Fenstern. Unberührte Natur flog an mir vorbei. Wälder, Lichtungen, hin und wieder Gehöfte und ein See. Ab und zu eine Siedlung – auch mit Sportplatz. Obwohl Ravensburg sicherlich nicht der Nabel der Welt ist, war ich froh, in einer Stadt zu leben. Hier draußen in der Einsamkeit fühlte ich mich zu sehr auf mich alleine zurückgeworfen. Das machte mir Angst. Zu viele Fragen – zu viele unangenehme Antworten. Die Stadt half, die Fragen zu verdrängen und Antworten gar nicht erst suchen zu müssen.

Das Wetter klarte wieder ein wenig auf. Immer hin und her. Wolken, Sonne, Wind, Regen. Versteckte Sonnenstrahlen brachen sich jetzt zwischen den Wolken ihre Bahn. Dann ganz kurz wieder prasselnder Regen. Die

Lichtverhältnisse waren extrem. Manchmal blendend hell, dann sofort wieder dunkel.

Ich machte mir ernsthafte Gedanken. Wie konnte ich Herrn Gül dazu bewegen, mich noch einmal mit Ermittlungen über seine Tochter zu beauftragen? Mir ging es nicht in erster Linie ums Geld. Das war ein schöner Nebeneffekt. Ich wollte vielmehr offiziell mit Ermittlungsbefugnissen ausgestattet sein, um Heinkel und Konsorten sagen zu können, dass sie mich mal gerne haben könnten, sollten sie mir noch ein weiteres Mal vorschreiben, was ich zu tun und zu lassen hätte.

Mein Navigationssystem mit der anonym-blechernen Stimme führte mich zielsicher zur Holzstraße 9. Vorher kam ich bei Hymer vorbei. Es herrschte einiges an Betrieb. Wochenendzeit gleich Shoppingzeit. Konsumtempel lockten. Schaulustige drängten sich auf dem firmeneigenen Hof herum und bestaunten die neuesten Wohnmobile und Angebote.

Viele Menschen wollten sich den Traum vom eigenen Wohnmobil oder Caravan erfüllen. Ich konnte dem Ganzen nichts abgewinnen, auch wenn inzwischen die gehobenen Gesellschaftsschichten zu so einer Art Urlaub tendierten und es als schick galt, auf diese Weise seine Naturverbundenheit unter Beweis zu stellen. Mein Verdacht war es, dass sich die moderat Wohlhabenden vor der Schäbigkeit der Hotels fürchteten. Im eigenen Wohnmobil blieb eben doch alles heimisch, ganz wie zu Hause, und das Bett musste mit niemandem geteilt werden. Auch das Essen blieb unter der strengen heimischen Kontrolle – auch wenn es sich um Dosen-Mampf handelte. Niemand konnte einem in die Suppe spucken oder auf die Pasta niesen. Insofern hatte der Wunsch nach Urlaub mit dem

›eigenen Haus‹ sicherlich etwas mit Kontrollzwang und Sauberkeitsspleen zu tun.

Für mich war das nichts. Total eng, selber kochen, einkaufen, putzen …, dann blieb ich lieber gleich zu Hause, da war es gemütlicher. Urlaub hatte für mich etwas damit zu tun, alles stehen und liegen lassen zu können, wenn mir danach war, und mich nach Strich und Faden verwöhnen zu lassen. Ob jemand vor mir schon einmal in das Hotelbett gepupst hatte? Sicherlich. Aber das ließ sich schwerlich vermeiden, und schließlich sind wir alle Menschen. Die Vorzüge und Komforts eines gediegenen Hotels wollte ich in der Urlaubszeit auf keinen Fall missen – auch wenn das finanziell ordentlich zu Buche schlug. Ein Wohnmobil belastete die Portokasse aber umso mehr: Für ein neues, teures Mobil konnte man sich mindestens zehn Jahre den feinsten Hotelurlaub in den besten Locations leisten – Karibik und Südostasien eingeschlossen.

Urlaub … Ich dachte an endlose weiße Sandstrände und unzählige sachte in der lauen Brise rauschende Palmen in … St. Pete/Florida. Perfekt gebräunte Körper, stylishe Liegestühle, sanftes Meeresrauschen, kräftige Bacardi Cuba Libre (Salud de Flor, Fidel!) und badewannenwarmes Meer …

Ein dezentes Hupen riss mich aus meinen Tagträumen und ich nahm wahr, dass ich die Einfahrt zu Hymer blockierte, was natürlich gar nicht ging. Alles, was recht war. Ich setzte Giulia wieder in Bewegung, steuerte die Nummer neun an und parkte vor dem knapp 2,50 Meter hohen Zaun. Das Firmengelände von Gül Import-Export war nicht einmal annähernd so groß wie das von Hymer, aber immer noch beeindruckend genug. Hier hätten problemlos vier Asylantenheime inklusive Spielplätzen und Wäscheleinen hingepasst.

Ameisen und Gabelstapler fuhren auf dem Firmengelände emsig hin und her. Zwei große LKWs wurden entladen. Soweit ich das beurteilen konnte, waren die meisten Angestellten Ausländer. Sie sahen wie Türken, Italiener und Portugiesen aus. Die entladenen Güter waren Lebensmittel: Olivenöl, Oliven, Reis …

An der Schranke gab es tatsächlich ein Wachhäuschen. Dahinter hockte ein 40-jähriger Türke mit einem imposanten Schnauzbart. Er blickte von der ›Hürriyet‹ auf und legte die Zigarette in den Aschenbecher, während er genüsslich den Rauch durch Nase und Mund entgleiten ließ.

»Wie kann ich Ihnen helfen?«, fragte er mit oberschwäbischem Akzent, während seine lebendigen Augen mich eindringlich musterten.

Er konnte mich nicht einordnen.

»Ich habe Termin beim Chef.«

Missmutig blickte er auf die Uhr.

»Um diese Zeit? Da isst er immer zu Mittag.«

Da hätte ich früher dran denken können, aber auf solche Befindlichkeiten konnte ich keine Rücksicht nehmen.

»Herr Gül und ich konnten den Termin leider nicht anders legen«, antwortete ich schlagfertig.

Der Mann zuckte mit den Schultern. Einen Moment lang überlegte er, ob er den Chef anrufen und nachfragen sollte.

»Es geht um seine Tochter Canan«, fügte ich deshalb schnell hinzu. »Sie wissen ja, was …«

Das schien ihn zu überzeugen.

»Fahren Sie geradeaus und dann das Gebäude links,

neben der grauen Lagerhalle«, beschied er mir. »Dort wohnt Herr Gül mit seiner Familie.«

Ich folgte seiner Wegbeschreibung. Das Wohngebäude war nicht schön, aber sehr groß. Ich schätzte, dass der Wohnraum mindestens 400 Quadratmeter umfasste. Der Architekt hatte das Wohnhaus funktional in die Anlage eingegliedert. Der Kasten war viereckig. Das strahlende Weiß hob sich vom eintönigen Grau der Fabrikgebäude wohltuend ab. Vor dem Haus parkten zwei riesige schwarze Daimler neueren Typs. Die Garage bot Stellplatz für vier Autos. Güls schien es gut zu gehen. Die Geschäfte waren wohl einträglich. Das hatte Gül ja bei unserem Gespräch durchblicken lassen. Türkische Lebensmittel waren auch in Oberschwaben gefragt.

Ich parkte Giulia neben den beiden Daimlern. Vor dem Haus standen etliche pompös aussehende Blumenkübel mit Zierpflanzen. Vor der massiven Haustür mit vergoldetem massivem Türknauf lag ein schwerer Teppich. Solch einen imposanten Fußabtreter hatte ich noch nie gesehen. Ich scheute mich, auf dem edlen Teil die Füße abzutreten. Als ich die Klingel drückte, ertönte eine orientalische Melodie in einer Lautstärke, die Tote zum Leben erweckt hätte.

Zwei Minuten lang herrschte Stille. Ich überlegte, ob ich das musikalische Inferno noch einmal in Gang setzen sollte – zu überhören war es auf keinen Fall. Dann vernahm ich aber leise Schritte. Jemand trippelte in meine Richtung. Vorsichtig und langsam öffnete sich die Tür. Eine sehr kleine Frau mit ausladenden Hüften stand im Türrahmen. Obwohl sie klein war, war alles an ihr üppig, ohne dass sie deswegen verfettet oder unattraktiv erschien. Sie trug ein schlichtes schwarzes Kleid. Trauerkleidung. Dezente goldene Ohrringe mit winzigen Perlen zierten ihre kleinen Ohrläppchen. Die pechschwarzen Haare hatte sie zu einem Dutt zusammengebunden. Ihr Gesicht drückte tiefe Trauer und Verzweiflung aus. Das konnte man ihr nicht verdenken. Die glasigen Augen blickten mich eindringlich an.

»Frau Gül?«, fragte ich, um das Eis zu brechen.

Sie nickte.

»Ich wollte mit Ihrem Mann sprechen.«

Einen Moment lang überlegte sie.

»Worum geht es?«, fragte sie in gutem Deutsch mit einer angenehmen Stimme, die zu ihrer Erscheinung passte. »Er ist gerade beschäftigt.«

»Um Canan.«

Ihre Augen wurden noch wässriger. Sie rang mit sich und unterdrückte ein Schluchzen. Dann hatte sie sich wieder im Griff.

»Canan ist tot. Wollen Sie Geld?«, giftete sie mich an.

Offensichtlich hielt sie mich für einen von Canans Zuhältern, die trotz Canans Tod noch Kasse machen wollten.

»Nein. Ich habe neue Informationen über ihren Tod. Ich weiß, wer Ihre Tochter umgebracht hat.«

Sie musterte mich kritisch.

»Mein Mann ist im Arbeitszimmer. Kommen Sie herein.«

Die Selbstbeherrschung war unglaublich. Ich an ihrer Stelle hätte mich am Kragen gepackt und den Namen des Mörders meiner Tochter aus mir herausgeprügelt. Ihr Blick auf meine Schuhe sprach Bände. Ich bückte mich und zog meine hippen Sporttreter aus.

»Folgen Sie mir bitte.«

Der Flur war ein langer Schlauch. An der Decke hingen geschmackvolle, teure Lampen. Die Wände waren mit wertvoll aussehenden Ölgemälden behängt. Ich musste aufpassen, dass ich in dem hohen Teppich nicht hängen blieb, und stolperte. Mit Schuhen wäre das unmöglich gewesen.

Frau Gül führte mich ins Wohnzimmer. Alles sehr edel und mondän eingerichtet. Geschmack meets Money. Sie deutete auf ein weißes Ledersofa, auf dem eine Dreigenerationenfamilie spielend Platz gefunden hätte. Das Polster war angenehm weich. Ich drohte zu versinken und stellte mir vor, wie es wäre, so ein Sofa zu Hause zum Chillen zu haben. 1a Erholung.

»Tee?«, fragte Frau Gül, während sie Blickkontakt suchte, wobei mir auffiel, dass sie im Stehen beinahe so groß war wie ich im Sitzen.

Ein Bier wäre mir lieber gewesen. Ich wollte aber höflich bleiben und sagte, dass das fantastisch wäre. Dabei mache ich mir überhaupt nichts aus Schwarztee. Kaffee – okay, aber die verwässerte Brühe? Sie verließ das Wohnzimmer. Ich betrachtete den Kronleuchter. Sehr imposant. Er sah so solide aus, als ob man sich an ihm wie Tarzan durch das Zimmer hin- und herschwingen könnte.

Frau Gül kam mit einem silbernen Tablett zurück, auf dem eine dampfende silberne Teekanne und ein kleines Teeglas standen. Sie platzierte das Ganze auf dem edlen Glastisch und schenkte ein. Die Frau versprühte Wärme und Gastfreundlichkeit, auch wenn sie zutiefst traurig war.

Der Tee war schwarz wie die Seele des Teufels und beinahe dickflüssig. Ich bedankte mich und schaufelte teelöffelweise Zucker in das kleine Glas. Dann rührte ich mit einem kleinen verzierten Löffel um. Der erste Schluck verursachte beinahe einen Herzstillstand. Ich versuchte, zu lächeln und wieder Luft zu kriegen.

»Sehr gut.«

Frau Gül war zufrieden.

»Mein Mann kommt gleich. Kann ich Ihnen sonst noch etwas bringen?«

Umgangsformen und Höflichkeit ließen keine Wünsche offen. Da war ich von meinen anderen Fällen ganz andere Sachen gewöhnt.

»Könnte ich Selma sprechen?«

Es war ein Schuss ins Blaue. Der aber voll ins Schwarze traf. Die Gesichtszüge entglitten Frau Gül beinahe.

»Selma ist sehr krank, seit das mit Canan passiert ist. Sie verlässt kaum noch das Zimmer und hütet das Bett.«

So schnell, wie sie die Contenance verloren hatte, so schnell hatte sie sich auch wieder im Griff. Sie lächelte erneut.

»Es wäre aber sehr wichtig.«

Sie blickte zu Boden.

»Fragen Sie meinen Mann.«

Mit einem kleinen Knicks verließ sie das Wohnzimmer.

Beinahe geräuschlos glitt Mehmet Gül in das Wohnzimmer. Er trug einen maßgeschneiderten schwarzen Seidenanzug. Er kam auf mich zu und streckte mir die Hand entgegen. Dann setzte er sich in den mir gegenüberliegenden Sessel, legte die kurzen Beine übereinander und faltete die Hände.

»Ich hatte nicht damit gerechnet, Sie noch einmal zu sehen«, begann er formal. »Meine Frau sagt, dass Sie Neuigkeiten über Canans Tod haben.«

Ich hoffte, dass das Ganze dieses Mal ohne Tränen über

die Bühne ging. Gül schien sich jetzt besser im Griff zu haben. Vielleicht hatte die Gewissheit, dass seine Tochter tot war, ihm Sicherheit zurückgegeben.

»Ich habe ihren Zuhälter gefunden. Frank.«

Er wurde bleicher.

»Wir haben uns unterhalten. Er bestreitet vehement, etwas mit Canans Tod zu tun zu haben.«

Gül kniff die Augen zusammen.

»Ich habe Ihnen ja auch gesagt, dass ich von einem Unfall ausgehe. Canan war in letzter Zeit so unkontrolliert.«

Die Angst war spürbar. Gül wollte das Thema ein für alle Mal erledigt sehen. Keine weiteren lästigen Nachforschungen, die ihm Unannehmlichkeiten bereiten konnten – auch wenn es auf Kosten der Wahrheit ging.

»Werden Sie immer noch unter Druck gesetzt? Fordert Frank nach wie vor das Geld von Ihnen?«

Die Pause war vielsagend. Gül betrachtete seine Hände, die er über dem Bauch gefaltet hatte.

»Nein. Niemand möchte etwas von mir. Und ich möchte nur noch meine Ruhe. Die Geschichte abschließen.«

Er sagte das so, als ob er einen juristischen Prozess hinter sich hätte. Ich atmete tief durch. Das waren dicke Bretter.

»Frank ist tief in die Prostitutionsszene verstrickt. Ich gehe davon aus, dass er auch die Drogen organisiert. Er ist dafür verantwortlich, dass Canan anschaffen ging und Drogen nahm.«

Wieder zeigte Gül keine Regung.

»Ich gehe zudem davon aus, dass er Canan auf dem Gewissen hat. Wegen der 50.000 Euro oder um sein

Ansehen zu wahren. Das sind knallharte Regeln. Einmal Respekt verspielt, und schon ist man draußen.«

»Ich bin mir nicht sicher. Vielleicht war es doch ein Unfall. Canan war unbeherrscht. Vor allem möchte ich meine Ruhe.«

Er stand wieder kurz vor einem Weinkrampf. Und hatte erbärmliche Angst. Mir tat der Mann leid.

»Ich helfe Ihnen, Frank zur Strecke zu bringen.«

Er schüttelte unschlüssig den Kopf.

»Ich benötige von Ihnen den Auftrag, um weiter ermitteln zu können.«

»Sie wollen mehr Geld?«

Für Gül bestand die Welt aus Erpressern und Bösewichtern. Kein Wunder bei seinen Erfahrungen aus der letzten Zeit.

»Nicht unbedingt. Aber ich brauche einen Auftrag. Damit bin ich offiziell berechtigt, Ermittlungen in dem Fall anzustellen.«

Um die Pause zu überbrücken, nahm ich einen Schluck Tee, gegen den der schwärzeste italienische Espresso eine furchtbare Schlabberbrühe war.

»Ich werde es mir überlegen und rufe Sie an. Erwarten Sie aber nicht zu viel. Ich bin am Ende. Haben Sie bitte Verständnis.«

Das war immerhin eine Aussage. Ich war nicht unzufrieden. Zumindest würden wir in Kontakt bleiben.

»Sehr gut. Sie werden sehen, dass wir Canan Gerechtigkeit widerfahren lassen können. Das macht sie nicht wieder lebendig, aber ihr Mörder wird für seine Tat bezahlen. Das verspreche ich Ihnen.«

Ein kurzer Hoffnungsschimmer huschte über Güls Gesicht.

»Das würde mein Herz mit großer Freude erfüllen, obwohl es meine Tochter nicht mehr lebendig macht …«

Wir erhoben uns und reichten uns die Hände. Mit meiner linken Hand umfasste ich seine Schulter.

»Zusammen schaffen wir das, Herr Gül. Rufen Sie mich bald an.«

Er nickte. Eine Frage musste ich ihm noch stellen. So unangenehm sie auch war. Und so sehr ich auch Gefahr lief, dass ihn das aus der Bahn warf und stundenlange Weinkrämpfe verursachte.

»Haben Sie eine Idee, warum Frank Sie beschuldigt, dass Sie Ihre Tochter anschaffen geschickt haben?«

Gül schlug die Hände vor dem Gesicht zusammen. Er schüttelte heftig den Kopf. Immer wieder. Es dauerte eine Weile, bis er sich beruhigt hatte und nicht mehr seinen Kopf malträtierte.

»Sehen Sie, das ist der Grund, warum ich die Sache abschließen möchte. Diese Menschen, mit denen Canan Kontakt hatte, sind so gemein, dass sie einen nicht in Ruhe leben lassen können. Auch jetzt nicht, wo Canan tot ist. Die machen immer weiter, bis sie alles haben.«

Einmal mehr tat er mir einfach nur leid. Ich wollte nicht nur Gerechtigkeit für Canan, sondern auch ihm helfen. Und dass Frank ein niederträchtiges Subjekt war, das alle Register zog, um andere zu diffamieren und ihnen das letzte Hemd vom Leib zu reißen, lag mehr als auf der Hand. Der Typ ging, ohne mit der Wimper zu zucken, über Leichen, wenn es seinem Interesse diente. Zum Trost klopfte ich Herrn Gül kameradschaftlich auf die Schulter.

»Halten Sie durch. Wir werden den Mörder zur Strecke bringen«, verabschiedete ich mich von ihm.

17

Ich fand den Weg alleine zur Tür. Niemand wollte mich offiziell verabschieden. Gül war im Wohnzimmer zurückgeblieben. Ein kleines Häufchen Elend, das vor sich hin schluchzte. Anders hatte ich ihn bisher nicht kennengelernt. Als ich den Palast aus 1001 Nacht wieder verlassen hatte, zog ich meine Sonnenbrille auf, um die Augen zu schützen. Es stürmte.

Ich war mir unsicher, ob ich Erfolg gehabt hatte. Immerhin war Gül jetzt dafür sensibilisiert, dass ich an dem Fall dran war, unabhängig von seinem Standpunkt. Und dass ich Frank an den Eiern packen wollte, komme, was da wolle. Gül hatte mir zwar offiziell noch nicht den Auftrag erteilt, den Mörder seiner Tochter zu suchen, doch ich glaubte mich auf einem guten Weg dahin. Außerdem war es für mich wichtig, das häusliche Umfeld des Opfers kennengelernt zu haben. Alles tipptopp. Ein wunderschönes Zuhause mit Wohlstand und Anstand. Sauber, sauberer als in den meisten deutschen Wohnstuben, zumindest in der meinigen. Die Güls hatten es zu etwas gebracht, wie man so schön sagte, ohne dass sie deshalb gleich in den Größenwahn verfielen, obwohl sie ihren Erfolg auch nicht versteckten.

Zwar hatte ich das Ehepaar Gül nicht in Interaktion erlebt, ich hatte aber das Gefühl, dass die beiden recht gut harmonierten. Frau Gül passte nicht nur optisch zu ihrem Gatten; es schien mir zudem, dass eine starke innere Bindung zwischen ihnen herrschte. Blieben die Fragezeichen. Die beiden Töchter büxten aus. Aber in welcher Familie gab es so etwas nicht?

Eine Weile betrachtete ich das geschäftige Treiben auf dem Hof. Ameisen entluden LKWs. Die Lagerhallen mussten proppenvoll sein. Ich stieg in Giulia ein und fuhr los. Vorbei an Hymer, zurück auf die Landstraße. Nachdem ich einige Hundert Meter gefahren war, sah ich am Straßenrand eine junge Frau, die den Daumen in die Höhe reckte. Immer, wenn ich junge Frauen beim Trampen sehe, überkommt mich ein Gefühl der Sicherheit, so wie

a) Südkorea vor nordkoreanischen Aggressionen und Atombombenangriffen sicher sein kann,
b) kleine Buchhandlungen von Amazon nichts zu befürchten haben,
c) die Maus dem Falken bedingungslos vertrauen kann,
d) ich 100-prozentig von Polizeipräsident Ferbers Rache ausgehen konnte, sobald er den Betrug seiner Frau mit mir bemerkte.

Ich bremste ein wenig ab und betrachtete die Frau. Sie war schön gebräunt und etwas stämmig, vielleicht Mitte 20. Irgendwie kam sie mir bekannt vor, insbesondere in der Gesichtspartie. Aber ich wusste nicht, ob und wo ich sie schon einmal gesehen hatte. Es dauerte einen Moment, bis sie wahrnahm, dass ich anhielt, um sie mitzunehmen. Dann kam sie auf das Auto zugelaufen. Ich öffnete das Fenster auf der Beifahrertürseite.

»Ravensburg?«, fragte sie kryptisch.

Ich nickte und machte die Tür auf.

»Sie sind aber anständig, oder?«, wollte sie wissen, wobei sie sich ein Grinsen nicht verkneifen konnte.

Die große Retro-Sonnenbrille bedeckte beinahe ihr Gesicht. Sie war Türkin, da bestand kein Zweifel.

VD.

Voll drauf.

Auf irgendetwas. Das Dauergrinsen konnte nicht angeboren sein – zu konstant, zu cool und zu stoned.

»Wenn Sie sich benehmen, benehme ich mich auch. Also keine sexuellen Übergriffe während der Fahrt. Sonst wende ich mich an den Gleichstellungsbeauftragten der Stadt Ravensburg.«

Sie kicherte wie ein kleines Mädchen und stieg ein.

»Den gibt es doch gar nicht. Aber ich werde trotzdem versuchen, mich zu beherrschen, auch wenn es schwerfällt.«

Humor hatte sie ja. Und auf den Kopf gefallen war sie offensichtlich auch nicht. Sie war keine Schönheit im klassischen Sinn. Dafür waren ihre weiblichen Rundungen etwas zu ausgeprägt. Aber sie hatte einen gewissen Charme, der anziehend wirken konnte. Und was auch immer sie sich reingepfiffen hatte, sie hatte sich voll unter Kontrolle und die Situation im Griff.

»Kann ich rauchen?«, wollte sie wissen, während sie mit einer Schachtel Marlboro vor meiner Nase herumwedelte.

»Nur, wenn Sie was reinbröseln. Mit Tabak verseuchen Sie mir mein Auto auf keinen Fall.«

»Sie sind ja eine Marke«, meinte sie.

Normalerweise brachte ich diesen Spruch, dieses Mal musste ich ihn mir anhören. Vertauschte Rollen.

»Übrigens, ich heiße Selma.«

»Enzo.«

Wir tauschten während der Fahrt Küsschen links und rechts auf die Backe aus. Sie roch ziemlich gut. Natürlich hatte es spätestens jetzt bei mir geklingelt. Neben mir saß Selma, die ältere Schwester von Canan.

Aber die Mutter hatte doch behauptet, dass sie seit dem

Tod ihrer Schwester schwer erkrankt sei und weder das Bett noch ihr Zimmer für längere Zeit verließ. Und nun saß sie hier recht munter neben mir im Auto. War per Anhalter unterwegs. Nach Ravensburg. Ich versuchte, eins und eins zusammenzuzählen, kam aber nicht auf zwei. Sie war von zu Hause ausgebüxt. Daran bestand kein Zweifel. Selma betrieb gekonnt Small Talk.

Innen – Auto – Tag

Ich: Wo willst du hin?
Selma: Zum Motorradclub.
Ich: Wie eine Rockerbraut siehst du gar nicht aus.
Selma: Ich bin viel besser.
Ich: Hast du einen Freund, der Rocker ist?
Selma: Du bist aber ganz schön neugierig.
Ich: Ich möchte nur wissen, ob ich mich auf Prügel gefasst machen muss, wenn ich dich irgendwo absetze.

Selma lacht.

Selma: Kannst du mich denn beim Clubhaus der ›Living Dead‹ absetzen? Das wäre klasse.
Ich: Ich glaube, ich weiß, wo das ist.
Selma: Ja, ist ziemlich bekannt.
Ich: Ich muss in der Nähe vorbei und kann dich dort absetzen.
Selma: Schade, ich hatte schon gehofft, dass du mich vor der Haustür ablieferst.
Ich: Wie gesagt, zu viel Schiss. Man kann halt nicht immer alles haben im Leben.

Selma: Du siehst selber ein wenig aus wie ein Rocker.
Ich: Ich bin Hip-Hopper. Das ist ein himmelweiter Unterschied. Obwohl natürlich alles mit allem zusammenhängt. Rock 'n' Roll ist die Mutter aller Dinge.
Selma: Ich glaube, Hip-Hopper und Rock 'n' Roller sind beide etwas Besonderes.

Selma drückt mir einen Kuss auf die Wange.

Ich: Hip-Hopper sind die netteren Pimps.

Selma lacht.

Selma: Frank – also ich meine Charlie, aber alle nennen ihn mit seinem Nachnamen – ist nett. Sehr nett. – Aber wie gesagt, du bist auch ganz süß. Vielleicht sollte ich mal für zwei Hengste ins Rennen gehen. Eine Vollblutstute wie ich will gehegt werden.

Mir lief es heiß und kalt den Rücken runter. Selma befand sich auch in den Fängen von Frank. Sie schien sich ihrer Situation durchaus bewusst zu sein. Aber sie nahm sie nicht ernst.

Genau wie ihre Schwester Canan. Die hatte auch gedacht, dass sie Frank um den kleinen Finger gewickelt hatte. Fataler Irrtum. So ein Schwein wie Frank wickelte man nicht um den Finger. Das war so wahrscheinlich wie, dass der neue Papst Franziskus I. sich im Geschlechtsumbau befand.

Ich versuchte noch ein paar Informationen aus Selma herauszukriegen, aber irgendwann machte sie dicht.

»Du bist doch kein Bulle?«

Ihr Blick war gespielt empört.

»Dabei haben die in Ravensburg noch nicht einmal ein Sittendezernat. Das muss man sich einmal vorstellen.«

Ich stimmte ihr zu.

»Dabei soll es in der West-Stadt einen Baby-Strich geben.«

Erneut erntete ich einen bösen Blick.

»Du wirst es ja wissen. Da kennst du dich bestimmt aus. Kinder ficken. Anstatt es einer richtigen Frau zu besorgen.«

Ich wollte es dabei belassen, konnte mir dann aber doch nicht verkneifen zu reagieren: »14-jährige Russinnen sind mir zu ausgekocht, die machen einen fix und fertig, sodass man drei Tage nicht mehr sitzen kann und drei Wochen braucht, damit das Jucken etwas nachlässt, aber bei so einer reifen Frau wie dir verdampft mein Kolben wahrscheinlich«, was dumm war, aber den Kern der Sache traf.

»Dann bin ich dir viel zu alt und vor allem zu fordernd?«, fragte Selma enttäuscht.

»Ach was. Ich bin ohnehin kein Anhänger vom Kulturrelativismus, das war nur Spaß«, erwiderte ich, womit sie aber nichts anfangen konnte.

Als wir in der Nähe des Clubhauses waren, steuerte ich ein großes Einkaufszentrum an. Kaufland. Alle Wünsche wurden hier befriedigt. Zumindest die basalen Konsumwünsche. Es herrschte voller Betrieb. Bedürfnisse gab es offenbar viele.

»Ich muss noch etwas erledigen«, täuschte ich vor, da ich sie nicht direkt vor dem Club absetzen wollte, um Frank nicht in die Arme zu laufen.

»Danke fürs Mitnehmen«, sagte sie und schenkte mir einen langen Blick, wobei die Augen von der Sonnenbrille aber verdeckt blieben.

Wieder Küsschen links und rechts. Betörender Duft. Ich reichte ihr eine meiner Visitenkarten, auf denen nur mein Name und meine Handy-Nummer standen. Sie steckte die Karte in die linke Jeanshosentasche, die von ihrem Gesäß attraktiv gefüllt wurde. Sie beugte sich noch einmal zum Fenster herunter, wodurch sie einen netten Einblick in ihre Oberweite gewährte, die deutlich üppiger ausfiel als bei Canan.

»Danke fürs Mitnehmen. Wollen wir bei Gelegenheit mal telefonieren?«

Ich nickte.

»Vielleicht sogar mal verabreden?«

Ihr Lächeln war bezaubernd.

»Sehr gerne. Vor allem sollst du mich aber anrufen, wenn du Probleme hast. Ich habe keine Angst vor Rockern. Und Probleme lösen ist meine zweite Natur. Am liebsten mehrere täglich.«

»Ich habe keine Angst«, entgegnete sie keck. »Aber ich werde es mir überlegen. Vielleicht täusche ich Probleme mit den Rockern vor, damit wir uns mal treffen können. Dann rettest du mich.«

Ehe ich »Gute Idee« erwidern konnte, hatte sie sich umgedreht und ging mit einem atemberaubenden Hüftschwung von dannen.

»Interessante Familie«, murmelte ich vor mich hin.

Ich machte mir Sorgen. Selma war in Gefahr. Als ob die Geschichte mit Canan nicht gereicht hätte. Ich musste Frank zur Strecke bringen. Schnell und unerbittlich. Bevor er neues Unheil über die Familie Gül oder andere

Mädchen bringen konnte. Der Mann war eine Bedrohung für die Menschheit.

18

Es fing zu regnen an. Typischer Frühlingsregen. Ich erinnerte mich an das letzte Frühjahr – 2013. Der Winter schien damals kein Ende zu nehmen. Mitte April hatten die Menschen immer noch bleich ausgesehen wie Zombies. Wer es sich leisten konnte, war auf die Kanaren oder nach Nordafrika geflogen. Dieses Jahr ließ sich der Frühling besser an, auch wenn das wechselhafte Wetter nervte. Der Regen tropfte unablässig auf die Scheibe. Ich beobachtete, wie die Menschen mit vollen Einkaufswägen und Jacken über den Köpfen zu ihren Autos hasteten, um das Erworbene in Windeseile zu verstauen. In Ravensburg tickten die Uhren anders als in den Metropolen, aber man durfte sich von der vordergründigen Bedächtigkeit nicht täuschen lassen. Hinter der oberschwäbischen Gemütlichkeit und Behäbigkeit steckten auch Kalkül und knallharter Geschäftssinn, der demjenigen der Unterschwaben in nichts nachstand.

Ich beschloss, meinen Freund Volker Schreiber anzurufen, der bei der Oberschwäbischen Zeitschrift seit Jahren als Redakteur für den Lokalteil zuständig war. Mit Volker verband mich eine jahrelange Freundschaft. Er war ein Schulfreund und Klassenkamerad. Wir hatten beide das renommierte Welfen-Gymnasium besucht, wo wir das Abitur absolviert hatten. Uns verband eine herzliche Zuneigung, die sich über die Jahre hielt, zumal wir beide unserer Heimatstadt treu blieben und nicht wie viele unserer ehemaligen Mitstreiter nur einmal im Jahr zum Rutenfest auftauchten. Volker war der Intellektuelle von uns beiden und hatte immer Schriftsteller werden wollen. Aber wie das häufig mit Jugendträumen ist – bisher war nichts daraus geworden. Allerdings gab er die Hoffnung nicht auf. Und außerdem machte ihm die journalistische Arbeit viel Spaß. Seine Neugier wurde befriedigt und das Schreiben ging ihm leicht von der Hand.

Volker war ständig über das Geschehen im Landkreis Ravensburg informiert, was ihn manches Mal zu einem wertvollen Unterstützer meiner Recherchen und Aufträge machte. Aus journalistischen Gründen war Volker natürlich auch immer an den Ergebnissen von meinen Ermittlungen interessiert. Wir hatten über die Jahre ein Austauschsystem von Informationen entwickelt, das auf Freundschaft und Reziprozität beruhte.

Im Gegensatz zu mir war Volker bestens vernetzt. Er hatte überall Informanten: bei der Polizei, beim Finanzamt, bei den Behörden, bei Ärzten … Volker war es möglich, innerhalb kürzester Zeit an jede Information zu kommen. Unser bestgehütetes Geheimnis war meine Liaison mit Bettina. Wenn Volker schlecht drauf war, zog er mich damit auf, dass er die Geschichte in der nächsten Ausgabe der Oberschwäbischen Zeitschrift bringen würde, wenn er einmal von seinem Provinzblättchen zu einer großen Zeitung wechseln wollte. Dass der Polizeipräsident mich dann einen Kopf kürzer machen würde, schien ihn dabei nicht zu stören.

Ich zückte das Handy und drückte die Kurzwahltaste. Volker meldete sich sofort. Heftiges Schnaufen. Stress pur, der durch den Äther zu spüren war. Vielleicht kein guter Zeitpunkt für einen Anruf, um einen Freundschaftsdienst einzufordern. Das Schnaufen nahm zu. Im Hintergrund Stimmengewirr. Schließlich meldete er sich mit seinem Namen und knurrte:

»Ja?«

»Ich bin's, Enzo. Ich brauche dringend eine Information. Sofort. Wirklich interessante Geschichte.«

Den Knochen musste ich ihm hinschmeißen. Schnappatmung. Volker trank offensichtlich einen Schluck und murmelte ein paar Worte auf Oberschwäbisch, die aber nicht an mich gerichtet waren. Ein paar Sekunden später wandte er sich wieder mir zu, dieses Mal auf Hochdeutsch.

»Weißt du eigentlich, was hier los ist?«

»Natürlich die Hölle. Wie immer.«

Er schnaubte ärgerlich ob meines Kommentars.

»Zig Berichte, die vorgestern schon hätten fertig sein sollen. Und dann noch eine Porträt-Reihe über den Schwarz von den Konservativen, weil unser Herr Chefredakteur das so wünscht. Und jetzt kommst du und möchtest nebenher noch eine Information, am besten sofort und ausgiebig.«

Er machte eine Kunstpause.

»Glaubst du, ich bin die Auskunft?«, zickte er rum.

»Nein, aber mein Freund.«

Er schnaubte verächtlich.

»Komm schon, Enzo. Wir sind beide erwachsen.«

Da hatte er recht.

»Ich benötige alle auf Charlie Frank zugelassenen

Fahrzeuge inklusive Kennzeichen und seinen Wohnort oder seine Wohnorte.«

Der Lärmpegel im Hintergrund stieg an. Volker wechselte wieder einige Worte vor Ort. Dieses Mal im Befehlston. Das Treiben in der Redaktion schien tatsächlich heftig zu sein. Stürmisch wie das Wetter.

»Charlie Frank? Geht's ein bisschen konkreter?«

»Zuhälter. Rocker. Charlie könnte für Karl, Karl-Heinz oder Ähnliches stehen.«

Volker pfiff.

»Zuhälter-Frank. Niemand nennt ihn beim Vornamen. Pass auf, dass du dir die Finger nicht verbrennst. Der besitzt Protektion von ganz weit oben. Man konnte ihm noch nie etwas nachweisen.«

»Danke für den Hinweis. Aber das wusste ich schon.«

»Was ist dir die Information wert?«

Heute wollte er es genau wissen. Auf Heller und Pfennig. Ich wusste aber, dass er eigentlich nicht so war.

»Einen Abend lang Friedenspfeife rauchen, Bier trinken und uns über schwachsinnige Serien im Fernsehen kaputt lachen. Okay? Wie in alten Zeiten.«

Von wegen erwachsen und so.

»Inklusive Material für meine Friedenspfeife zu Hause?«, versuchte er, den Preis in die Höhe zu treiben.

Warum er sich nicht selber seinen Shit besorgte, war mir ein Rätsel. Vermutlich Panik vor der Staatsmacht.

»Klar.«

»Ich ruf dich gleich wieder an.«

Der Regen wurde stärker. Ich dachte an Canan. Tot. Aus. Exitus. Mit der Fixe im Arm. Auf der Toilette der ›Turm-Eck‹. Ihre toten Augen. Ihren wunderschönen Körper, aus dem alles Leben gewichen war.

Was bewog Selma, sich dem Mörder ihrer Schwester in die Arme zu werfen? Ich wartete. Die Zeit verrann langsam. Der Regen prasselte unablässig auf die Windschutzscheibe und die Regentropfen zeichneten seltsame Muster. Immer wieder aufs Neue. Das Handy klingelte. Volker. Kurz angebunden nannte er mir eine Adresse von Frank – in der Südstadt.

»Feine Wohngegend. Vermutlich mit Aussicht. Dort stehen einige Villen. Gehobene Preisklasse.«

»Und Autos, Motorräder?«

Eine Mercedes-Limousine und ein Ferrari waren offiziell auf Frank zugelassen. Und natürlich die Harley – versteht sich. Nicht ganz billig. Franks Geschäfte schienen gut zu laufen.

»Womit verdient Frank offiziell sein Geld?«

»Immobilien«, antwortete Volker.

»Das kann alles und nichts bedeuten.«

Ich bedankte mich und wir verabredeten uns für demnächst, ohne Genaueres ins Auge zu fassen.

»Sobald dein Auftrag durch ist, kriege ich die Story?«

Da war sie, die Pistole auf der Brust.

»Versteht sich.«

»Exklusiv.«

Ein Befehl. Keine Bitte. Widerrede unmöglich.

»Bis dann.«

Niemand ging ran. Ich legte auf. Und überlegte. Dann der Entschluss: Ins Büro fahren und Ausrüstung zusammenpacken. Frank observieren.

Die schwarze Sporttasche war schnell gepackt. Die Glock 17 und zwei Ersatzmagazine, einen Dietrich, Einbruchswerkzeug, ein Infrarot-Fernglas, einen GPS-Sender und weitere Detektiv-Spielsachen. Ich verfrachtete die

Tasche auf die Rückbank und fuhr los zu der Adresse, die Volker mir angegeben hatte.

Franks Anwesen zeugte von einem gewissen Reichtum, ohne gleich protzig zu wirken. Die weiße Garage bot Platz für drei Fahrzeuge, eine Seltenheit in dieser Gegend. Eine hohe Hecke verdeckte weitgehend die Sicht ins Innere des Areals. Dennoch konnte man einen modernen großen Bungalow ausmachen. Typisch neureich. Alles in allem aber ausbaufähig. In puncto Aussichtslage, Größe und Prunk herrschte noch Luft nach oben. Die Häuser, die weiter hangaufwärts lagen, waren vermutlich deutlich teurer. Doch immerhin war Frank Besitzer eines Halbhöhenlage-Hauses in der Ravensburger Südstadt. Vielleicht war Frank aber nur ziemlich schlau und wusste, dass allzu viel Reichtum Argwohn und Neid erweckten.

Ich parkte an einer relativ sichtgeschützten Stelle gegenüber Franks Haus und hoffte, dass die Nachbarn nicht allzu schnell zum Telefonhörer griffen, um die Staatsmacht zu informieren. Denn trotz allem saß ich wie auf dem Präsentierteller – unmöglich, hier unterzutauchen, zumindest nicht mit dem Auto. KHK Heinkel war die letzte Person, die ich momentan zu treffen hoffte. Warten ist eine der wichtigsten Tugenden eines Privatdetektivs. Nicht gerade meine Stärke. Ich stellte leise die Anlage an und suchte passenderweise nach 50 Cents ›Patiently Waiting‹.

Aber die Warterei ließ sich eben nicht ändern. Das gehörte zum Deal. Private Eye bedeutete Observationen.

Nichts passierte. Ich stellte die Musik ab. Nur nicht auffallen in dieser spießigen Gegend. Hip-Hop-Bässe waren hier sicherlich verdächtig, kamen kurz nach der kommunistischen Internationalen und langen Haaren. Der Abend nahte. Ich trank einen Energydrink nach dem anderen. Allmählich fühlte sich mein Mund wie ein mit Hubba Bubba gefüllter Whirlpool an. Das Gesöff half mir aber, wach zu bleiben. Gleichzeitig wurde ich kribbelig.

Nichts rührte sich. Inzwischen hatte ich Zweifel, ob sich Frank überhaupt zu Hause aufhielt. Ich spielte mit dem Gedanken, ihn anzurufen. Mit Rufnummerunterdrückung. Dann verwarf ich den Gedanken. Eine große Nummer wie Frank besaß sicherlich die technischen Möglichkeiten, die Rufnummer trotz Unterdrückung identifizieren zu können. Dann wäre er im Besitz meiner Nummer und wusste, dass ich an ihm dran war. Außerdem hätte er dadurch Beweise, dass ich ihn beschattete. Und ich war noch immer ohne offiziellen Auftrag, was mir nicht das Recht gab, ihm nachzustellen.

Ich griff zu der leeren Granini-Saftflasche und versuchte zu pinkeln. Wer beschattet, der darf keinen Moment lang unaufmerksam werden, denn es könnte der entscheidende sein. Auf der anderen Straßenseite führte eine distinguierte Dame ihren Hund spazieren. Ich hoffte, dass sie nicht herüberkam und in mein Auto hineinsah. Sonst würde ich noch als Sittenstrolch verhaftet werden. Und was sie mit Sittichen in Untersuchungshaft anstellen, brauche ich euch nicht zu erzählen.

Trotz Energydrinks begann ich langsam wegzudösen. Ich nahm mir vor, bei Gelegenheit wieder Amphetamine zu besorgen. Überwachungen von drei Tagen am Stück ohne Schlaf waren dann kein Thema mehr. In meine Traumbilder schlich sich Bettina. Ich musste sie wieder anrufen und ein Schäferstündchen vereinbaren. Meine Sehnsucht nach ihr wurde größer.

Plötzlich ging eines von Franks Garagentore auf. Eine neue schwarze S-Klasse glitt heraus. Ich rutschte tiefer in den Sitz und versuchte, mich unsichtbar zu machen. Soweit ich erkennen konnte, saß ein Mann hinter dem Steuer. Frank. Eigentlich kein Zweifel möglich. Ich ließ ihm etwas Vorsprung und klemmte mich an ihn dran. Frank fuhr ein wenig weiter den Hügel hinauf. Die Gegend wurde noch teurer. Nur noch Sackgassenschilder. Eindeutig Abschreckungsversuche. Hier sollte sich niemand, der nicht ausdrücklich eingeladen war, allzu lange aufhalten.

Was suchte er hier? Wohnten hier Kunden? Oder eher Geschäftspartner? Der Daimler glitt geschmeidig durch das immer luxuriöser werdende Wohngebiet. Zum Teil hohe Hecken, auch mal Marmoreingänge und Überwachungskameras. Sicherheit wurde in dieser Höhenlage groß geschrieben. Wer was hatte, wollte nichts verlieren. Die Horden aus Osteuropa bedrohten inzwischen ganz Deutschland.

Ich gab ihm genug Leine, was bei der niedrigen Geschwindigkeit nicht einfach war. Nach wenigen Minuten stoppte Frank vor einem riesigen Gartentor, das noch pompöser als all die anderen schien. Er stieg aus. Das Gartentor, durch das ein Airbus locker gepasst hätte, öffnete sich automatisch. Größer, schöner und pompöser ging es nur, wenn man auf freiem Feld vor den Toren der Stadt baute. Aber hier, in einem gewachsenen Wohngebiet, war das das Maximum.

Folglich wurde Frank erwartet. Vermutlich hatte er sich angekündigt. Das Gartentor schloss sich und Frank verschwand in dem Anwesen. Schnell griff ich nach hinten und suchte den GPS-Sender aus meiner Tasche. Dann sprintete ich zu Franks Limousine. Niemand war unterwegs. Glück gehabt. Ich bückte mich, kroch ein Stück unter die Limousine und platzierte den Sender. Damit hatte ich ihn an der Angel. Kein Entkommen war mehr möglich. Observierung ohne Gefahr zu laufen, entdeckt zu werden.

Als ich wieder in Giulia saß, ärgerte ich mich, dass ich vergessen hatte nachzuschauen, wen Frank besuchte. Nun gut, nobody's perfect und ich war es sowieso nicht. Ich fuhr außer Sichtweite und brachte mich in Lauerstellung. Ich ahnte, dass Frank nicht lange bleiben würde. Ich wusste, dass er heute Abend noch Entscheidendes vorhatte. Nennen Sie es Intuition. So etwas hat man im Urin – oder eben nicht. Das würde eine lange Nacht werden, kein Zweifel. Sie würde mich der Überführung von Canans Mörder aber ein großes Stück näher bringen. Und dafür war ich bereit, alles nur Erdenkliche zu tun.

19

Ich schaltete das GPS-Empfangssystem ein. Frank konnte mir jetzt nicht mehr entkommen. Das war so sicher wie das Amen in der Kirche.

Wieder Warten. Das ging mir auf den Geist. Ich gehöre nicht zu den Menschen, die ihr gesamtes Innenleben aus ihrer Fantasie und ihrer Vorstellungskraft bestreiten können. Bei mir bedarf es immer eines gewissen Inputs.

Ich schaltete meine Anlage leise ein und ließ mir von den Bässen sanft den Rücken massieren. Hip-Hop entspannt mich. Immer. Sammy De Luxe hatte einmal gesungen, dass der Scheiß – also Hip-Hop – Leben retten könnte. Stimmt. Unter anderem, wie z. B. auch Bier, Dope, Frauen …

Nach vier Liedern setzte sich Frank in Bewegung. Ich gab ihm fünf Minuten Vorsprung, dann folgte ich ihm. Ich hatte keine Ahnung, wohin seine Reise ging, vermutete aber, nach Friedrichshafen, damit er dort bei seinen Geschäften und Pferdchen nach dem Rechten schauen konnte. Umso größer war meine Überraschung, als Frank die B 32 Richtung Osten nahm. Nach knapp 20 Kilometern nahm er die Auffahrt der A 96 nach München.

Auf der Autobahn war einiges los. Freitagabendverkehr. Feierabend und Party. Wer wirklich hipp und in war, fuhr nach München. Stuttgart ging auch, war aber eher ein Notbehelf. Teure getunte Limousinen waren mit jungen Menschen vollgestopft. Die nicht alle verkehrs- und regelkonform fuhren. Junge Männer wollten ihren weiblichen Passagieren und den eigenen Freunden ihre Fähigkeiten unter Beweis stellen. Um mich von dem drögen Observationsjob abzulenken, inspizierte ich die ›Disco-Autos‹ genau. In so manchen kreiste eine Flasche hochprozentiger Alkohol. Einmal konnte ich sogar einen Joint erkennen. Und in einem lilafarbenen 5er-BMW war die gesamte Mannschaft am Koksen. Unglaublich. Als Autobahnpolizist musste man nur zum richtigen Zeitpunkt am richtigen Ort sein.

Zum Beispiel freitagabends auf der A 96. Dann war es ohne Problem möglich, die jungen Menschen wie reifes Obst von der Straße zu pflücken und für eine Zeit lang vom Straßenverkehr auszuschließen. Noch Erfolg versprechender ist dieses Verfahren am Samstag- oder Sonntagmorgen, wenn das Partyvolk von der Disco nach Hause fährt.

Frank wollte also entweder nach Memmingen oder München. München konnte in meinen Augen nur einen großen Deal bedeuten – Matt oder Menschen. Was er allerdings in Memmingen wollte, war mir ein Rätsel. Die Fahrt zog sich. Erneut hatte er aber eine Überraschung parat, als er auf der Höhe von Memmingen auf die A 7 Richtung Füssen abbog. Die Spur führte jetzt eindeutig ins Allgäu.

Was sollte Frank im Allgäu wollen? War Kempten oder Füssen sein Ziel? Brauchte er Erholung? Burn-out? Oder hatte er eine Affäre? Alles unvorstellbar. Ein harter Hund wie Frank verplemperte keine Zeit mit Lappalien wie Erholung oder Affären. Ihm ging es nur ums Geschäft und die eigene Schwanzlänge. Die natürlich immer viel größer war als die der anderen.

Plötzlich hielt Frank an. Da er einige Minuten Vorsprung hatte, galt es nun herauszufinden, wo er genau angehalten hatte. Ich konnte schlecht auf der Autobahn stoppen und warten, bis er wieder losfuhr. Ich ordnete mich auf die rechte Spur zwischen zwei riesigen LKWs ein. Kein Frank – weit und breit. Motorschaden so gut wie ausgeschlossen. Dann tauchte das Schild ›Nächste Tankstelle in fünf Kilometern Entfernung‹ auf. Das musste es sein, hier befand sich Frank. Mir kamen mehrere Alternativen in den Sinn.

Frank hatte angehalten, um
a) zu tanken,
b) wilden Parkplatzsex zu haben,
c) sich Syphilis oder Tripper auf einer der Toiletten zu holen,
d) sich ein Happy-Weekend-Heft zu kaufen.

Bei der Tankstelle herrschte Betrieb. Um nicht zu sagen, ausgelassene Partystimmung. Junge Menschen hingen um ihre Autos herum ab und hatten die Musik laut gestellt. Sie ballerten sich jede Menge Alkoholika rein. Für mich übte es keinen besonderen Reiz aus, am Wochenende an einer Autobahnraststätte zu feiern. Aber ich gehörte ja auch schon zum alten Eisen, mit meinen knapp jenseits der 30.

An den Zapfsäulen konnte ich Frank nicht entdecken. Hinter der Tankstelle befand sich ein Burger King Restaurant. Hier herrschte noch mehr Andrang als an der Tankstelle. Einige wenige Pendler in verknitterten Anzügen und stinkenden Hemden wirkten gestresst. Sie hatten eine harte Arbeitswoche hinter sich und konnten die Ausgelassenheit der Jugend nicht verstehen. Langsam glitt Giulia an den Parkplätzen vorbei. Frank musste hier irgendwo sein. Es war kein Zweifel möglich. Das GPS log nicht. Aber wo befand er sich? War das Ganze eine Falle? Hatte er mich bemerkt? Ich hatte beinahe das Ende des Parkplatzes erreicht.

Dann sah ich ihn. Die schwarze S-Klasse. Am hintersten Ende des Parkplatzes. Neben einem 3er-BMW mit so stark verschmutztem Nummernschild, dass das Kennzeichen nicht vollständig zu erkennen war. Älteres Modell. Frank stand neben dem weißen Auto, den

Rücken zu mir. Ich fuhr schnell in eine freie Parklücke, griff nach hinten in die Sporttasche und holte das Fernglas. Ich öffnete die Tür und ging Richtung Fast-Food-Restaurant. Schnell schlug ich mich aber in die Büsche. Sollte mich jemand beobachten, würde er davon ausgehen, dass mir die öffentlichen Toiletten zu schmutzig waren oder ich es besonders eilig hatte. Das Gelände war etwas abschüssig und uneben. Ich musste Obacht geben, dass es mich nicht hinhaute. Unten angekommen, versteckte ich mich hinter Gebüsch und einem Baum. Dann nahm ich das Fernglas zur Hand und suchte Frank.

Er diskutierte sehr angeregt mit einem Mann. Dem Fahrer des weißen BMW, wie ich annahm. Frank gestikulierte wild. Er schlug mehrfach mit der rechten Faust in die linke geöffnete Hand. Der andere Mann schien etwas jünger als Frank zu sein. Er hatte dieselbe breite Statur. Sogar seine Gesichtszüge sahen denjenigen Franks sehr ähnlich. Frank hatte eine martialisch aussehende schwarze Lederjacke angezogen und trug sehr teure Jeans. Damit konnte er als erfolgreicher Geschäftsmann, der einen auf Rocker macht, oder als geschäftstüchtiger Rocker, der gediegen wirken will, durchgehen. Vielleicht war auch beides möglich. Manchmal war es schwierig, die Gemengelage richtig auseinanderzudividieren.

Der andere Mann wehrte sich. Er schimpfte zurück. Er trug eine Bundeswehruniform. Aus meiner eigenen Militärzeit beim Kommando Spezialkräfte in Calw erinnerte ich mich, dass es sich dabei um eine Gebirgsjägeruniform handelte. Gebirgsjäger – die älteste Eliteeinheit der Bundeswehr. Das beeindruckte mich aber kaum, da ich bei einem noch elitäreren Haufen gedient hatte: härter, schneller, besser. Auch wenn das schon ein bisschen her war.

Flashback V: Calw: Eiskaltes Wasser/Sack über dem Kopf/Das Gefühl zu ersticken/Ein Boarding nach dem anderen/Test/Versuch/Freiwilligkeit/Luft/Die Lungen, die zu zerbersten drohen/Angst/Panik/Lachende Kameraden/Die ihre eigene Angst ersticken/Heben der Hand/Abbruch des Versuchs/Bilder von Scheich Khaled Mohamed/Nach 500 Waterboarding-Sessions/Der daraufhin alles gestand/9/11/NYC-Skyline/die Twin-Towers in Schutt und Asche/riesige Häuserschluchten, zu Tode erstarrt/der Puls/Melting-Pot/Salad-Bowl/China-Town/Little Italy/das Leben aus dieser Mega-City für den Bruchteil einer Sekunde genommen/dass seine Mutter eine Hure war/und jedes Attentat, nach dem man ihn befragte.

Zurück im Hier und Jetzt. Dankbarkeit, nicht mehr diesem Verein angehören zu müssen, der sich im Namen der Demokratie und Rechtsstaatlichkeit Dinge anmaßte, die kein Verbrecher dieser Welt irgendwo ungeschoren begehen dürfte – und das alles zum Schutz unserer Freiheit, die bekanntlich am Hindukusch begann, aus welchen Gründen auch immer.

Der Soldat packte Frank am Kragen und drückte ihn gegen den BMW. Ich tippte fifty-fifty. Schwer zu sagen, wer die besseren Karten hatte, wenn es zu einem Kampf kam. Ich bedauerte, kein Richtmikrofon dabeizuhaben. Es hätte mich brennend interessiert, was die beiden zu besprechen hatten. In jedem Fall war das Ganze so unauffällig wie eine Nazi-Uniform in der South Bronx.

Frank wehrte sich. Packte den Gebirgsjäger bei der

Uniform und schleuderte ihn herum. Die Männer fixierten sich. Abstand nicht einmal 15 Zentimeter. Dann ließen sie einander los. Frank klopfte dem Soldaten auf den Rücken. Er sagte etwas. Beide lachten. Der Soldat tätschelte Frank die Wange. Alles wieder in Butter? Es hatte den Anschein. Ich war unschlüssig, was ich machen sollte. Wieder nach oben rennen? Es sah ganz nach allgemeinem Aufbruch aus. Oder noch abwarten, was passierte?

Frank ging zu dem BMW und öffnete den Kofferraum. Er entlud eine große Metallkiste aus Bundeswehrbeständen, die er zum Mercedes schleppte und dort in den Kofferraum verfrachtete. Die Prozedur wiederholte sich zwei Mal. Drei große Bundeswehrkisten. Was konnte drin sein? Ich tippte auf Waffen. Hohe Gewinnspannen – große Nachfrage. Kurzer Handschlag zwischen den beiden Schränken und eine angedeutete Umarmung. Frank konnte ja ein richtiger Kumpel-Typ sein, man musste nur zu seinen Freunden gehören.

Ich sprintete nach oben zu Giulia. Ich hatte den Entschluss gefasst, den Fahrer des weißen BMW zu verfolgen. Dass Frank mit seiner Ladung zurück nach Ravensburg wollte, schien mir beinahe einleuchtend zu sein. Er lief mir nicht weg. Aber ich musste zur Quelle des Warentransfers gelangen. Erstaunlich war, dass Frank seinem Partner nichts überreicht hatte. Kein Geld – nichts. War das eine einseitige Transaktion und falls ja, warum? Was hatte Frank gegen den Mann in der Hand? Oder erfolgte die Bezahlung erst später?

Der weiße BMW fuhr los. Franks Mercedes blieb stehen. Ich folgte dem BMW und hoffte, dass sich Franks Mercedes jetzt nicht an meine Fersen heftete. Nach dem Prinzip: Wir beschatten unsere Beschatter.

Auf der Autobahn musste ich nun achtgeben, dass ich den Soldaten nicht aus den Augen verlor, er aber auch nicht bemerkte, dass er verfolgt wurde. Er spielte Bleifuß. Kein Problem für Giulia. Bei der Ausfahrt 139-Füssen Richtung Schwangau/Rieden am Forggensee/Hopferau bog er ab und fuhr einen halben Kilometer. Dann bog er links ab. Wir fuhren knapp zwei Kilometer weiter – ohne dass ich eine Ahnung hatte, wohin.

Nachdem wir einen Kreisverkehr passiert hatten, erkannte ich das Ziel. Eine Bundeswehrkaserne. Ich wartete, bis er die Schranke und das Wachhäuschen passiert hatte. Der wachhabende Soldat war strammgestanden und hatte salutiert. Das ließ auf einen anständigen Rang schließen. Langsam fuhr ich an dem Kontrollposten vorbei und las das Schild, auf dem ›Gebirgsjäger/Straußkaserne‹ stand.

Ich fuhr an der Kaserne vorbei und parkte Giulia auf der rechten Seite. Fragen über Fragen:

- Was verband Frank und den Soldaten?
- Welcher Art waren ihre Geschäfte?
- Sollte ich zurück nach Ravensburg und mich wieder an Frank heften?
- Konnte ich hier vor Ort etwas ausrichten?
- Sollte ich aktiv werden und mehr über den geheimnisvollen Soldaten und seine Waren herausfinden?
- Was verband Rocker und Kriminelle mit der Bundeswehr?

Ich stellte den Sitz zurück und schaltete die Anlage ein. Dann beschloss ich, mir zuerst eine Tüte zu wickeln. Als Entscheidungshelfer sozusagen. Um die grauen Zellen in Schwung zu bringen. Um meine Fantasie zu beflügeln. Um zu relaxen. Um ein wenig chillen zu können.

20

Ruhe.

Kontemplation.

Mein Gehirn arbeitete dennoch auf Hochtouren.

Ratter … ratter … ratter …

Millionen von Synapsen feuerten. Kurze, aber heftige Explosionen. Zuerst die Fragezeichen. Dann in aller Deutlichkeit Fragen über Fragen.

Preisfragen:

- Warum treffen sich ein Rocker/Zuhälter/Krimineller und ein Fallschirmjäger abends auf
einer Autobahnraststätte?
- Was war in den Bundeswehrkisten drin? Trockenfleisch, Zwieback, Socken und Unterhosen – vielleicht für den osteuropäischen Markt?
- Warum der Streit zwischen Frank und dem Soldaten? Ging es um eine Frauengeschichte oder eher Geschäftliches? Aber bei Frank gehörten Frauen ja bekanntlich zum Geschäft. Vielleicht hatte Frank mit dem Soldaten eine Art Natural-Bezahlung vereinbart und der war mit den erhaltenen Leistungen nicht zufrieden gewesen.

Die Rauchschwaden waberten durchs Auto und zeichneten spacige Muster. Der süßliche Geruch schmeichelte meiner Nase und beruhigte mein zentrales Nervensystem. Eins werden mit sich. Kiffen half der Selbstfindung oder der Sammlung – zumindest in Maßen.

Jetzt galt es, die Sachlage nüchtern zu betrachten. Fakt war, dass der Soldat nach dem Treffen direkt in seine

Kaserne zurückgefahren war. Die Vermutung lag nahe, dass er hier auch die Kisten mit ominösem Inhalt herhatte, die Frank in seinen Mercedes geladen hatte. Zumal die Kisten aus Bundeswehrbeständen stammten. Was konnte jemand aus der Bundeswehr einem Rocker und Zuhälter bieten? Waffen – das lag für mich klar auf der Hand.

Rockerbanden dealten und verschoben Waffen in großem Stil – das war allgemein bekannt. Dabei handelte es sich nicht nur um putzige Handfeuerwaffen, die zur Insektenbekämpfung geeignet waren. Ich erinnerte mich an Reportagen, die ich im Fernsehen gesehen, und Artikel, die ich in Magazinen gelesen hatte. Rocker handelten mit allem, was nicht niet- und nagelfest war.

Manche der als Vereine getarnten kriminellen Vereinigungen legten sich selber richtige Arsenale zu, auf die jede Armee der Welt neidisch gewesen wäre: Maschinenpistolen, Sturmgewehre, Panzerfäuste, Granaten, Mörser, ja sogar Flammenwerfer waren bei Razzien gefunden und beschlagnahmt worden.

Da lag es doch nur auf der Hand, dass bestimmte Soldaten in der Bundeswehr, aus finanziellen oder anderen persönlichen Gründen, Waffen aus BW-Beständen abzweigten und für gutes Geld verkauften. Vielleicht war der Soldat/sein Vorgesetzter/sein Freund oder Gott weiß wer … von Frank in einem seiner Bordelle gefilmt und damit erpresst worden. Vielleicht wollte die betroffene Person ihre Ehe nicht riskieren – oder das Sorgerecht für die Kinder verlieren.

Oder aber es handelte sich um bloße Geldgier. Jemand wollte das etwas zu teure Reihenhaus bezahlen, der Gattin das Wunschauto finanzieren und den Töchtern ihre Wünsche von den Augen ablesen. Oder die Geliebte war anspruchsvoll und verschlang Unsummen. Gründe gab es Tausende.

In den 90er- Jahren hatten die Rocker ihre Waffen vor allem aus dem ehemaligen Jugoslawien und aus den Beständen des ehemaligen Ostblocks bezogen. In Jugoslawien war man froh, durch Waffenverkäufe neuere Waffen besorgen zu können. Die ehemaligen Volksarmeen des Ostblocks lechzten geradezu nach harter Währung – zumal angesichts einer mehr als ungewissen Zukunft. Heute mussten die Rocker und die organisierte Kriminalität andere Quellen bemühen.

Der Joint entspannte mich zusehends. Der Druck ließ nach. Der Sound aus der Anlage verwandelte sich in Bilder.

Dann aber kamen wieder andere Bilder. Canan in der ›Turm-Eck‹. Wie sie am Goldenen Schuss verreckte. Sich sprichwörtlich die Seele aus dem Leib kotzte, um dann elendiglich den Löffel abzugeben. Erst eine Perle und dann nur ein Stück Materie. Der trauernde Vater. Die Schwester, die Gefahr lief, von demselben Schicksal ereilt zu werden, ohne sich dessen bewusst zu sein.

Ich musste der Bande das Handwerk legen, … damit sie nicht noch mehr Unglück verursachen konnte.

Der Joint war fertig geraucht. Ich öffnete das Fenster und versuchte, mir einen Plan zurechtzulegen. Der direkte Weg war wohl der beste. Mit offenem Visier sein Glück versuchen. Observation würde in diesem Fall nichts bringen, da ich nicht wusste, wann der Soldat die Kaserne wieder verlassen würde. Sein weißer BMW wäre zwar leicht zu erkennen, aber das konnte auch erst nächste Woche sein. Und in die Kaserne einzubrechen, war ein Witz. Zwar wusste ich, wo die Schwachpunkte bei der Bewachung waren, aber das wäre dann wohl Harakiri, denn falls ich erwischt würde, wäre ich meine Lizenz 100-prozentig los.

Ich startete Giulia. Frechheit siegte. Wenn man direkt zum Ziel kommen wollte, half es nichts, alles auf die lange Bank zu schieben. Ein Blick in den Rückspiegel signalisierte mir, dass die Augen leicht gerötet waren. Dem Staufach entnahm ich meine Wunder-Augentropfen. Zwei Minuten später waren die Augen wieder schneeweiß wie der Gipfel des Montblanc. Der Mund war aber noch etwas trocken, der Rachen brannte ein wenig, aber das konnte ja niemand sehen. Ich griff dennoch in das Handschuhfach, in dem ich immer meine Notreserve gebunkert hatte. Bei Observationen oder längeren Fahrten war es auf alle Fälle gut, etwas auf Lager zu haben. Während der Fahrt war es im Handschuhfach schön kühl, sodass das Bier also angenehm temperiert war, obwohl natürlich bei Weitem nicht bei den idealen sieben Grad. Aber schließlich war Giulia weder der heimische Kühlschrank noch eine Kneipe.

Die Warsteiner-Dose zischte verheißungsvoll beim Öffnen und ein leichter, verführerischer Schaumrand bildete sich an der Deckelperforation. Der erste Schluck ist meistens der beste. Nachdem ich mich mit dem feinen Gerstensaft gestärkt hatte, schmiss ich die bis auf den letzten Tropfen geleerte Dose auf meinen Rücksitz. Bei dieser Tat handelte es sich um eine Abwägungsfrage zwischen meinem ökologischen Gewissen und praktischer Vernunft – für den Fall, dass mich Polizisten anhielten, was aber nur selten vorkam.

Die fünf Duftbäumchen und die geöffneten Fenster sorgten für einen frischen Duft in meinem Auto. Ich wollte nicht bei dem Wachtposten wie ein Althippie daherkommen, der sich gerade im Green House/Bulldog/Dolphin/Route 66/Abraxas/Dampkring in Amsterdam die Kante gegeben hat, um Brad Pitt und George Clooney zu beeindrucken.

Als ich auf das Wachhäuschen zurollte, erhöhte sich mein Puls. Die Pumpe wummerte im Techno-Beat. Die Optik und Sound vom Feinsten. Der Verstand arbeitete messerscharf – zumindest mein Eindruck.

Der Gebirgsjäger mit Schiebermütze in Tarnfarben beugte sich zu mir herunter. Sein Kollege blieb im Wachhäuschen. Die Heckler und Kochs baumelten lässig von der Schulter. Der junge Kerl war kaum 20 Jahre alt. Ich bezweifelte, dass er gerne am Wochenende mal einen durchzog. Dafür sah er zu solide aus. Und hinterwälderisch. Vermutlich stammte er aus der tiefsten Provinz irgendwo im Allgäu, wo sich der Rausch beim Großteil der Bevölkerung seit Jahrhunderten auf Bier und Hochprozentiges beschränkte. Dann war er bei der Bundeswehr ja ganz gut aufgehoben. Obwohl sich dort inzwischen sicherlich einiges gewandelt hatte. In der Presse war immer wieder mal von Drogenexzessen und Pinkel-Tests für die Rekruten die Rede.

Ich ließ das Fenster heruntergleiten und stellte mit Genugtuung fest, dass er Giulia neidvoll mit den Augen verschlang. Konnte ich gut nachvollziehen. Für mich war sie auch ein Traum.

»Ja?«, fragte er – Unsicherheit schwang in seiner Stimme mit, jeder Kindersoldat in Somalia hätte sich über ihn schlapp gelacht.

Ich hielt ihm meinen Privatermittlerausweis unter die Nase – mit großer Geste. Er konnte mir nicht in die Augen sehen.

»Ich arbeite im Auftrag des Bundeskriminalamts. Wir ermitteln in Sachen Organisierte Kriminalität und Bundeswehr.«

Der Soldat wurde ein wenig bleich. Sein Weltbild geriet ins Wanken. Ausgeschlossen, dass er selber etwas auf dem Kerbholz hatte, außer vielleicht am Samstag mal zu schnell gefahren zu sein.

»Unsere Ermittlungen betreffen auch Ihre Gebirgsjägereinheit und die Straußkaserne.«

Leichtes Erdbeben bei dem jungen Kerl.

»Nichts Ernstes. Vorläufig zumindest nicht.«

Ich machte ein besorgtes Gesicht.

»Ich möchte dennoch den diensthabenden Offizier sprechen.«

Er schnappte nach Luft, dann nach meinem Ausweis. Sein Gehirn schien nach dem Schock doch noch zu funktionieren.

»Sie warten bitte hier«, beschied er dann knapp und eilte im Stechschritt ins Wachhäuschen.

Sein Kamerad stürzte sich auf ihn. Alles äußerst unprofessionell. Wäre ich ein Taliban mit einer mit Sprengstoff vollgepackten Karre gewesen, hätte ich jetzt freie Bahn gehabt. Kawumm.

Hektisches Telefonieren. Der Wachhabende brüllte ins Telefon. Sein Kamerad starrte ungläubig auf meinen Ausweis. Okay, es konnte nicht jeder so entspannt sein wie ich. Aber die Gebirgsjäger übertrieben es deutlich. Das ergab kein gutes Bild.

Ich wandte den Blick vom Wachhäuschen ab und

inspizierte die Gegend. Feindesland, zumindest im Augenblick. In einiger Entfernung lagen Parkplätze, Verwaltungsgebäude und Wohnhäuser. Zur rechten und linken Seite befanden sich Materiallager und Depots – aufgereiht wie an einer Schnur. Kasernenleben – ein nicht unbedeutender Teil meines Lebens. Ich war nicht gerade stolz darauf. Eintönigkeit und Monotonie ganz oben – an der Spitze der deutschen Truppen, undenkbar, aber:

Flashback VI: Marschieren/Schießen/Drill/Übungen/Scharfes Schießen/Hubschrauber/Panzer/Fallschirmspringen/modernste Waffen/Simulieren von Verhörtechniken/Taktikübungen/Strategiebesprechungen/Landeskunde …

21

Endlich kehrte der junge Soldat zum Auto zurück. Er stellte ein fieses Lächeln zur Schau. Als ob er was ausgefressen hätte – aber das hatten wir ja schon.

»Oberstleutnant Model erwartet Sie in seinem Büro. Mein Kamerad fährt mit Ihnen und zeigt Ihnen den Weg.«

Kamerad? Und wo ging es zur Front?

Die hintere Wagentüre ging auf. Der Kamerad kletterte in voller Montur hinein. Direkt hinter mich.

»Angeschnallt?«, fragte ich.

Der Lauf der Heckler und Koch deutete bedrohlich

Richtung Kopf. Humor hatten sie immer noch keinen. Ich fuhr langsam an. Dass der Kommandeur des Gebirgsaufklärungsbataillons mich trotz meiner fadenscheinigen Begründung empfangen wollte, überraschte mich. Irgendetwas stimmte da nicht. Oder die Kacke war schon am Dampfen.

»Geradeaus, auf dem großen Parkplatz dann halten.«

Bei der Beschreibung kam ich nicht mit, irgendwie fand ich aber meinen Weg. Als wir ausstiegen, machte der Kamerad eine einladende Handbewegung Richtung funktionalistisch-schmucklosem Verwaltungsbau. Für die Bundeswehr aber beeindruckend. Im obersten Stockwerk brannte noch Licht. Der Oberstleutnant wälzte wohl noch Akten, schrieb dienstliche Beurteilungen oder kontrollierte Fahrtkosten.

»Danke, ich finde den Weg alleine«, sagte ich zu meinem Begleiter, als er die Tür geöffnet hatte.

Der Typ stutzte. Dann schüttelte er den Kopf.

»Aufzug«, sagte er kryptisch und wies mir mit seinem Gewehr den Weg.

Meine Begleitung wurde ich wohl nicht los. Vor dem Büro des Kommandeurs blieb er stehen – aber nicht stramm.

»Der Oberstleutnant erwartet Sie.«

Vielleicht war er Sekretär und Gebirgsjäger in einem. Inhaber einer Multifunktionsstelle sozusagen.

»Ach was?«

Was Besseres fiel mir nicht ein. Ich trat ein, ohne anzuklopfen. Das Büro des Kommandeurs war recht groß. Mindestens 40 Quadratmeter. Ich war mir nicht sicher, ob das den Dienstvorschriften entsprach. In der von mir aus gesehen linken Zimmerhälfte hing eine Deutschlandfahne. Die Wand zierte ein großes Porträt des Bundesverteidigungsministers. Imposant und Furcht einflößend. Der Schreibtisch wirkte antik. Dunkles, schweres Holz. Darauf stand eine elegante weiße Tischlampe. Alles war penibel aufgeräumt.

Vor dem Schreibtisch standen zwei braune Ledersessel. So viel Luxus kannte ich aus meiner Bundeswehrzeit nicht.

Feiner Zigarrenduft füllte den Raum. Havannas, soweit ich das beurteilen konnte. Die Zigarre lag in einem schweren Kristallaschenbecher und dampfte vor sich hin.

»Gehören Havannas inzwischen zur Besoldung?«, fragte ich, um das Eis zu brechen.

Der kahle Mann Anfang 40 blickte auf und schlug den Aktendeckel zu. Er trug eine Mittelglatze und sah wie ein Mönch mit Tonsur aus dem Mittelalter aus. Das Gesicht war fein ziseliert, strahlte aber eine brutale Entschlossenheit aus. Der Mund war zusammengekniffen und entspannte sich dann, aber nicht so viel, dass es als Lächeln bezeichnet werden konnte.

»Noch nicht. Nehmen Sie bitte Platz.«

Förmlich wies er auf einen der schweren Sessel, der mich sofort in die Tiefe des Polsters zog. Traumhaft. Ich fragte mich, was der wohl gekostet hatte und ob er die Investition fürs werte Heim wert war. Model fixierte mich. Stechende blaue Augen. Eiskalt. Brutal. Wie die blauen Augen zu den schwarzen Haaren kamen, wusste kein Mensch. Er faltete seine großen Schaufeln vor der Brust zusammen, was ihn wie einen evangelischen Pfarrer wirken ließ.

»Ich habe mich beim BKA erkundigt. Sie lügen – kein Auftrag des BKA, keine Ermittlungen über Bundeswehr und Organisierte Kriminalität. Fragt sich, was Sie im Schilde führen.«

Entweder war er brutal schnell und verfügte über die entsprechenden Kontakte oder er bluffte.

»Und wieso sitze ich dann hier – wenn Sie angeblich alles als Lüge entlarvt haben? Lust auf ein Gespräch mit einem halbwegs intelligenten Menschen?«

Sein Blick wurde etwas milder.

»Beim Wunsch nach guter Konversation spreche ich mit meiner Geliebten. Sie sitzen hier, weil mich interessiert, was in meiner Truppe läuft. Es wird schon etwas hinter Ihrer dreisten Lüge stecken.«

100 Punkte. Gute Antwort. Aber irgendwas stimmte hier nicht. Ich befand mich in Gefahr, konnte sie aber nicht genau verorten. Nervös rutschte ich auf meinem Stuhl herum, hatte mich aber sofort wieder im Griff.

»In welche schmutzigen Geschäfte sind Ihre Männer verstrickt? Sie wissen doch davon, oder?«

Er konterte meine Fragen mit einem eiskalten Haifischlächeln. Ich fühlte mich so wohl wie eine Junggazelle, die den Anschluss an ihre Herde verloren hat und von einem Rudel hungriger Löwen verfolgt wird.

»Sie sind am Drücker.«

Sein Lächeln wurde noch fieser.

»Sagen Sie mir, was Sie mir zu sagen haben. Und dann sehen wir weiter, ob ich Ihnen helfen kann.«

Also gut. Zeit für mich, die Hosen runterzulassen. Außer einem vagen Verdacht hatte ich nichts zu bieten.

»Haben Sie ein Bier? Oder nur Hennessy-Whiskey? Wie die Kim-Dynastie in Nord-Korea?«

Er starrte mich entgeistert an. Es war gut zu wissen, dass und wie man ihn aus dem Konzept bringen konnte.

22

Was ich nicht für möglich gehalten hatte, trat ein. Er stand auf und ging zu einem in die braune massive Regalwand eingebauten Kühlschrank. Er kam mit einer Flasche Becks zurück. Becks – in einer bayerischen Bundeswehrkaserne. Das Leben war manchmal ein Rätsel.

Warum schmiss er mich nicht raus?

- Hatte er Dreck am Stecken?
- Spielte er mit mir?
- Wollte er gut Wetter machen?
- Oder einfach nur sehen, wie viel ich wusste?
- Oder war er an einer Behebung der Missstände in seiner Truppe interessiert?

Model ging um den imposanten Schreibtisch herum und reichte mir das Bier. Er war knapp 1,80 Meter groß und durchtrainiert. Jede Faser seines Körpers schien aus Muskeln zu bestehen. Die Uniform saß wie angegossen.

»Danke.«

Er winkte ab.

»Das stell ich Ihnen später in Rechnung.«

Humor hatte er ja. Das Bier war besser temperiert als meine Notreserve aus dem Handschuhfach. Ich trank einen Schluck.

»Flaschenkind? Ich hätte Ihnen auch noch ein Glas gebracht.«

Ich lachte gequält.

»Danke, tun Sie nicht so vornehm. Ich kenne die Truppe. Außerdem bin ich Hip-Hopper. Da trinkt Mann aus der Flasche.«

Model runzelte die Stirn.

»Normales Fußvolk, hm?«

Genug des Small Talks. Ich musste die Initiative zurückgewinnen.

»Ich ermittle in einem Mordfall, der mit Drogen und Zwangsprostitution zu tun hat. Dabei ist einer Ihrer Männer ins Visier geraten.«

Treffer. Sein Mundwinkel zuckte für den Bruchteil einer Sekunde. Dann wieder zynisches Lächeln. Lippen wie ein Strich.

»Könnten Sie das konkretisieren?«

Ich ließ ihn zappeln und beschäftigte mich mit meinem Becks.

»Ich habe heute einen Verdächtigen verfolgt. Auf einer Autobahnraststätte hat er sich mit einem Ihrer Leute getroffen.«

Eine Ader an der Stirn fing leicht zu pulsieren an – für den Bruchteil einer Sekunde. Model war beherrscht, hatte sich aber nicht perfekt unter Kontrolle.

»Woher wissen Sie, dass es einer meiner Leute war?«

»Die Uniform. Ich habe ihn bis zur Kaserne verfolgt.«

Model legte die Hände ineinander, atmete ruhig und versuchte, entspannt zu wirken. Er lächelte.

»Nehmen wir an, das träfe zu. Und dann? Haben Sie keinen weiteren Verdacht? Was Konkretes?«

Genüsslich erwiderte ich sein Lächeln.

»An der Autobahnraststätte hat Ihr Soldat drei Kisten aus Bundeswehrbeständen in das Auto des Verdächtigen geladen.«

Cool zog er an der Havanna. Kein Zwinkern, obwohl Rauch in seine Augen gelangte. Einen Augenblick lang herrschte Stille. Ich hatte mein Pulver weitgehend verschossen und wir wussten es beide.

»Ist das alles, was Sie haben?«, fragte er nach einer Weile.

Er wirkte beinahe erleichtert.

»Sie wissen, dass es sich dabei um einen Waffendeal handelt. Einer Ihrer Leute verkauft Waffen an das Organisierte Verbrechen. Wenn publik wird, dass Bundeswehr und Rocker eine Allianz eingegangen sind, sind Sie geliefert. Und nicht nur Sie. Das dürfte hohe Wellen schlagen.«

Model wirkte, als ob er vor einer Stunde zwei Valium genommen hätte. Ich hingegen begann zu schwimmen. Warum ließ ihn das jetzt kalt? War die Waffenspur falsch? Ging es um etwas anderes?

»In wessen Auftrag ermitteln Sie?«, fragte er kalt.

Jetzt musste ich schlucken. Meine Souveränität war dahin. Aber es galt, die Fassade zu bewahren.

»Klientenschutz.«

Model lächelte amüsiert.

»Genauer bitte.«

»Ich bin beauftragt worden, den Mörder einer jungen Frau zu finden, die in Ravensburg ermordet wurde.«

Erneut schlotzte er gemächlich an der Havanna rum. Er sah älter aus als 42 Jahre. Vermutlich hatte er hart für seinen Aufstieg kämpfen müssen.

»Zufällig lese ich Zeitung und glaube zu wissen, von welchem ›Mordfall‹ Sie sprechen. Das ist einfach lächerlich.«

Ich fluchte. Warum las ich nicht öfter Zeitung? Zumal einer meiner besten Freunde bei einer Zeitung arbeitete.

»Es gibt keinen Mordfall, außer in Ihrer Fantasie«,

setzte er einen drauf. »Es handelt sich um einen normalen Goldenen Schuss – selbst indiziert von einer jungen Frau mit Migrationshintergrund und Erfahrung im Rotlichtmilieu.«

Er grinste wie ein Honigkuchenpferd. Ich hatte gute Lust, ihm eins in die Fresse zu hauen.

Zeit, die Gegenoffensive einzuleiten. So wie meine Aktien standen, hatte ich ohnehin nicht mehr viel zu verlieren.

»KHK Heinkel von der Kripo in Ravensburg vertritt dieselbe Meinung wie ich. Rufen Sie ihn an.«

Notlüge. Retten, was zu retten war. Vielleicht war ich durch das Dope und das Bier doch nicht mehr geistig rege genug.

»Bullshit«, kam postwendend die Antwort.

Dann lachte er los. Herzhaft. Fies.

»KHK Heinkel? So? Das wollen wir mal sehen. Ich soll ihn anrufen? Gerne. Zufällig bin ich mit besagtem Herrn bekannt.«

Mir wurde mulmig in der Magengegend.

»Schön für Sie«, war alles, was mir einfiel.

Er öffnete eine Schreibtischschublade und holte ein Handy heraus, das er gut sichtbar auf den Tisch legte.

»Dann werde ich KHK Heinkel mal anrufen.«

Er wählte eine Kurzwahltaste. Machtdemonstration. Der absolute Wille zur Vernichtung. Ich fühlte mich mies. Auf verlorenem Posten. Meine Aktien rutschten ins Bodenlose. Model fixierte mich.

»Willi? Ich bin's, Anton.«

Beinahe hätte ich trotz beschissener Gesamtlage laut losgeprustet. Willi – Anton. Geht's noch? Nicht, dass Willi ein ungebräuchlicher Name in Oberschwaben war.

Aber leicht antiquiert. Und Anton war auch nicht topmodern.

»Entschuldige die späte Störung, aber es ist dringend.«

Model lachte. Ich hatte gar nicht gewusst, dass Heinkel so ein Knaller war. Mein Eindruck von ihm war der einer Spaßbremse.

»Ich habe hier einen Privatdetektiv aus Ravensburg. Enzo Denz. Er behauptet, dich gut zu kennen.«

Wieder fieses Lachen.

Ich wollte gar nicht wissen, welche Witze Heinkel auf meine Kosten riss. Retourkutschen – ich hatte es ihm auch schon des Öfteren reingewürgt. Antipathie, die auf absoluter Gegenseitigkeit beruhte.

»Er behauptet, wegen des Mordes an der jungen Türkin bei euch zu ermitteln. Aber in den Zeitungen stand was von Selbstmord und Goldenem Schuss. Du hingegen würdest auch von Mord ausgehen.«

Model nickte mehrfach in den Hörer hinein. Er überschlug sich beinahe vor Begeisterung. Ich rutschte nervös in meinem Sessel herum. Mein Mund fühlte sich stark trocken an.

»Gut, ich werde es ihm ausrichten.«

Mit einem zufriedenen Gesichtsausdruck legte er auf und grinste mich an. Ich erwiderte das Grinsen. Nur nichts anmerken lassen.

»KHK Heinkel geht mitnichten von einem Mord aus. Und das wissen Sie auch. Außerdem haben Sie keinen offiziellen Auftraggeber mehr, das heißt, dass Sie ohne Befugnis ermitteln.«

Kein Blinzeln. Keine Schwäche erkennen lassen. Deshalb ganz cool:

»Und jetzt?«

Ich stand auf und knallte ihm die leere Becksflasche auf den edlen Schreibtisch. Model starrte schockiert. Diesen Umgang war sein wertvolles Möbel nicht gewöhnt. Dann hatte er sich aber blitzschnell wieder in der Gewalt. Er setzte eine staatsmännische Miene auf und räusperte sich.

»Ich bin an der Aufklärung jeglicher Missstände interessiert, an denen meine Soldaten beteiligt sind. Punkt. Egal, um was es sich handelt. Ich lasse keine krummen Dinger durchgehen.«

Er fixierte mich mit stechendem Blick.

»Kommen Sie wieder, wenn Sie stichhaltige Beweise haben. Dann gehen wir der Sache auf den Grund. Aber nur aufgrund Ihrer Hirngespinste und Luftschlösser werde ich meinen Untergebenen nicht in den Rücken fallen.«

Toll. Ein Vorgesetzter, der sich schützend vor seine Schäflein stellte. Wo gab es das heute noch?

»Worauf Sie einen lassen können.«

Model erhob sich und sein rechter Arm wies bestimmt Richtung Tür. Der Typ hatte mich eiskalt abserviert. Das schrie nach Rache. Und mein Gefühl sagte mir, dass er nicht ganz hasenrein war und zumindest jemanden deckte – wahrscheinlich aber selber Dreck am Stecken hatte.

»Eine Sache soll ich Ihnen ausrichten«, schickte er hinterher, als ich die Tür erreicht hatte.

Ich drehte mich um.

»KHK Heinkel möchte Sie morgen um Punkt 10.00 Uhr auf der Polizeidirektion sehen.«

Es fiel ihm schwer, seine Euphorie zu unterdrücken. Zeit, ihm einen Dämpfer zu verpassen.

»Spielen Sie immer den Boten?«

Ich zwinkerte ihm vertraulich zu und wandte mich um.

»Sollten Sie morgen nicht auftauchen, wird er einen Haftbefehl ausstellen und Sie suchen lassen, wegen unbefugten Eindringens in eine Bundeswehr-Einrichtung, Vorspiegelung falscher Tatsachen, Amtsanmaßung …«, bellte er mir hinterher.

Der Boden schwankte – auch wenn die von Model genannten Anschuldigungen nie im Leben für einen Haftbefehl ausreichten. Ich hatte ernst zu nehmende Gleichgewichtsprobleme. Dann rappelte ich mich auf und drehte mich um.

»D. k. m. m.«

Du kannst mich mal.

Vor der Tür erwarteten mich zwei Wachen, die Heckler und Koch locker in der Armbeuge. Mein Freund vom Wachhäuschen war nicht dabei. Der war wohl wieder auf seinem angestammten Posten.

»Zum Aufzug bitte«, sagte der Größere und deutete mir mit dem Gewehr unnötigerweise die Richtung; ich war weder begriffsstutzig noch blind.

Im Aufzug nahmen sie mich in die Mitte, die Schießbudenfiguren mit den Camouflage-Uniformen. Es wäre ein Leichtes gewesen, sie auf die Matte zu schicken. Durch meine Nahkampfausbildung bei dem Kommando Spezialkräfte hätte das Ganze anderthalb Minuten gedauert – die Verzögerung durch den Joint und die Biere eingerechnet. Aber wozu unnötige Gewalt anwenden?

»Und euch gefällt's hier?«

Ich erntete verständnislose Blicke.

»Die Kameradschaft …

die Technik …

dem Vaterland dienen …

und die Vorgesetzten.«

Bei Vorgesetzten zeigten sie endlich eine Regung.

»Oberstleutnant Model ist ein ausgezeichneter Vorgesetzter. Er ist … wie ein Vater zu uns«, erklärte mir das knapp 20 Jahre alte Bürschchen mit starkem fränkischen Akzent, bei dem es mir eiskalt den Rücken runterlief.

Model hatte bei seinen Untergebenen wohl einen Stein im Brett. Da würde es schwierig sein, an Informationen heranzukommen. Kommandeure, die bei der Truppe beliebt waren, wurden von dieser immer gedeckt. Keine Chance, dazwischenzufunken.

Aber: Unzufriedene gab es überall. Irgendjemand wurde immer bei einer Beförderung übergangen oder seinem Empfinden nach schlecht beurteilt. Überall menschelte es und Vorgesetzte, die bei allen Untergebenen beliebt waren, konnte es nicht geben. Vielleicht konnte ich hier später ansetzen und diesen Unzufriedenen ausfindig machen.

Giulia stand im Laternenlicht und wartete auf mich. Meine Bodyguards wichen nicht von meiner Seite. Die Buschtrommeln in der Kaserne schienen gut zu funktionieren. Die Soldaten schauten genau zu, wie ich mich in mein Auto setzte. Ich traute Model sogar zu, die Staatsmacht anzurufen, damit sie mir vor der Kaserne auflauerte, um eine Alkoholkontrolle durchzuführen. Niedertracht kannte keine Grenzen. Und diese Geschichte war niederträchtig. Auf die eine oder andere Art. Ich war nur noch nicht voll dahintergestiegen.

Voller Verdruss machte ich mich auf den Heimweg. Die Fahrt bot genügend Gelegenheit rumzuhirnen.

23

Samstagmorgen. Eigentlich kein guter Zeitpunkt, um früh aufzustehen, sondern ein Ich-trink-im-Café-zwei-Cappuccino-les-die-Zeitung-und-lass-den-Stress-der-Woche-sacken-Tag. Aber ich musste in den sauren Apfel beißen, Wünsche hin oder her. Die Polizeidirektion Ravensburg befindet sich in der Gartenstraße 97. Das längliche dreistöckige Gebäude sah wie ein klassizistischer Funktionsbau aus der Nazizeit aus – kalt, gemein und nichtssagend. Wer hier reinging, wusste nicht, ob er wieder rauskam.

Ein braunes Tor war weit geöffnet. Die Polizeidirektion war durch einen knapp zwei Meter hohen Zaun recht dürftig geschützt, zumal ohne Stacheldraht. Aber wer wollte schon in eine Staatsmachtkaserne einbrechen?

Die weiß-graue Melange sorgte nicht gerade für einen fröhlichen Anblick. Einsatzfahrzeuge der Streifenpolizisten, Zivilfahrzeuge der Kripo und Privatfahrzeuge standen bunt gemischt im Innenhof, der gnadenlos überfüllt war. Also parkte ich Giulia außerhalb der Direktion.

9.50 Uhr. Die Sonne schien. Weiße Wölkchen bedeckten nur wenig den strahlend blauen Himmel. Bestes Frühlingswetter. Ich wünschte mich auf den Marienplatz. Der Wind war noch ein wenig kalt, die Luft aber frisch und klar.

Heinkel? Lachhaft. Aber: keine Spielchen. Die Situation war ernst genug. Ich musste alles tun, um meine Lizenz nicht aufs Spiel zu setzen. Aber gleichzeitig Haltung bewahren. Von Heinkel durfte ich mich nicht ins

Bockshorn jagen lassen. Auf dem Weg zum Eingang begrüßte ich zwei Streifenpolizisten, die ich flüchtig kannte. Sie waren guter Dinge; als sie erfuhren, wohin ich unterwegs war, verzogen beide angewidert das Gesicht.

»Des wünschst du keinem«, murmelte der eine.

Heinkels Büro befand sich im zweiten Stock. Direkt neben dem von Polizeipräsident Ferber. Auf den Gängen beobachtete ich reges Treiben. Männer und Frauen trugen geschäftig Aktenmappen unter den Armen. Vor dem Kopierer herrschte Stau. Männer mit Pistolenhalftern unterhielten sich angeregt. Gerötete Gesichter zeugten vom hohen Koffein- und Alkoholkonsum. Zu fettes und zu salziges Essen taten das Übrige. Bluthochdruck allerorten.

Als ich das Vorzimmer von Ferber passierte, überkam mich beinahe ein schlechtes Gewissen, dann überwog aber die Freude, ihm eins reinzuwürgen. Die Bürotür von Heinkel war geschlossen. Kein gutes Zeichen – no Teamwork. Der Typ war ein Einzelgänger. Schmidtchen-Schleicher. Der seine Großmutter für eine gute Beurteilung verkaufte.

Ich klopfte.

Sein »Herein!« ließ den Übermut deutlich hören.

Aufrecht betrat ich das Zimmer. 15 Quadratmeter. Ein Schreibtisch. Ein moderner Bildschirm. Einige Schränke. Behördenstandard. Grau. Leitz-Aktenordner. In den Schränken, auf dem Schreibtisch. Eigentlich ein Unding, dass ein Kriminalhauptkommissar das alles erhielt. Aber dank seiner guten Beziehungen zum Polizeipräsidenten …

Heinkel saß triumphierend hinter seinem Schreibtisch mit einem gemeinen Jetzt-krieg-ich-dich-dran-Zeit-zum-

Kriechen-Blick. Er trug einen hässlichen gelben Anzug und eine rot-gelb gemusterte Krawatte, die kurz gebunden war mit einem bombastischen Knoten. Offenbar liebte er die Abwechslung: einmal dünner Knoten, dann wieder voluminös. Unter dem Anzug konnte ich ein beigefarbenes Hemd erkennen. Mir taten die Augen weh. In dem Aufzug hätte er im Zirkus Roncalli auftreten können. Fehlte nur noch die Blume am Revers. Dort prangte aber ein braunes Einstecktuch. Ich kannte die Dinger nur von Oscar-Nächten und Golden-Globe-Verleihungen.

In dem Raum hing kalter Rauch. Und das trotz absolutem Rauchverbot. Das machte Heinkel beinahe wieder sympathisch. Sein Frettchengesicht grinste mir bösartig entgegen.

»Überpünktlich.«

Mit einer Stimme, die sich vor Begeisterung beinahe überschlug. Dass er der Grund dafür war, dass ich pünktlich kam …, das kriegte er im Kopf nicht richtig zusammen.

»Gern geschehen.«

Ich stellte mich hinter die beiden Besucherstühle, die vor seinem Schreibtisch standen, und wartete darauf, dass er mir einen Platz anbot. Vergeblich. Vielmehr genoss er den Anblick: Ich als Bittsteller stehend vor seinem Tisch, in seinem Büro, abhängig von seiner Gnade, um meine Existenz fürchtend …

»Wir haben einiges zu besprechen …«

Damit stand er auf, ließ mich stehen und verließ sein Büro. Das Spielchen kannte ich. Typische Kripo-Masche. Ich sollte schmoren. Aber nicht mit mir. Im Aussitzen war ich gut. Kein Problem damit. Meine Nerven spielten mir selten einen Streich.

Ich schnappte mir einen der beiden Besucherstühle und legte die Beine auf seinen Schreibtisch. Ich faltete die Hände zusammen und betrachtete meine Treter. Die typische Staatsmacht-Tristesse war schlimm, graue Wände, graue Möbel, manchmal eine Flagge und der gemein dreinblickende oberste Dienstherr mit einem fiesen, hintertückischen Lächeln … Der einzige Farbklecks in Heinkels Büro war typisch deutsch: eine traurig aussehende Topfpflanze, die schon bessere Tage gesehen hatte und so schnell nicht mehr aufblühen würde.

Die Tür ging auf und ich hörte, wie Heinkel scharf ein- und ausatmete. Dann flitzte er hinter den Schreibtisch und baute sich vor mir auf. Lächerlich. In etwa so, wie wenn sich ein Mäuschen vor einem Löwen aufbaut und sich in Drohgebärden übt. Heinkel konnte ich in 15 Sekunden erledigen – fairer Kampf – Mann gegen Mann. Dieser Gefahr war er sich wohl bewusst.

»Das ist ja wohl die Höhe …«, presste er zwischen geschlossenen Lippen hervor und lief rot an.

Ich nahm die Füße von seinem Schreibtisch und betrachtete nacheinander eingehend die Schuhsohlen.

»Wieso, die sind doch sauber?«

Nach zwei Minuten abenteuerlicher Schnappatmung hatte er sich endlich unter Kontrolle. Ich verspürte abermals gute Lust, dem Widerling mit einer Tracht Prügel Anstand einzubläuen, hielt mich aber zurück.

»Ich habe Sie neulich schon in der ›Turm-Eck‹ verwarnt, aber vergeblich, wie es scheint.«

Er plusterte sich auf – es war nicht anders zu erwarten gewesen. Heinkels Problem war seine hohe Stimme. Alles, was er sagte, um autoritär zu wirken, klang lächerlich. Mit solch einer Piepsstimme gelingt es nicht einmal, einen Säugling zu beeindrucken.

»Nicht nur, dass Sie meinen Ratschlag ignoriert haben, darüber hinaus haben Sie Ihre Kompetenzen …«

Es fiel mir schwer, dem Typen zuzuhören. Ich wusste ohnehin, was er zu sagen hatte. Dafür brauchte es weder Menschenkenntnis noch Unidiplom. Der Wichtigtuer blies sich auf und ließ Dampf ab, damit er auch mal ein Erfolgserlebnis hatte. Sich selber reden zu hören, war das Größte für ihn, und Macht über andere ausüben zu können, sein Lebens-Elexier. Um seinen Worten Nachdruck zu verleihen, fuchtelte er wie eine Hitler-Reinkarnation.

Plötzlich setzte wieder der Sound ein:

»Damit, mein lieber Denz, sind Sie nicht nur Ihre Privat-Ermittler-Lizenz los, sondern Sie wandern in den Bau …«

Der leicht faschistoide Polizist drohte mir tatsächlich, mich wegzusperren, als ob das eine solide Grundlage besäße …

»Wir haben die Straftatbestände: Hausfriedensbruch, unerlaubtes Eindringen in Bundeswehreinrichtungen, Vorspiegelung falscher Tatsachen, Bedrohen und Tätlichkeiten gegenüber …«

Mir blieb die Luft weg. Das war die Höhe.

»Model hat behauptet, dass ich …?«

Genussvoll schüttelte Heinkel den Kopf.

»Nicht Model. Gefreiter Horlacher …«

Das war nicht anders zu erwarten gewesen, dass Model das Fußvolk mit falschen Behauptungen vorschickte, der falsche Fünfziger, der so gut zu Heinkel passte und zu Ferber und …

»Ich werde eine Anzeige stellen, wegen Falschaussage und …«

Mit einer herrischen Handbewegung schnitt mir Heinkel das Wort ab. Grinste ziemlich satanisch.

»Ich frage mich, was die mit dir anstellen werden im Knast …«, quiekte er vor sich hin und weidete sich an dem Gedanken, während ich hoffte, dass er sich das nicht allzu plastisch vorstellte und seine Hose trocken blieb …

Ich stand auf, ging zwei Schritte auf ihn zu und blieb zehn Zentimeter vor ihm stehen.

»Überlegen Sie sich gut, was Sie …«, stammelte er.

Jetzt lachte ich.

»Keine Angst. Ich vergreife mich weder an Frauen noch an Behinderten, auch wenn Sie es verdient hätten …«

Ich verschluckte den Rest des Satzes, da ich wusste, dass Heinkel alles gegen mich verwenden würde. Allerdings machte mich stutzig, dass er das Gespräch mit mir alleine führte. Wenn er es auf Gerichtsverwertbares abgesehen hätte und mich vor Ort und Stelle in die Pfanne hätte hauen wollen , dann hätte er sich einen Zeugen besorgt, es sei denn, der Knilch hätte irgendwo in seinem Büro eine Kamera installiert, und zuzutrauen war ihm schließlich alles … Hätte, hätte … Fahrradkette.

»Setzen Sie sich wieder«, quietschte er.

Ich trat zurück und versuchte, die Situation zu entschärfen. Es war klar, dass er mich mit Gefängnis und Drohungen einzuschüchtern versuchte. Auf der Höhe der Besucherstühle blieb ich stehen.

»Also? Was jetzt?«

Dabei durchbohrte ich ihn mit meinem Blick. Heinkel konnte mir nicht in die Augen schauen.

»Aus irgendeinem Grund hat Präsident Ferber ein Faible für Sie. Er will Ihnen eine Chance geben.«

Bei diesen Worten brach beinahe lautes Lachen aus mir hervor: *Präsident Ferber hat ein Faible für Sie*, das musste man sich einmal auf der Zunge zergehen lassen … Diese Aussage trifft natürlich tatsächlich auf die Familie Ferber zu, da aber nur auf Bettina. Vielleicht hatte er Interesse an einem flotten Dreier …

»Zum allerletzten Mal: Halten Sie die Füße still. Es gibt keinen Mord und keinen Fall … Die Akten sind geschlossen. Sollten Sie noch einmal in Sachen Canan Gül ermitteln, den Vorsitzenden der Living Dead Helmut Frank belästigen oder in Bundeswehreinrichtungen in Füssen oder sonst wo herumschnüffeln, dann sind Sie geliefert. Wir legen jetzt eine Akte über Sie an und bereiten ein Ermittlungsverfahren vor, das es in sich hat. Ein weiterer Fehltritt und wir ziehen Sie aus dem Verkehr, für lange Zeit …«

Er machte eine Pause, dachte vermutlich, ich würde jetzt vor ihm auf die Knie fallen und um Gnade winseln.

»War's das?«

Er schürzte die Lippen.

»Verschwinden Sie. Und merken Sie sich meine Worte. Noch ein Fehltritt und Sie sind geliefert …«

Keine Frage, sie meinten es ernst. Sie wollten mich mit allen Mitteln aus dem Verkehr ziehen und scheuten dabei keine Drohkulisse. Dabei stellte sich mir die Frage, warum ich ihnen so gefährlich erschien.

- Wem kam ich zu nahe?
- Wer hatte etwas zu befürchten?

In jedem Fall, ich schien auf der richtigen Spur zu sein – ein Motiv, das sich durch die ganze Geschichte zog wie ein roter Faden. Nichts und niemand würde mich davon abhalten, jetzt weiterzuermitteln. Ich war da also etwas ganz Großem auf der Spur.

Ich parkte Giulia in einem Waldweg in der Nähe des Flappachs. Das gehörte zu unserem Spiel dazu. Erinnerungen. Flashbacks. Positive Schwingungen. Good vibes and phantastic love. Flappach.

Erinnerungen I: Sommer/Sonne/Freibad/Freunde/Duschen/Eigentümlicher Geruch in den Umkleidekabinen/Pommes mit Essig-Ketchup beinahe wie in England/Urlaub/Limo/ Sprudel/Radler/Bier/Wasser/Planschen/Tunken/Schwimmen bis zur Boje/Floß/Brodelnde Hormone/Der Versuch, bei den Frauenduschen zu spannen/Lachen/Unbeschwertheit …

Wieder im Hier und Jetzt. Ich überlegte. Heinkel. Schießbudenfigur Number One. Wenn das die Wunderwaffe der Kripo Ravensburg war, dann hatten die Verbrecher nicht viel zu befürchten. Dennoch nahm ich seine Warnungen nicht auf die leichte Schulter. Meine Lizenz bedeutete mir viel. Nicht dass sie das Eintrittstor zu Wohlstand und Glamour war. Mitnichten. Aber sie ermöglichte mir ein Leben, wie ich es mir immer gewünscht hatte. Frei sein. Mein eigener Chef. Gaaaanz dicht dran – an den menschlichen Abgründen. Im Schmutz rumwühlen, wo sich kein anderer die Finger schmutzig machen möchte. Und dieser Fall stank. Zum Himmel. Und keiner hatte ein Interesse daran, dass die Wahrheit ans Tageslicht kam. Im Gegenteil. Alles sollte unter den Teppich gekehrt werden. Angst. Ein Vater, der zitterte, aber nicht wollte, dass der Tod seiner Tochter aufgeklärt wurde. Polizisten, die das Militär deckten. Rocker, die mit allen vernetzt waren.

Aber nicht mit mir. Ich würde weiter wühlen. Allen Warnungen zum Trotz. Der Wahrheit und den Menschen zuliebe.

Erinnerungen II: Jana/Braun gebrannt/Androgyn/Ihre zart knospenden Brüste/Schmale Schenkel/Ein herzliches Lachen/Leben/Begierde/Fröhlichkeit/Den Flutsch-Finger im süßen Göschele …

Ich wartete. Sie hatte gesagt, dass sie es bis 11.00 Uhr schaffen würde, vorausgesetzt, die Kinderbetreuung wäre pünktlich. Vor mir lag ein Waldweg. Verlassen. Kein Mensch weit und breit. So wie wir es uns wünschten. Wobei der Reiz in der Möglichkeit besteht, erwischt zu werden. Je höher die Wahrscheinlichkeit, desto größer der Nervenkitzel. Hier war die Wahrscheinlichkeit recht gering. Um diese Zeit am Samstagmorgen befand sich ganz Ravensburg auf Einkaufstour – die Überbleibsel vom Freitag erledigen.

Eigentlich stehen Bettina und ich nicht wirklich auf Nervenkitzel. Aber was will man machen? Sich bei ihr zu treffen, ist zu gefährlich. Routinen und erkennbare Muster, die sich ständig bei mir zu Hause wiederholen, bergen auch gewisse Risiken. Deshalb die Variation. Immer in Bewegung bleiben. Dem Feind nie die Gelegenheit zur Beobachtung geben. Deshalb die Parkplatz-Treffen. Klein. Billig. Schäbig. Aber irgendwo auch reizvoll.

Ferber musste zu einem Empfang ins Rathaus. Die Kinder waren versorgt. Bettina täuschte einen Fitnessstudio-Besuch vor. In gewisser Weise war ich ja auch ihr Personal-Trainer. So stand unserem Glück nichts mehr im Wege. Ich hörte ein Motorengeräusch und schaute in den Rückspiegel. Bettinas roter 3er-BMW. Der Kiesweg knirschte unter der Last der Reifen. Es hatte sie wochenlange Kämpfe gekostet, ihren Göttergatten vom BMW zu überzeugen, da dieser eingefleischter Daimler-Fan war. Solide schwäbische Wertarbeit. Konservatismus und Lokalpatriotismus, der beim Auto begann und Gott weiß wo endete – das wollte kein Mensch so genau wissen.

Bettina glitt auf den Beifahrersitz. Ich drückte sie beim Kuss gegen die Autotür. Weicheier küssen sanft. Sie duftete verheißungsvoll. Erwiderte begierig meine Begrüßung. Die Bluse mit tollem Ausschnitt war ein sündiges Rot und heißes Versprechen.

»Sag, dass du mich vermisst hast«, flüsterte sie.

Im Moment war ich mit den Gedanken woanders.

»Heinkel und dein Gatte wollen mich häuten. Dieses Mal ist es besonders schlimm. Wirklich.«

Sie legte den Zeigefinger auf ihre vollen Lippen.

»Später.«

Sie streichelte meinen Kopf und küsste mich wieder. Ich startete Giulia, setzte zurück und fuhr in den Wald hinein, obwohl das strengstens untersagt war. Das grüne Blätterdach bedeckte uns.

»Hoffentlich erwischt uns der Förster nicht.«

Bettina lachte.

»Oder Bambi«, fügte sie hinzu.

Das Leben kann schön sein.

24

Eigentlich hätte ich ganz entspannt sein können – siehe gestern. Im Wald war ich trotz aller sinnlichen Freuden das Gefühl nicht losgeworden, dass wir beobachtet wurden. Wildschweine vielleicht.

Sonntagabend. Eine andere Realität. Entspannung und Sinnenfreuden weit weg. Es regnete in Strömen. Der kalte Wind pfiff. Über meinem dunkelblauen Hoody trug ich eine Funktionsjacke. Absolut regendicht. Damit reihte ich mich in die Reihe der verweichlichten Familienväter und Singles mit Bürojob ein, die jahrein, jahraus Multifunktionsjacken trugen, um ja keinen Schnupfen zu kriegen. Coole Tarnung.

Ich erinnerte mich an gestern. Erst mein Aufschlag auf der Polizeidirektion, dann Bettina im Wald. Ein kurzes Zwischenspiel. Vom Feinsten. Zur Freude von uns beiden. Bettina-Zeit war Pleasure-Zeit. Den Nachmittag hatte ich in der Stadt verbracht. Ein paar Kaffees getrunken; sogar Kuchen gegessen, was untypisch für mich ist. Dann war ich irgendwann zum Bier übergegangen – klar, Samstagabend. Anschließend zu Hause: Kontemplation. Überlegen. Was konnte ich machen? Wie sah der Schlachtplan aus?

Ich würde nicht klein beigeben. Mein Standing war beeindruckend – ich würde es denen schon zeigen. Das war eine Frage der persönlichen Integrität und des Selbstverständnisses. Menschlichkeit und ein Stehen zu bestimmten Werten, auch wenn es unangenehm wird. Eigenschaften, die nur allzu selten geworden waren in dieser Welt. Aber auch eine Frage der Berufsehre und des Rufs, von dem wir Privatdetektive leben …

Es gibt wenig Trostloseres und wenig Lebhafteres als den Bahnhof Füssen an einem Sonntagabend. Immerhin gab es ein Vordach, sodass ich nicht direkt im Regen stand. Keine Bahnhofskneipe, kein Kiosk. Zwei Fahrkartenautomaten, von denen einer kaputt war. Immerhin, der Bahnhof wirkte nicht marode. Alles war einigermaßen frisch gestrichen und in gutem Zustand. Aber klein und provinziell. Zum Einschlafen. Ich wünschte mir verzweifelt einen Kaffee und überlegte, ob ich zur Tankstelle am Ortseingang fahren sollte, die noch geöffnet hatte, denn den Kaffee, der in meinem Auto war, durfte ich nicht trinken.

Es war bereits 19.50 Uhr. Kurzer Check durch mein Smartphone. Der Zug aus Buchloe war als pünktlich um 19.56 Uhr angekündigt. Ich verzichtete auf den Kaffee und wartete weiter. Zu riskant, die Operation wegen eines Kaffees zu versauen.

Am Morgen hatte ich unendlich viele Zugverbindungen und Szenarien gecheckt. Dabei hatten mich folgende Annahmen geleitet:

- Trotz Berufssoldatentums gab es viele Soldaten, die ihren eigentlichen Wohnsitz weit von der Kaserne entfernt hatten.
- Viele dieser Soldaten erhielten ab und zu ein verlängertes Wochenende und mussten bis spätestens Sonntagabend wieder in die Kaserne einrücken.
- Soldaten aus den neuen Bundesländern würden aufgrund des weiten Anreisewegs eher am frühen Abend in Füssen zu erwarten sein.
- Aus diesen Zügen war lediglich mit wenigen Soldaten

am Bahnhof Füssen zu rechnen; ganz im Gegensatz zu den Zügen aus Ulm etc.

Blieb zu hoffen, dass meine Prämissen richtig waren.

Ich hatte mir folgende Vorgangsweise zurechtgelegt: Harald Frisch, Reporter-Legende des Augsburgkuriers, der eine seriöse Reportage über das Liebesleben der deutschen Soldaten machte und dafür ein gewisses Budget von seinem Chefredakteur zugestanden bekommen hatte. Bargeld lachte bekanntlich. Dann …

Am Morgen hatte ich mir bei einer der großen Verleih-Firmen ein Auto gemietet. Einen roten Fiat Punto. Dazu eine lächerliche Verkleidung meines Äußeren. Falschen Fotzen-Hobler der fieseren Sorte angeklebt, übles rotes Kassengestell, das mich wie einen Vollidioten aussehen ließ, ein Kissen unter Jacke und Hoody (der musste dennoch sein), falsches Gebiss [siehe Hape Kerkeling in einer seiner Paraderollen] … Des Weiteren eine Perücke mit langen schwarzen Haaren, die ungepflegt wirkten … Niemand sollte mich erkennen, keine Zeugen, Ablenkung, Verwirrung, keine Spuren hinterlassen, die den Feind auf meine Spur … Der Hammer war die bescheuerte blaue Schirmmütze mit aufgedrucktem ›FBI‹.

Der Zug fährt ein. Endlich. Pünktlich auf die Minute. Die Deutsche Bahn ist besser als ihr Ruf – haha, was bei dem Ruf aber auch nicht schwierig ist. Die wenigen Wartenden greifen nach ihren Taschen. Ich verstecke mich hinter dem Fahrkartenautomaten. Von hier habe ich den Bahnhof in beide Richtungen bestens im Blick.

Der Fiat Punto steht auf dem Parkplatz vor dem Bahnhof. Direkt neben dem Stellplatz für Fahrräder. Ich reibe die Hände aneinander. Nässe und Kälte kriechen an mir hoch. Zwei Waggons. Offiziell Regionalexpress genannt.

Seconal-Express wäre zutreffender. Das Arsenal der Deutschen Bahn für den ländlichsten Raum. Diese Art von Zügen wird nur dort eingesetzt, wo sich Fuchs und Hase Gute Nacht sagen. Wer eine Fahrt im Seconal-Express unbeschadet übersteht, dem kann auch ein Flugzeugabsturz nichts mehr anhaben.

Der Seconal-Express ist erstaunlich voll. Obwohl es finster ist und schüttet wie aus Eimern, kann ich erkennen, dass mindestens zwei Uniformen an Bord sind. Hervorragend. Hoffentlich kommen sie nacheinander aus dem Zug und glucken nicht zusammen. Ich brauche keine Zeugen. Mein Plan ist alles andere als legal und könnte mir einige Jahre Gefängnis einbringen.

Und wenn schon – ich bin einer großen Schweinerei auf der Spur. Verdammt, zwei Gebirgsjäger kommen raus.

GSB.

Ganz schön beschissen.

Doch halt. Im Zug erkenne ich einen weiteren Uniformierten. Wohl der Typ Einzelgänger, der mit seinen Kameraden nicht so viel zu tun haben möchte. Kann ich gut nachvollziehen. Unlustig schnappt er sich seinen Rucksack, setzt sich die Mütze auf und bewegt sich Richtung Tür. Es scheint alles ziemlich gut zu passen. Er hat meine Statur und Größe. Der Waggon ist hell erleuchtet. Der Weg zur Tür ist frei, da fast alle schon ausgestiegen sind.

Ich löse mich vom Fahrkartenautomaten und bewege mich Richtung Zug. Der Soldat steigt langsam die Stufen herunter. Der Bahnhof ist beinahe schon leer. Jeder versucht, so schnell wie möglich nach Hause zu kommen. Es gibt auch wirklich keinen Grund, länger als nötig auf dem Bahnhof Füssen zu verbringen. Der Soldat wirkt benommen, vielleicht auch nur verschlafen.

Ich trete von der Seite an ihn heran. Ein schriller Pfiff ertönt. Der Zug setzt sich langsam in Bewegung. Regen prasselt unerbittlich auf das Gleisbett. Der Soldat blickt mich an: Was will'n der?

»Griaß di Gott!«

Der Typ sieht noch irritierter aus. Anfang 20. Seine wässrigen blauen Augen lassen einen Mangel an Energie, Flexibilität und Intelligenz erkennen. Aber die Gesichtszüge verraten Bauernschläue und Straßenerfahrung. Das perfekte Opfer für mein Vorhaben. Das Geld wird ihn ködern.

»Was gibt's?«, fragt er in einem sächsischen Dialekt zurück, der einem die Schuhe auszieht.

Dabei blickt er mich an, als ob ich ein perverser Kunde vom Frankfurter Schwulenstrich wäre. Auch das gehört zum Plan.

»Harry Frisch. Augsburgkurier. Sie kennen mich bestimmt. Ich bin überregional bekannt, mache auch Sachen für den Spiegel.«

Ein kurzes Leuchten in seinen Augen. Dann wieder Misstrauen. Die kurzen blonden Haare sind unter der Mütze sichtbar.

»Und?«

Ohne eine Antwort abzuwarten, will er weitergehen. Zeitungen scheinen nicht sein Ding zu sein – außer vielleicht der Fernsehzeitschrift. Und mit Reportern kann er auch nichts anfangen.

»Ich mache eine Reportage über das Sexleben der deutschen Soldaten.«

Ruckartig dreht er sich um.

»Hä? Kommst du von der Wochenend-Coupé?«

Sein Interesse ist geweckt. Ich könnte mir in den Allerwertesten beißen, dass ich nicht auf die Idee mit der Coupé gekommen bin.

»Du willst mich doch nicht anmachen?«

Das kennt er wohl. Anmache. Ich mache ein empörtes Gesicht und wiegele beschwichtigend mit der Hand ab.

»Quatsch. Ich bin kein Hinterlader.«

Er ist fürs Erste beruhigt. Seine Gesichtszüge entspannen sich. Ich schüttle aus einem Soft-Pack eine Marlboro, zünde sie an und blicke fragend zu ihm. Weiterer Teil der Tarnung. Er lebt anscheinend gesund und schüttelt den Kopf. Eine Zigarette ohne was drin – einfach schrecklich und unnütz.

»Meine Reportage handelt vom Sexleben der deutschen Soldaten, jetzt, wo auch Frauen in der Bundeswehr sind und so …«

Ich versuche, mein Sprachniveau dem seinen anzupassen. Er sieht enttäuscht aus, verzieht die Mundwinkel verächtlich nach unten.

»Von wegen Frauen und so … Bei uns in der Truppe herrscht da total tote Hose, da geht rein gar nichts … Und die wenigen, die dabei sind, die können Sie echt vergessen. Total die Schoten.«

Ich habe ihn am Haken. Perfekt.

»Natürlich geht es nicht nur um Frauen in der Bundeswehr. Ich kann dir das gerne erklären, wenn du zehn Minuten Zeit hast …«

Er sieht unentschlossen aus.

»Ich hab nicht viel Zeit. Muss in die Kaserne. Sonst gibt's Stress.«

Sein Verhalten lässt einen anderen Schluss zu. Ich greife

in die Jackentasche, hole zwei Hunderter hervor und spiele mit ihnen in meiner Hand. Er starrt wie gebannt auf das Geld.

»Wenn's schnell geht …«, meint er schließlich.

Ich nicke.

»Nur ein paar Fragen. Und vielleicht eine Einladung. Gehen wir kurz zu meinem Auto. Dort habe ich meinen Fragebogen.«

»Fragebogen, hä? Du bist doch kein Arzt.«

Er folgt mir dennoch zum Auto und wir setzen uns. Der Regen prasselt unablässig auf das Autodach.

»Bier?«, frage ich.

»Das kommt total uncool, wenn ich mit einer Fahne in der Kaserne einlaufe. Trotzdem danke.«

Ich greife in das Handschuhfach, öffne eine Dose und nehme einen tüchtigen Schluck – für die Nerven und die Show. Dann gebe ich ihm die zwei Hunderter, die er blitzschnell in seinem Rucksack verstaut.

»Also: Die Reportage versucht zu ergründen, ob deutsche Soldaten ein glückliches Sexleben haben. Dazu gehört, mit wem sie wie häufig schlafen, ob sie mit ihrem Sex zufrieden sind oder ob Wünsche unerfüllt bleiben, die sie dann vielleicht bei Prostituierten …«

Der Soldat gähnt ausgiebig. Ist gestern wohl mit seinen Kumpels in der Heimat um die Häuser gezogen und hat einen über den Durst getrunken.

»Kaffee?«

Er blickt mich ungläubig an.

»Echt? Das wäre super.«

Ich greife auf den Hintersitz, hole eine Thermokanne hervor und schenke ihm einen Becher ein. Der Kaffee dampft verführerisch. Ich habe ihn extra stark gemacht.

Beste Bohnen – sizilianische dunkle Röstung, die sogar Tote zum Leben erwecken könnte.

»Danke. Das hilft vielleicht.«

Ganz bestimmt. Der Kaffee ist nämlich mit KO-Tropfen versetzt. Auch bekannt als Liquid-Ecstasy. In perfekter Dosierung eine Art Rausch – ein klein wenig mehr und man fällt ins Koma. Da ich das Soldatenleben kenne, wusste ich, dass er sich für den Kaffee entscheiden würde. Ein Pinkeltest bei Verdacht auf Alkohol kommt nämlich uncool und ein Kaffee am Abend, um etwas frischer einzulaufen, hat noch keinem Soldaten am Sonntagabend geschadet.

»Der ist aber gut.«

Es freut mich, dass mein junger Freund meine Kaffeekochkünste so zu schätzen weiß. Er nimmt einen weiteren tüchtigen Schluck.

»Wir wollen dann auch praktische Politikempfehlungen auf der Grundlage unserer Reportage verfassen.«

Er gähnt wieder und schnuppert lieber am Kaffee. Politikempfehlungen sind wohl nicht sein Ding.

»Zum Beispiel, dass der Bund unverheirateten Soldaten zwei Mal im Monat einen Besuch im Puff bezahlt, also in eurem Fall zum Beispiel im Harem 1001 Allgäu in Kempten …«

Der Name sagt ihm was. Vermutlich denkt er daran, was er mit den 200 Euro im Harem 1001 alles anstellen kann. Immerhin habe ich jetzt ein wenig sein Interesse geweckt und es entwickelt sich ein Gespräch über das Sexleben der deutschen Bundeswehrsoldaten – alles streng aus seiner Perspektive und seinem Erfahrungsbereich – versteht sich. Immerhin bin ich bei dem Thema auch nicht ganz unerfahren und wir tauschen uns immer besser aus.

»Ein weiterer Gedanke wäre die Einrichtung von Feldbordellen in der Nähe von Bundeswehrkasernen …«

Ein kurzes Aufleuchten in seinen Augen. Dennoch: Langsam, aber sicher wirkt das Zeug bei ihm. Er gähnt immer ausgiebiger.

»So schlimm gewesen gestern?«

Er nickt.

»Endlich mal die alten Freunde wiedergesehen.«

»Und ging sonst noch was?«

Sein Blick ist glasig. Inzwischen hat er Probleme, sich zu artikulieren. Seine Birne ist umnebelt. Er weiß vermutlich nicht einmal mehr, wo er ist, geschweige denn, was er hier macht. Seine schnelle Reaktion weist ihn nicht als User aus. Ein hartgesottener Retro-Raver wäre jetzt erst in Fahrt gekommen.

»Ach wo«, lallt er.

»Sollen wir noch im Harem 1001 Dampf ablassen? Ich lade dich ein. Die 200 kannst du behalten.«

Er nickt im Zeitlupentempo. Vermutlich wäre er mit mir auch auf den Mond geflogen. Ich fahre los. Zur Brauereigaststätte Füssen. Die auch Gästezimmer hat. Hier habe ich vor zwei Stunden ein Einzelzimmer angemietet. Ich parke das Auto auf dem Parkplatz. Niemand zu sehen. Sehr gut.

»Hier?«

Der Soldat hat nicht einmal mitgekriegt, dass die Fahrt keine drei Minuten dauerte. Aber irgendetwas stimmt nicht.

»Die haben umgebaut«, beruhige ich ihn.

Sein »Ach so« klingt erleichtert und weit weg.

Wir nehmen den Hintereingang und schleichen uns die Treppen hoch. Ich habe meinen Freund fest im Griff.

Sein Gewicht lastet schwer auf mir. Ich öffne das Zimmer und lege ihn aufs Bett. Die spießige Inneneinrichtung aus dunkelbraunem Holz und das riesige naive Kreuz nimmt er nicht mehr wahr. Alles andere als Puff-Ausstattung.

»Ich hole die Mädels«, sage ich und gehe vor die Tür, während er sich auf dem Bett ausstreckt und es sich gemütlich macht.

Ich gebe ihm zwei Minuten. Dann kehre ich in das Zimmer zurück. Erwartungsgemäß schläft er tief und fest.

25

Ich fange an, ihn langsam auszuziehen. Er kriegt davon nichts mit, murmelt manchmal unverständliches Zeug im Schlaf. Die Uniform sitzt nicht wie angegossen, aber auch nicht so schlecht, dass es auffällt. Die Stiefel stinken erbärmlich – Käsearoma vom Feinsten.

Es nützt nichts. Von einer Verkleidung in die andere. Das Namensschild weist mich als ›Schwarz‹ aus – trotz der blonden Haare. Vom rasenden Reporter zum Gebirgsjäger. Ich ziehe eine Bertolt-Brecht-Gedächtnisbrille auf. Grüne Kontaktlinsen, um die Augenfarbe zu kaschieren. Blonde Wimpern. Eine blonde Perücke mit kurzen Haaren. Ich ziehe den Mützenschirm tief ins Gesicht. Das Gesicht ist kaum zu erkennen. Ich muss darauf gefasst sein, von einigen Videokameras aufgenommen zu werden: vor der Brauereigaststätte, auf dem Kasernengelände …

In jedem Fall habe ich das Zimmer mit meiner Reporter-Verkleidung und unter falscher Identität angemietet. Die Autokennzeichen habe ich bis zur Unkenntlichkeit verschmutzt und den Aufkleber der Verleih-Firma mit Leonie und Caspar an Bord überklebt – keine Chance, mir hier auf die Schliche zu kommen. Und wenn ich nun das Hotel verlasse, dann sehe ich aus wie der Gebirgsjäger, der es etwas torkelnd vor wenigen Minuten mit seinem dickleibigen Freund betreten hat.

Der sächsische Soldat hat noch einigen Ärger vor sich, wenn er die Sache an die große Glocke hängt, da er verdächtigt werden wird, eine homosexuelle Affäre gehabt zu haben. Vor diesem Hintergrund ist es fraglich, ob er überhaupt Alarm schlägt. Ich an seiner Stelle würde mir das zwei Mal überlegen, und so dumm schien er mir gar nicht …

Als ich auf das Wachhäuschen zurolle, beschleunigt sich mein Pulsschlag. Die Angst, aufzufliegen, erwischt zu werden. Aber alles easy – good vibes. Der Wachhabende winkt mich fröhlich durch, nachdem ihm ein Blick ins Auto dank meiner Uniform bestätigt hat, dass ich einer der Ihren bin. Wo der Parkplatz ist, weiß ich ja schon. Es herrscht Betrieb auf dem Kasernenhof. Bei Model brennt kein Licht. Der widmet sich vermutlich dem Familienleben – was sein muss, muss sein.

Auf dem Weg zum Gebäude begegne ich zwei Kameraden und tippe mir dabei lässig an die Mütze, ohne Blickkontakt zu suchen. Ich bin erleichtert, als sie ebenso formlos zurückgrüßen und ihrer Wege ziehen. Das Treppenhaus scheint mir die sicherere Variante zu sein. Im obersten Stockwerk spähe ich eine Weile in den Gang und versuche, Kameras zu identifizieren. Weder noch. Es sei denn, sie hätten die Kameras so gut versteckt, dass sie mit bloßem Auge nicht erkennbar sind.

Schnell – zu Models Bürotür. Das Schloss scheint kein Problem. Ich hole mein Dietrich-Set aus der Tasche. Die Hände zittern ein wenig. Wenn ich jetzt erwischt werde – das bedeutet einige Jahre Aufpassen beim Duschen, dass die Seife nicht aus der Hand gleitet … Das Schloss erweist sich als zäh. Zäher, als angenommen. Trotz der Kälte bildet sich ein Schweißfilm auf meiner Stirn. Da – Geräusche – Schritte. Zum Glück ein Stockwerk tiefer.

Endlich gewinne ich den Kampf mit der Tür und gleite lautlos in Models Büro. Ich schließe vorsichtig die Tür und bewege mich Richtung Schreibtisch. Dort umhülle ich die Schreibtischlampe mit einem schwarzen Tuch und mache sie an. Kurze Orientierung. Da – der Personalaktenschrank. Eine schöne Registratur im selben Holzfarbton wie der Rest des Büros. Sie ist verschlossen. Aber das Schloss ist ein Witz, für das ich 2,7 Sekunden benötige.

A–F
G–l
M–R
S–T
U–Z

Da – eine Akte ist nicht eingeordnet und liegt auf der Registratur A-F. Schlampig in den Schrank hineingelegt. Automatisch greife ich sie mir. Die Mini-Stabtaschenlampe im Mund schmerzt. Ich werfe einen schnellen Blick auf den Namen. Das gibt es doch nicht – ich kippe beinahe aus meinen Käse-Tretern:

›Horst Frank‹

Hastig schlage ich die Akte auf. Und der nächste Schlag folgt sofort. Auf dem Papierstapel liegt ein geöffnetes Plastik-Tütchen. Mit beinahe schneeweißem Pulver drin. Ein paar wenige Krümel liegen auf dem Papier.

H

Keine Frage. Irrtum ausgeschlossen. Dennoch befeuchte ich meinen Finger ein wenig und probiere ein paar Krümel. Bitteres Brennen. Aber nicht so bitter wie der Straßen-Verschnitt. Annahme bestätigt. Neben dem Plastiktütchen klebt ein Post-it:

›Kundus-Kostprobe‹.

Wer hat den Zettel geschrieben? Frank? Model?

Ich trage die Akte zum Schreibtisch. Meine Pumpe wummert in Technosoundlautstärke. Ich glaube zu sehen, wie sich die Uniform zu 150 Herzschlägen pro Minute senkt und hebt. Dann die Akte. Ich muss fokussiert sein, sonst werde ich erwischt. Das Passbild hält den nächsten Hammer bereit. Der Mann von der Autobahnraststätte. Eindeutig – auch wenn es dunkel und die Entfernung groß war.

Horst Frank, geb. 27. Februar 1983, Ravensburg

Protestantisch.

Augenfarbe: graugrün.

1,85 Meter groß.

Besondere Merkmale: Narbe unter dem rechten Auge.

Den Rest schenke ich mir und blättere in der Akte. Beurteilungen. Dienstreiseanträge. Fortbildungen.

Reisetätigkeiten. Immer wieder Flüge nach Afghanistan. Natürlich. Die Gebirgsjäger waren vor Ort gewesen. Ich reproduziere Gelerntes, das ich im Internet über die

Gebirgsjäger gefunden habe, und spule es vor meinem geistigen Auge ab:

- Januar 2003: die Gebirgsjäger gehen mit Unterstützungskräften für sieben Monate nach Afghanistan
- Mai bis September 2005: 14. Einsatzkontingent KFOR der Bundeswehr
- Seit Ende 2008: 20. ISAF Kontingent in Afghanistan.

Die Gebirgsjäger und Afghanistan: Das war ein Match. Aber die Häufigkeit von Franks Afghanistanflügen irritierte. Alleine 2012 20 Mal hin und her. Warum immer wieder dieses Pendeln? Das ergab keinen Sinn, außer …

Mein Körper bebt – mindestens Stärke 7.5 auf der Richterskala. Ich halte mich am Schreibtisch fest. Hoffentlich kein Herzkasper. Zum Glück trage ich Handschuhe. Das war's. Ich habe erfahren, was ich wissen wollte.

Schneller Abgang. Ich verstaue die Akte und das H-Tütchen so, wie ich sie vorgefunden habe. Versuche, keine Spuren zu hinterlassen. Es ist wichtig, dass ich jetzt akkurat arbeite. Keine Fehler.

Ich muss mich sehr beherrschen, um nicht zu rennen. Unauffällig bleiben. Nerven bewahren. Auch wenn ich gute Lust hatte, den Laden sofort auffliegen zu lassen. Ohne die geringste Aussicht auf Erfolg natürlich.

Im Auto atme ich tief durch. Ich habe es beinahe geschafft. Nur noch der Weg aus der Kaserne, dann bin ich sicher. Hoffentlich passiert jetzt nichts Unvorhergesehenes. Der Motor springt an. Ich drücke die Mütze noch tiefer ins Gesicht. Fahre langsam und üüüüüüübervorschriftsmääääääßig. Was natürlich prompt auffällt. Zwei Soldaten schauen mir zu und schütteln den Kopf.

Am Wachhäuschen gibt es keine Probleme. Wieder werde ich durchgewunken. Die Schranke hebt und senkt sich. Ich bin in Sicherheit. Draußen.

Als die Gefahr vorbei ist, beginnt meine Birne auf Hochtouren zu rattern. Aber das Bild ist klar. Glasklar. Beinahe zu simpel. Nix Waffen. Es ging um H – und alles hing zusammen.

Zuhälter-Frank hatte einen jüngeren Bruder bei den Gebirgsjägern. Der ihm unverschnittenes H aus Afghanistan mitbringt. Zu einem Spotteinkaufspreis. Das hier geschnitten wird und seinen Wert beinahe um ein Millionenfaches steigert und für Profite sorgt, die sogar Dagobert Duck die Schwanzfedern kräuseln würden …

Das H, das an nicht ganz einfache Prostituierte appliziert wird, um sie gefügig und ein für alle Mal abhängig zu machen …

Und das in größeren Portionen über den Rockerclub für Süddeutschland und darüber hinaus vertrieben wird, im großen Stil, schon mehr als ein schwunghafter Handel, wie es im Juristendeutsch heißt …

Bleiben viele Fragen. Ich versuche, mich auf die Straße zu konzentrieren, bin aber nicht bei der Sache, ganz in Gedanken gefangen. 1000 Aspekte schießen mir gleichzeitig durch den Kopf. Ich sortiere Fragen:

- Wo kommt das H an?
- Wo ist der nächste Bundeswehrflughafen?
- Was weiß Model?
- Wie tief steckt er mit drin?
- Welche Rolle spielen der ältere Frank und die Living Dead?
- Weiß die Kripo Ravensburg Bescheid und falls ja, wie viel?

- Sind sie am Geschäft beteiligt?
- Wollen die die Szene unter Kontrolle halten?
- Geht es um Macht und Einfluss?
- Oder steckt eine abgefahrene Geheimdienst-Aktion im Sinne der Counter-Insurgency dahinter?

Der Kopf raucht. Ich achte nicht auf die Rücklichter, kriege aber plötzlich Angst. Das Ganze ist viele Hausnummern größer, als ich es mir je hätte träumen lassen. Alles dreht sich. Schwindel. Ich fühle mich verfolgt. Ein Blick in den Rückspiegel. Kein Auto zu sehen. Einbildung, die Nerven …

Meine Gedanken wandern zu …

Afghanistan

26

Afghanistan, wo der Stoff der Träume herkam.

H

Ääääääaiiiiiiitsch.

Heroin

du denkst,

du spielst mit ihm,

dabei spielt es die ganze Zeit …

nur mit dir

27

Spuren verwischen – Nerven bewahren. Ich fahre schnurstracks zur Brauereigaststätte. Erneut gelange ich ungesehen (außer ein paar Videoaufnahmen) in das von mir angemietete Zimmer. Der sächsische Kamerad wälzt sich unruhig auf dem Bett hin und her. Aber er ist nach wie vor außer Gefecht gesetzt. Dieser Zustand wird nicht mehr allzu lange anhalten. Ich muss mich beeilen.

Schnell steige ich aus der Uniform und den Stiefeln und verteile die Kleidungsstücke wild in dem Zimmer. Es soll den Anschein haben, als ob er sich in einer Art Rausch entkleidet hätte. Dann wechsele ich wieder in meine Harry-Frisch-Reporter-Verkleidung, wobei ich auch an das Kissen denke. Jedes Detail kann wichtig sein, um nicht geschnappt zu werden.

Den Knaller habe ich mir für den Schluss aufgehoben. Ich reiße eine Kondom-Verpackung auf, stülpe das Ding über eine Banane und quetsche dann eine kleine Tüte Mayonnaise aus einem Burger-King-Restaurant hinein. Mit meinen Handschuhen verreibe ich zudem ein wenig der weißen, klebrigen Substanz auf der Außenfläche des Gummiprodukts.

Natürlich hält diese Täuschung keiner ernsthaften Überprüfung stand. Aber vielleicht – so meine Hoffnung – wacht Sachsen-Soldat mit schwerem Kopf auf, sieht das Zimmer, findet das Kondom und ergreift panisch die Flucht, ohne den Dingen genauer auf den Grund gehen zu wollen. Im Prinzip ist das das wahrscheinlichste Szenario: Schnell abhaken, vergessen und hoffen, dass niemand davon Wind bekommt – innerliche Aufarbeitungsversuche nicht ausgeschlossen.

Mein Opfer wälzt sich immer unruhiger hin und her. Ich nehme das Kondom und lege es auf Höhe des Gesäßes auf das Bett. Die 200 Euro lasse ich dem armen Bundeswehr-Soldaten. Ein angemessenes Schmerzensgeld sähe anders aus – aber immerhin 200 Steine – besser als nichts, oder? Die Harem 1001 Allgäu in Kempten ließ grüßen.

28

Die Fahrt zurück nach Ravensburg läuft problemlos. Keine Zwischenfälle. Auch keine Verfolgung. Obwohl ich immer wieder ein paranoides Gefühl habe. Als ob jemand mich auf Schritt und Tritt überwachen würde. Ich bin übermüdet und das Fahren fällt mir schwer. Dennoch beschließe ich, noch einen kleinen Zwischenstopp im Büro einzulegen, um meine Ergebnisse kurz in den Computer zu hacken und einen großen Teil der Ausrüstung dazulassen. Es ist nicht gut, martialisch bewaffnet mit großer Artillerie herumzulaufen.

Als ich an meinem Büro angekommen bin, spüre ich Erleichterung, obwohl ich mich inzwischen nach meinem Bett verzehre. Die Augen werden schwer, Müdigkeit übermannt mich. Meine Aktion hat mich mitgenommen. Auch wenn ich die Nerven behalten und alles eiskalt durchgezogen habe. Ich schließe Giulia ab und freue mich auf ein eisgekühltes Bier. Dann öffne ich das Büro und verstaue die Ausrüstung. Die brauche ich für heute nicht mehr.

Mein Laptop ist schnell hochgefahren. Das Bier aus dem Kühlschrank ist perfekt. Keine Musik – nicht jetzt.

Ich fasse meine Ergebnisse kurz zusammen und versuche, sie nach Gruppen zu systematisieren:

1) Motorradclub Living Dead: Ankauf und Verkauf von unverschnittenem Heroin aus Afghanistan in großem Stil – Förderung von Zwangsprostitution – Süchtig-Machen der Prostituierten, damit sie a) abhängig sind und b) ihrem Job besser nachgehen können – Der Vorsitzende des Clubs, Frank, hat Canan durch einen Goldenen Schuss aus dem Weg geräumt, da diese trotz Heroin nicht mehr anschaffen gehen wollte – Gründe für die Tat sind: Gesicht und Autorität wahren/Verletzungen im privaten Bereich/Ausschalten potenzieller Aussteiger und Mitwisser krimineller Machenschaften
2) Bundeswehr: Der jüngere Bruder von Horst Frank besorgt auf offiziellen Bundeswehr-Flügen nach Afghanistan reines Heroin in großen Mengen, das vermutlich auf Bundeswehrflugzeugen nach Deutschland geschmuggelt wird – Das Heroin wird dann an Rocker/Zuhälter-Frank übergeben – Durch die beiden Brüder ist Geheimhaltung gewährleistet, aber warum der Streit auf der Raststätte? – Was weiß Oberstleutnant Model? – Er gibt nach außen den Aufklärer – Er muss aber von der Sache wissen, da das H-Tütchen in Franks Personalakte vorhanden war? – Oder wollte Model Beweise gegen Frank sammeln? – Sind eventuell noch weitere Per-

sonen in der Bundeswehr involviert? – Auf einer höheren Ebene?

3) Kripo Ravensburg: KHK Heinkel versucht, den Mord an Canan Gül unter allen Umständen als Selbstmord durchgehen zu lassen – Entweder ist er von dieser Version überzeugt, was bei seinen mangelhaften kriminalistischen Fähigkeiten durchaus sein könnte, oder er ist in die Sache involviert; und falls ja, was weiß Polizeipräsident Ferber von der Geschichte?

Ich atme tief ein, denn ich möchte nicht Bettinas Mann bei dieser Geschichte belasten, auch wenn ich ihn nicht leiden kann und ihm alles Böse dieser Welt wünsche. Aber er ist Bettinas Ernährer und daran soll sich auf keinen Fall etwas ändern. Also klammere ich Ferber erst einmal aus und fokussiere mich auf Heinkel.

- Welche Motive könnte Heinkel haben, um Heroindealer und Mädchenhändler zu decken? A) Er wird von ihnen geschmiert B) Er wird von ihnen erpresst C) Er ist Teil der Bande und kassiert kräftig mit ab, D) Das Ganze ist Teil einer übergeordneten geheimdienstlichen Aktion.

D) bereitet mir einiges an Kopfzerbrechen. Was wäre, wenn …? Ich stütze den Kopf in meine Hände und möchte nur noch schlafen. Aber meine Aktennotiz sollte noch erledigt werden. Was du heute kannst besorgen, das verschiebe nicht auf morgen. Ein weiterer Schluck Bier macht mich auch nicht munterer. Ich versuche, mich zusammenzureißen.

Wer könnte eine Aktion in diesem Stil leiten? Wer könnte Rocker/Zuhälter und Bundeswehrsoldaten decken, die eine Riesenschweinerei aushecken? Dabei kann es sich nur um eine Polizei- oder Geheimdienstaktion handeln, so absurd das Ganze auch klingt.

Ich tippe weiter:

- Kripo? – LKA? – BKA?

Und zu guter Letzt:

Verfassungsschutz? – MAD?

Mir schmerzen die Augen. Da geht meine Fantasie wohl mit mir durch. Aber was wäre, wenn der Militärische Abschirmdienst das Heroin verkauft, um illegale militärgeheimdienstliche Aktionen zu finanzieren, für die es offiziell keine Genehmigung und keine Ressourcen gab? Mir wird schwindlig. Das hört sich an wie in einem schlechten Film. Aber dennoch weiß ich, dass das durchaus im Bereich des Möglichen liegt. Während meiner Zeit beim Kommando Spezialkräfte habe ich Dinge erlebt, die ich vorher für unmöglich gehalten hätte.

Oder der Verfassungsschutz deckelt den Heroinverkauf, um kritische Bevölkerungsteile ruhigzustellen und Geld für Szenarien der inländischen Aufstands-Bekämpfung zu sammeln.

Kryptisch hacke ich diese Vermutungen in den Laptop – versehen mit 1000 Fragezeichen. Ich habe mehr Fragen als Antworten.

Klar ist aber, dass ich Beweise brauche, denn auf die vagen Vermutungen gestützt, wird mir kein Richter dieser Welt etwas abkaufen. Wie komme ich an die Beweise heran? Ich hätte vielleicht doch Franks Akte mit der H-Kundus-Kostprobe mitnehmen sollen. Aber was hätte das bewiesen? Und vor allem hätte ich mich dadurch verraten. Das ist mein großer Trumpf. Dass keiner von ihnen weiß, dass ich ihnen auf der Spur bin. Heinkel hat mich offiziell gewarnt, die Finger von dem Fall zu lassen. Und das tue ich auch – davon gehen sie zumindest aus. Durch meine Verkleidungskünste ist es nicht möglich, mir auf die Schliche zu kommen – zumindest vorläufig nicht.

Feierabend. Ich schlage mit der Faust auf meinen Schreibtisch. Genug für heute. Morgen ist auch noch ein Tag. Ich fahre den Laptop herunter, verstaue ihn sorgfältig in der Schreibtischschublade und schließe das Büro ab. Draußen ist es stockfinster – kein Wunder, inzwischen ist es nach Mitternacht. Immerhin hat es aufgehört zu regnen. Und der Wetterdienst hat für morgen Besserung vorhergesagt.

Kein Geräusch im Treppenhaus. Vorsorglich schließe ich die Haustüre ab. In meinem Büro gibt es immerhin Waffen und Wertsachen. Nicht die schlechteste Beute – zumindest in manchen Kreisen. Ich drehe mich um – und erstarre. Für einige Sekunden stockt mir der Atem.

Zwei Männer, kaum einen Meter entfernt. Schränke – mit ausgeprägten Muskeln, wahnsinnigen Oberarmen, einem dazu passenden Bauch und äußerst stark ausgeprägten Beinen. Sie tragen typische Rockerkluft. Trotz meiner Furcht ein schneller Blick. Da stimmt etwas nicht. Die ärmellosen Lederkluften tragen Abzeichen der Bandidos und nicht der Living Dead. Delegation? Über dem Gesicht tragen sie schwarze Sturmhauben, mit kleinen Sehschlitzen und Öffnungen für den Mund. Bei einem kann ich erkennen, dass er einen Vollbart trägt.

Ein Rocker hält eine Eisenstange in der rechten Hand, die linke umfasst das obere Ende. Die Stange sieht brutal aus – höllische Schmerzen garantiert. Der andere lässt lässig eine große, gefährliche Eisenkette auf den Boden schlenkern. Seine rechte Hand hält er hinter dem Rücken versteckt.

Okay.

Ich bin unbewaffnet und total überrascht. Aber den größten Vorteil haben sie verspielt, denn jetzt bin ich auf die Situation eingestellt. Sollen sie doch kommen. Ich werde mit ihnen fertig – keine Frage.

»Was wird das jetzt?«

Keine Reaktion.

»Wollt ihr ein Bier? Für euch mache ich auch ein Fass auf.«

Mein Joke verpufft. Sie bewegen sich keinen Zentimeter. Ich entscheide mich für eine Zwischenvariante, mache einen Schritt nach vorne, um dann auszuweichen. Plötzlich reißt der Rocker mit der Kette mit der rechten Hand einen Revolver hinter seinem Rücken hervor, zielt in meine Richtung und – drückt ab.

Ein ohrenbetäubender Knall zerfetzt beinahe mein Trommelfell. Mir wird schwarz vor Augen. Ich kriege keine Luft mehr. Ich falle nach vorne und versuche, meinen Fall abzufangen, um mich nicht zu verletzen. Im Unterbewusstsein kriege ich mit, wie die beiden Rocker ein paar Schritte zurückgehen, um ihrer Gasladung auszuweichen. Dann verschwimmt alles. Der Kopf schmerzt höllisch. Volle Dröhnung. Ich wälze mich am Boden. Farben und Töne verschwimmen.

Trip I: Lila/Schwarz/Weiß/Gelb/Tunnel/Aufzug/Bundeswehrmaschinen/Endlos weite Mohnfelder Afghanistans/Fixen/Blut/Junkies/Verzerrte Gesichter/Teufel/Masken/ Schreie/Blutrot/Teufel/Harleys/Geknatter/Dunkelheit/Licht

Dann höre ich wie durch Watte, aus einem Paralleluniversum, Trillionen Lichtjahre entfernt:

»Das ist die letzte Warnung: Du stellst alle Ermittlungen ein. Sonst wird es dir ergehen, wie der kleinen Türkin.«

Wieder ein kurzer Trip. Die Schmerzen werden nicht besser. Dann Fußtritte. In den Unterleib. Explosionen am Körper. Die Rocker absolvieren ihr tägliches Fitnessprogramm.

Dann eine andere Stimme, aber genauso weit weg:

»Wenn du nicht auf uns hörst: Du bist dran, Selma ist dran, Bettina ist dran – alle sind dran.«

Irgendwoher ertönt schallendes Gelächter. Dann Schläge.

Eisenrohr – Kette – Eisenrohr – Kette.

Eine endlose Reihe von Schlägen. Schmerzen. Überall am Körper. Ich schreie mir die Lunge aus dem Leib.

Zum Abschluss:

»Damit du unsere Warnung nicht vergisst.«

Ein weiterer Schuss. Eine neue Ladung Gas schlägt mir ins Gesicht. Ich kriege endgültig keine Luft mehr …, was mir angesichts der Schmerzen beinahe gleichgültig ist.

Zwei weitere Hechler – und ich verliere endgültig das Bewusstsein – gefangen in einem schwarzen Nirwana.

Als ich wieder zu mir komme, wünsche ich mir zu sterben. Einfach nur sterben und alles hinter mir lassen, das irdische Tal der Qualen und Mühen. Mein Wunsch scheint in Erfüllung zu gehen, denn mir wird wieder schwarz vor Augen und ich merke, wie ich das Bewusstsein verliere …

Neuerlich eine Reise durch die unendlichen Weiten des menschlichen Gehirn-Universums. Eine Million Trips. Meine Synapsen spielen verrückt – oder tun das, wofür die Natur sie programmiert hat. Worte können das nicht beschreiben …

Farben – Klänge – Bilder – Urformen – Archetypen – der Ursprung des Lebens – allen Seins

um dann … erneut aufzuwachen.

Wieder gelandet. Ich begreife, dass ich am Leben bin und es vorerst bleiben werde. Vorläufig zumindest. Ich versuche, mich zu bewegen. Was meinem rechten Bein zuerst gelingt. Wenigstens ein paar Millimeter. Die Verbindung Gehirn-Körper funktioniert noch.

Nach einer gefühlten Ewigkeit knie ich auf allen Vieren. Ich atme wie ein Patient mit Lungenkrebs im Endstadium, fast gar nicht. Die Lage checken. Obwohl die Schmerzen kaum auszuhalten sind, sortiere ich mich. Erste Einschätzung. Nichts gebrochen, höchstens die Knochen ein bisschen in Mitleidenschaft gezogen. Aber: Prellungen und Schürfungen ohne Ende.

Ich frage mich, warum niemand die Polizei ruft. Oder den Krankenwagen. Hat keiner die Schüsse gehört? Am Rande des Gewerbegebiets wohnen immerhin Menschen. Nichts regt sich. Vermutlich haben die Anwohner die Schüsse tatsächlich nicht mitgekriegt oder sie für Fehlzündungen eines defekten Autos oder Mopeds gehalten. Davon gibt es in Ravensburg einige.

Nach einer Stunde kann ich kriechen. Richtung Hauseingang. Irgendwie gelange ich die Treppen hinauf und in mein Büro. Meine erste Handlung: Unterste Schreibtischschublade. Meine Notfallreserve für Kriegsverletzungen. Para-Codein-Retard-Kapseln, die ich von meinem Zahnarzt durch Vortäuschen höllischer Schmerzen erschwindelt habe. Ich nehme vier Stück und spüle sie mit Bier herunter. Dann hole ich den Glenmorangie Whiskey aus der zweituntersten Schreibtischschublade. Eigentlich zu schade für jetzt – aber was soll's?

Ein großer Schluck aus der Flasche. Dann lege ich mich auf den Fußboden und warte, bis die Wirkung einsetzt. Ich halte die Augen geschlossen und versuche, nichts zu denken …

Was mir nicht gelingt, denn jede Faser meines Körpers schreit nach Rache. Obwohl der Angriff nicht tödlich gemeint war. Das hätten sie ohne Problem deutlich besser hingekriegt. Es ging nur um eine freundschaftliche Warnung, die Finger von dem Fall zu lassen, da sonst …

Laaaaaaangsaaaaaaam setzt die Wirkung des Codeins ein. Die Schmerzen wirken gedämpfter, sind noch da, aber weiter weg. Ich reiße mich zusammen. Denn jetzt gilt es, Standing zu beweisen.

Ich packe zwei Sporttaschen. Alles, was ich für meinen Krieg brauchen kann: Revolver, Pistole, Pumpgun, Plastiksprengstoff, Handgranaten, Schlagring, Totschläger, Teleskop-Rohrstock, Rambomesser, Abhörgeräte, Minikamera, Perücken, Bärte, Kontaktlinsen, Brillen, Kleidungsstücke … Einiges davon ist ziemlich illegal, gehört aber zu einem hartgesottenen Ermittler.

Als ich meine Taschen gepackt habe: Geistesblitz. Ich beschließe, morgen meine Erkenntnisse in einem kurzen Bericht zusammenzufassen und diese an meinen Rechtsanwalt und an meinen Freund Volker von der Oberschwäbischen Zeitschrift zu schicken – Öffnung des Briefs nur im Fall meines Todes. Damit wäre zumindest gesichert, dass meine Erkenntnisse nicht unter den Tisch fallen.

Durch meine Aktivitäten verstärken sich die Schmerzen wieder. Ich nehme zwei weitere Codein-Tabletten, obwohl sich mein Kopf jetzt schon taub und benommen anfühlt und ich noch nach Hause fahren muss. Aber mein Körper schreit nach Schmerzbetäubung und ich bin froh, dass es Codein gibt, Codein, die rein-chemisch-synthetische Stiefschwester von Heroin.

29

Der Montagmorgen beginnt furchtbar. Ich habe einen Kopf wie zehn Russen, die eine Woche durchgefeiert haben. Der Körper schmerzt. Ein wenig Schlaf war mir immerhin vergönnt gewesen. Trotz meiner Wunden. Trotz des Stresses. Trotz allem. Der Mensch ist einfach wunderbar.

Ich frage mich, woher die Rocker von Bettina und mir wissen. Trotz aller Vorsichtsmaßnahmen.

Ich schiebe die Ängste und Befürchtungen zur Seite, denn ich glaube nicht, dass sie sich an der Frau des Polizeipräsidenten vergreifen werden, auch nicht, um mir wehzutun – viel zu gefährlich. Außerdem bin ich mir nicht sicher, ob Ferber nicht auch in die Affäre verwickelt ist.

Nach drei Tassen Kaffee und drei aufgebackenen Croissants fühle ich mich wieder wie ein Mensch. Ich fahre den Computer hoch und schreibe die Briefe an meinen Rechtsanwalt und Volker.

Dann fange ich mit den Recherchen an. Julian Frank scheint mir der richtige Ansatzpunkt zu sein. Er ist das schwächste Glied in der Kette – zumindest soweit ich das beurteilen kann. Hier muss ich beginnen. Und über ihn an die anderen herankommen.

Julian Frank – Füssen

Keine relevanten Treffer bei Google. Ich versuche es mit dem Örtlichen. Wieder nichts. Vielleicht schirmt sich der jüngere Frank-Bruder mit gutem Grund vor der Öffentlichkeit ab. Nach weiterem Suchen bin ich entnervt. Die Schmerzen treten wieder auf. Überall in meinem Körper spüre ich das Pochen und Wummern der Nerven. Dabei war die Tracht Prügel gestern nicht einmal Kreisklasse gewesen – mit Absicht. Vollprofis hatten da so getan, als ob sie mir eine ordentliche Abreibung verpassen würden. Dabei hatten sie mich mehr oder weniger gestreichelt. Streicheleinheiten zum Nachdenken. Zur Standortbestimmung.

Das hatte geholfen. Ich wusste jetzt besser denn je, wo ich stand und was ich wollte – den Fall aufklären.

Neuer Ansatzpunkt. Vielleicht wohnte Frank gar nicht in Füssen, sondern in der näheren Gegend. Dann endlich der Treffer. Ich bin erleichtert. Von wegen konspirativ. Julian Frank wohnt in Kempten. Jakobwiese – West Kempten. Ich schaue das nach. Neubauwohnungen. Nicht gerade das Allerbeste, aber immerhin eigentlich zu teuer für einen Gebirgsjäger wie Frank. Dahin fließt also ein Teil des Geldes, das er durch die Heroin-Deals hereinbringt.

Ich schnappe mir beide Sporttaschen und mache mich auf den Weg. Der Wetterdienst hat recht behalten. Die Sonne scheint. Wenig Wind.

10.05 Uhr. Halböffentlicher Parkplatz Jakobwiese. Ich rufe bei Frank an. Wieder nichts. Ich habe es bei ihm bereits mehrfach mit Rufnummer-Unterdrückung probiert. Immer nur der Anrufbeantworter.

›Hier ist der Anschluss von Franka, Julian, Jason, Leonie und Marina Frank. Leider ist im Moment niemand zu Hause. Aber wenn Sie eine Nachricht hinterlassen, werden wir Sie schnellstmöglich anrufen.‹

Standard-Text – Standard-Familie – Standard-Namen. Jason, Leonie und Marina. Wie konnte einem nur solch eine Auswahl an Kindernamen einfallen? Kempten ist doch nicht der Osten. Ich beobachte das Reihenmittelhaus mit dem Fernglas. Hier wohnt Frank, wie ich der Klingelschilderanordnung entnehmen konnte. Niemand zu sehen. Alle ausgeflogen.

Ich überschlage: Montag. Bis alle drei Kinder bei Krippe, Kindergarten oder Schule abgegeben sind, ist es mindestens 9.30 Uhr. Dann Montagseinkäufe, Fitnessstudio oder Frühstück mit Freundinnen. Ich sollte mich auf jeden Fall beeilen. Unsicher ist meine Aktion ohnehin.

Jakobwiese. Ein krasses Neubaugebiet. Straßen wie in Amerika. Schachbrettartig angelegt. Vom Reißbrett. Große Mehrfamilienhäuser im modernisierten Stil der Wohnungsbaugenossenschaften, die dennoch an die 50er-Jahre des letzten Jahrhunderts erinnern. Dann für diejenigen, die es sich leisten können, Reihenhäuser.

Siehe Frank. Der Besserverdiener von der Bundeswehr. Die Nachbarn sollen sich fragen: Wie schafft der das? Wie kann der sich solch ein Haus leisten und wir nicht? Oder: Wieso verdient der auch so gut, wo ich doch die bessere Berufsausbildung habe und härter arbeite?

Wie an der Schnur aufgereiht. Haus an Haus, Wand an Wand. 105 Quadratmeter auf vier Ebenen. Fantastisch. Treppensteigen hält fit und jung. Wenn der Nachbar Durchfall hat, gibt es keinen Weg, das nicht mitzukriegen. Für mich sind Reihenhäuser eine Horrorvision. Durchschnitt und doch das Bedürfnis, etwas Besseres zu sein als viele andere.

Ich setze die Baseballkappe eines großen Energieversorgers auf und ziehe einen Blaumann an. Dann schnappe ich mir eine Handwerkertasche, tarne mich noch mit Brille und falschem Schnurrbart. Ich gehe langsam auf Franks Domizil zu. Auf der Straße begegne ich Müttern, die Kinderwägen vor sich her schieben. Hier wohnen beinahe ausschließlich junge Familien.

»Grüß Gott!«

Mein zünftiger Gruß scheint Anklang zu finden. Die Mutti lächelt freundlich. Vielleicht mag sie Handwerker. Ich klingle bei ›J. und M. Frank‹.

Nach zehn Sekunden öffne ich die Gartentür von innen. Ich versuche, möglichst natürlich und organisch zu wirken. Zumal ich mir sicher bin, dass ich beobachtet werde. Von gelangweilten und neugierigen Hausfrauen. Die nach dem Rechten sehen. Sich um die Nachbarschaft kümmern.

Während ich pfeifend à la:

›Handwerker startet gut gelaunt in die neue Woche, weil er am Wochenende sein Rohr verlegen durfte‹

auf die Haustür zugehe, habe ich mein Dietrich-Set bereits einsatzbereit in der Hand. Ich klingle noch einmal an der Haustür und beuge mich nach unten, als ob ich in die Gegensprechanlage etwas sagen wollte, während ich mich in Windeseile an dem Schloss zu schaffen mache.

Kein Problem. Nicht einmal Standard. Bei der Sicherheit haben die Bauherren gespart. Beinahe-Rekord: 1,5 Sekunden für ein Schloss. Im Flur empfängt mich ein auf edel getrimmter PVC-Boden, der wie Parkett aussieht. Kinder- und Erwachsenenhausschuhe sind ordentlich aufgeräumt, die Garderobe und der Schuhschrank sind von IKEA. Es riecht sauber, nach Putzmittel. Desinfiziert und neutral. Steril.

Im Erdgeschoss befinden sich Küche und Wohnzimmer. Wieder alles neu, sauber, ordentlich und auch nicht das Allergünstigste. Freundlich und hell. Aus dem großen Möbelhaus unserer schwedischen Freunde. Schnell bewege ich mich in den ersten Stock. Elternschlafzimmer und zwei winzige Kinderzimmer. Direkt an das Schlafzimmer der Eltern angrenzend. Ich komme mir vor wie in einem Schuhkarton. Ein Stockwerk hat schwerlich mehr als 20 Quadratmeter.

Das Schlafzimmer biedermännisch. Mit einem Hauch von Erotik. Rote Bettwäsche. Und ein großer Spiegel im vor dem Bett stehenden Kleiderschrank. Die Nachttischlampen sind der Hammer. Mit Tigermuster. Ich frage mich, wo sie die herhaben. Geschenkt oder geerbt, lautet mein Tipp. Auch hier verspreche ich mir keine Hinweise und gewinnbringenden Erkenntnisse.

Das dritte Stockwerk ist sozusagen das Dachgeschoss – über dem es noch eine winzige Bühne gibt. Wahnsinn. Ein Wäschetrockenraum für den Winter. Das ist die Notreserve. Für das dritte Kind. Wenn es ins Jugendlichen-Alter kommt.

Das Arbeitszimmer hat meine volle Aufmerksamkeit. Ca. zehn Quadratmeter. Die es aber in sich haben. Schreibtisch auf edel, antik getrimmt, dunkle Tönung. Dazu passender Stuhl. An den Wänden Militärkarten.

Historisch. Erster und Zweiter Weltkrieg. Afghanistankarten. Flaggen. Verbotene Symbole des Dritten Reichs. Eine Reichkriegsflagge. Weitere Militaria. Ein Dolch mit Hakenkreuz. Helme. Bajonette. Alte Gewehre. Säbel. Eiserne Kreuze. Aus beiden Weltkriegen. Sowjetorden. Das Arbeitszimmer gleicht einem Museum. Jeder Zentimeter ist vollgestopft. Das Ganze macht einen fokussierten oder besessenen Eindruck. Da ist jemand fanatisch – aber vielleicht nicht radikal.

Fragen:

Hat Frank einen rechtsradikalen Hintergrund? Hängt das mit dem Rockerclub seines Bruders zusammen? Oder ist er nur Liebhaber von Militaria jeglicher Art – seien sie auch nicht ganz legal. Der ältere Frank war mir immer als äußerst geschäftstüchtig, aber nicht ideologisch verbohrt vorgekommen. Egal – ich möchte die Schreibtischschubladen durchsuchen.

Verschlossen. Auch hier kann mein Dietrich schnell Abhilfe schaffen. Die oberste Schublade enthält nichts außer einer orangefarbenen Kassette, die wieder verschlossen ist. Ich öffne sie und komme aus dem Staunen nicht mehr raus. Sie ist randvoll mit 500- Euro-Scheinen gefüllt. Ich überfliege die Summe und komme zum Schluss, dass hier mehrere 10.000 Euro gebunkert sind. Julian Frank hat wirklich Nerven. Diese Summe in einer popligen Kassette in seinem Schreibtisch aufzubewahren. Das ist dumm oder dreist. Ich fotografiere das Beweisstück und stelle alles wieder an Ort und Stelle zurück.

In der zweiten Schublade finde ich Aktenmappen, die Artikel aus Militärzeitungen enthalten. Trotz Markierungen und handschriftlichen Notizen von Frank finde ich sie wenig aussagekräftig. In der letzten Aktenmappe dann aber der Knaller. Ein Plastiktütchen mit mindestens 20 Gramm Heroin. Ich bin auf der richtigen Spur, sammle Beweise. Mein Herz schlägt mir bis zum Hals. Der Puls ist bei knapp 200. Wieder fotografiere ich die Indizien, auch wenn ich weiß, dass sie nicht gerichtsverwertbar sind. Eigentlich kann nun nichts Interessantes mehr auftauchen, aber ich öffne noch die unterste Schreibtischschublade.

Dort befindet sich ein schwarzes Moleskin-Buch im DIN-A5-Format. Mit zitternden Händen überfliege ich die Seiten. Handschriftliche Eintragungen. Das Buch ist bei Weitem noch nicht voll. Ein Tagebuch? Ich schlage die erste Seite auf und komme aus dem Staunen nicht mehr raus.

6.12.2013 Nähe Kundus – Ich habe mich am frühen Morgen unter dem Vorwand, Land und Leute kennenlernen zu wollen, aus dem Lager geschlichen. Dem flehentlichen Bitten des Lagerkommandeurs, Begleitung mitzunehmen, bin ich nur zögernd nachgekommen. Abdul, einer der Übersetzer und mein Kontaktmann, ist mit mir gekommen. Zweieinhalb Stunden anstrengende Fahrt im Jeep in die Berge. Abdul hat mich zu dem Warlord Masud gebracht. Auf einer Hochebene waren bewaffnete Afghanen und riesige Mohnfelder. Mein Übersetzer hat behauptet, sie würden zu einem säkularen Warlord gehören, ich bin mir aber nicht sicher, ob es sich nicht doch um Taliban gehandelt hat. Vor Angst bin ich bald gestorben. Aber dann habe ich an meinen Bruder und meine Familie gedacht, was mir Kraft verliehen hat. Ich habe Masud die gewünsch-

ten Pläne der Allied Forces übergeben und daraufhin wurde das Heroin in den Jeep geladen. Alles ganz problemlos …

Ich stütze mich am Schreibtisch ab, so ungeheuerlich ist das Gelesene. Frank schmuggelt nicht nur Heroin von Afghanistan nach Deutschland, wo Tausende dem Teufelszeug verfallen. Er verkauft sogar das Leben seiner Kameraden für die teuflische Fracht, um seinem Bruder und seiner Familie Profit und ein gutes Leben zu ermöglichen. Wie kann ein Mensch so tief sinken?

Ich überfliege ein paar Seiten.

12. Februar 2014 – Wieder die Fahrt ins Gebirge. Abdul und ich sind inzwischen ein eingespieltes Team, auch wenn ich mir nicht sicher bin, wie weit ich ihm trauen kann. M. hat von S. wohl Druck erhalten, denn der Deal soll die doppelte Menge umfassen. Das Bargeld hatte ich parat. Beim Nachzählen teilte mir Masud mit, dass beim nächsten Treffen die Währung aus Waffen bestünde, und gab mir eine lange Liste mit. Das wird schwierig zu organisieren sein, aber ich habe vollstes Zutrauen in Ms organisatorische Fähigkeiten …

Dass es sich bei M. um Model handelt, scheint mir einigermaßen auf der Hand zu liegen. Aber wer ist S.? Spielt noch eine weitere Person in dem Drama eine wichtige Rolle und ist quasi der Drahtzieher?

Blitzartig denke ich an Franks Frau und Kinder. Sie können jeden Moment hier auftauchen. Es muss noch weitere solcher Tagebücher geben, die ich jetzt aber nicht mehr suchen kann. Ich nehme die Kamera und fotografiere in aller Eile die beschriebenen Seiten. Dann verstaue ich alles ordnungsgemäß an seinem Platz und mache mich auf den Weg nach unten. Die Pumpe wummert laut – Bass-Volumen. Ich hoffe, dass es jetzt keine Komplikationen gibt.

30

Jackpot. Das war's. Sechs Richtige plus Zusatzzahl. Endlich Beweise – auch wenn sie vor Gericht unter Umständen keinen Bestand haben. Aber ich kann meine Hypothesen und Verdachtsmomente überprüfen. Um das Puzzle zu vervollständigen. Um die Verbrecher zu überführen. Irgendwie. Irgendwann. Meine Stunde wird kommen. Die Stunde der Rache – für Canan.

Jetzt heißt es cool bleiben und Nerven bewahren. Pfeifend verlasse ich das Haus, wie ich gekommen bin, und versuche, so unauffällig wie möglich zu meinem roten Fiat Punto zu gelangen. Aber unauffällig geht nicht – nicht hier. Argwöhnische Augenpaare verfolgen mich. Starkes Interesse an dem Fremden, aus Spaß am Denunzieren und um der eigenen Langeweile zu entfliehen. Dafür muss man die 60 noch nicht überschritten haben.

Den Leihwagen sollte ich beizeiten austauschen, da ich sonst zu viele Spuren hinterlasse und Gefahr laufe, bei meinen Recherchen entdeckt zu werden. Und was mir dann blüht, ist mir ja bereits drastisch vor Augen geführt worden. Die nächste Abreibung wird nicht so glimpflich verlaufen. Lebensgefahr!

›Glimpflich‹ ist gut – Euphemismus habe ich für solch eine Umschreibung im Deutsch-Leistungskurs gelernt. ›Unterirdische Untertreibung‹ würde es eher treffen. Jeder Zentimeter meines Körpers schmerzt. Alles erinnert mich an gestern Nacht. Zwei Vermummte, die mir eine Abreibung verpasst haben. Die ich aber gut weggesteckt habe. Dank meiner kleinen Helferlein. Mit solch einer Wunderheilung haben sie sicherlich nicht gerechnet. Aber da hätten sie sich intensiver mit ihrem Gegner auseinandersetzen müssen.

Ich verstaue den Handwerkerkoffer im Auto, ziehe eine kleine Show mit dem Handy ab, indem ich einen Termin im nächstliegenden Stadtteil vereinbare, und fahre los. Nach 15 Minuten halte ich an und ziehe den Blaumann aus und die Baseballkappe ab. Der Rest der Verkleidung bleibt.

Bei der globalisierten Burgerbude in der Bleicherstraße in Kempten ist einiges los – erstaunlich viel für einen Montag. Wieder Mütter und dazu noch Schulkinder. Wo die nur herkommen? Eigentlich ist doch Schulzeit.

Vor dem Restaurant rufe ich den Wurstfabrikanten an. Ich halte ihn in der Schwebe. Kein Verdacht auf Untreue, aber …

»Das gibt es doch nicht. Ich weiß, dass das Miststück mich betrügt. Bleiben Sie dran. Ich muss die Schlampe loswerden!«, brüllt er in den Hörer.

Einen Moment lang überlege ich mir, mein Honorar zu erhöhen. Schmerzensgeld für Hörschaden sozusagen.

»An Ihrer Stelle würde ich die Suche beenden. Bisher habe ich keinen Anhaltspunkt für die Untreue Ihrer …«

Natürlich unterbricht er mich sofort. Schreiend – wie sonst? Fazit: Ich behalte den gut bezahlten Auftrag.

Im Restaurant bestelle ich mir ein reichhaltiges Frühstücksmenü. Als Vorspeise spüle ich zwei Aspirin mit dem Orangensaft herunter. Lustlos würge ich dann das Essen herunter und schaue mich genau im Restaurant um. Alles sicher. Kein Verdächtiger.

Als ich beim Kaffee angelangt bin, hole ich meine Kamera hervor und stöpsle sie an meinem Laptop an. Schnell werden die Daten auf den Rechner übertragen. Ich blättere mich virtuell zur letzten Eintragung durch.

22. März 2014 – Der Flug von Afghanistan verlief wie immer problemlos. Allerdings war mir wieder speiübel. Ich weiß nicht, ob das die Aufregung ist oder ob ich das Fliegen nicht mehr vertrage. – Ruhige Ankunft auf dem Fliegerhorst Laupheim. Die Kameraden von der Luftwaffe haben wie immer keinen Verdacht geschöpft. Auch nicht, als unser ›Transportmaterial‹ in den Bundeswehr-Jeep verladen wurde. M. hat irgendeine Anweisung gegeben oder Absprachen getroffen, die uns vor zu neugierigen Nachfragen oder gar Durchsuchungen schützen. Vermutlich hat er die Materialien als ›kriegswichtig‹ oder ›geheim‹ deklariert. Vielleicht ist auch ein doppelter Boden eingebaut. Was weiß ich. In jedem Fall bin ich gottfroh, bisher nicht aufgeflogen zu sein, was nicht zuletzt an …

Ich frage mich, wieso Frank seinem Tagebuch solch einen Schwachsinn anvertraut. Er kommt mir vor wie ein pubertierender Teenager, der etwas ausgefressen hat und das unbedingt in sein Tagebuch schreiben muss …, wie ›Liebes Tagebuch, heute war wieder ein aufregender Tag. Bereits in der ersten großen Pause …

habe ich meinem besten Freund auf der Schultoilette einen runtergeholt, Mann, war das eine Sauerei!

Dann nach dem Unterricht einen Monster-Joint im Gebüsch vor dem Lehrerzimmer geraucht.

Herr Maier hat wegen des Geruchs ganz nervös nach draußen geschaut, konnte mich aber nicht entdecken. Hat wohl selber Bock auf eine Tüte gehabt, der alte Sack …

Zu Hause habe ich den ganzen Nachmittag vor Papas Computer verbracht. Die Kinderpornos sind echt der Hammer, obwohl ich gar nicht wusste, dass Dad kleine Jungs mag, denn er hat ja Sabine, Mamas beste Freundin …‹

Also, jetzt wieder ganz im Ernst. Wer ein Tagebuch benötigt, um mit dem klarzukommen, was er ausgefressen hat, der sollte in Zukunft vielleicht darauf verzichten, irgendetwas anzustellen. Der besitzt vielleicht einfach nicht das nötige Standing, sondern sollte lieber zu einem Psycho-Onkel gehen und sich eingehend untersuchen lassen und einmal richtig ausquatschen.

Ich habe einen vagen Verdacht und blättere das Buch im Schnelldurchgang durch. Aber keine Eintragung über Einnahmen und Verkäufe. Das wäre ja auch der Gipfel gewesen – aber Frank scheint nicht der Rechentyp zu sein, vielmehr der Emotionale, der Versteher, der sein Gewissen erleichtern möchte. Na dann prost Mahlzeit, da sehe ich für die Zukunft der Bundeswehr aber schwarz.

Exakte Buchhaltung hat schon manchem Dealer das Genick gebrochen, da erst aufgrund der Aufzeichnungen überhaupt Verurteilungen möglich wurden. Ich denke an den älteren Bruder. Bei diesem finden sich sicherlich Aufzeichnungen über Ausgaben und Einnahmen, Mengenangaben …

Zurück zum Text.

Mit K. bis Memmingen im Kübelwagen gefahren. Dort haben wir die Kisten in meinen weißen BMW geladen. Vor Füssen habe ich mich dann mit M. auf der Autobahnraststätte getroffen. Sind in Streit geraten. Wie so häufig in letzter Zeit.

»Das ist das letzte Mal!«

Klipp und klar. Ganz deutlich. Er hat mich ausgelacht. Wie immer, er nimmt mich nicht ernst …

Jetzt blicke ich nicht mehr durch. M.? M. ist offensichtlich der große Bruder von Julian Frank. Also Zuhälter-Frank? Aber der heißt doch eigentlich Karl-Heinz, genannt Charlie. M. kann aber ein Spitzname sein. Oder es handelt sich um einen Schimpfnamen, den sich Julian Frank für seinen Bruder ausgedacht hat.

Dann ist also der Verdacht gegen Model unbegründet? Aber M. kommt auch im Zusammenhang mit militärischen Aspekten vor. Das kann in keinem Fall Franks Bruder sein.

So weit reicht sein Einfluss nicht. Eine zufällige Kongruenz? Der Spitzname von Franks Bruder beginnt mit M? Das erscheint mir die wahrscheinlichste Variante. Meckel? Mo? Marx? Hunderttausende Varianten sind denkbar. Arbeitshypothese: M. steht einmal für Model, was die Bundeswehr betrifft, und einmal für Franks Bruder, was den Rest tangiert.

Wir sind handgreiflich geworden. Ich weiß nicht, wie ich mich sonst verständlich machen und wehren soll. Das war schon immer so – vom frühesten Kindesalter an. Mit Worten war M. nie beizukommen. Mit Taten allerdings auch nicht, da er stark ist, unglaublich stark. Mit den Muskeln, seinem Willen und Geist … Es ist schwer, gegen solch einen Bruder zu bestehen.

Jetzt kommen mir bald die Tränen. Gebirgsjäger-Frank leidet an einem Ich-hasse-meinen-großen-Bruder-Trauma. Nie-habe-ich-mich-gegen-das-dominante-Arschloch-durchsetzen-können.

Das Problem ist, dass diese Einsicht reichlich spät kommt. Zu spät. Die von Julian Frank begangenen Straftaten reichen aus, um ihn für einige Jahre hinter Schloss und Riegel zu bringen. Meine Lesart des Tagebuchs scheint aber nahezulegen, dass Frank einen Ausweg aus der Misere sucht – auch, um ungeschoren davonzukommen. Dafür ist es aber zu spät, mein Lieber. Das hättest du dir vorher überlegen müssen, Arschloch. Bevor du mit dem Heroin-Schmuggeln begonnen hast. Bevor Hunderte und Tausende sich das von dir besorgte Matt durch die Venen gejagt haben. Bevor sie sich zerstörten und elendig an einem Goldenen Schuss krepierten …

Aber so eindeutig ist meine Gefühlslage gar nicht. Ich schließe die Augen und versuche, mich in Julian Frank hineinzuversetzen:

Dominanter/krimineller Bruder/krimineller Vorgesetzter/ein Leben für Deutschland/ Bundeswehrsoldat/frühe Ehe/Frau/drei kleine Kinder/Reihenhaus/das

Bedürfnis nach sozialem Aufstieg/nicht immer der Looser sein wollen/Druck von allen Seiten/ein eher schwacher Charakter/der vor allem anderen gefallen möchte/und selber keinen Standpunkt besitzt …

Das entschuldigt dennoch nicht das, was er getan hat. Auf keinen Fall. Schluss mit der Gefühlsduselei. Weiter im Text:

M. ist dann ziemlich schnell abgerauscht. Wie immer. Nur nichts ausdiskutieren müssen. Immer am Drücker bleiben – immer die Oberhand behalten. Das habe ich nicht auf mir sitzen lassen. Um 2.00 Uhr, als Franka schlief, habe ich ihn angerufen. Natürlich ging er sofort ran. »Wenn du mich nicht gehen lässt, dann lasse ich euch alle hochgehen«, habe ich ihm gedroht. Wieder hat er mich nur ausgelacht. Er weiß wohl, dass ich das nie tun würde. Blut ist dicker als Wasser. Aber trotzdem kann ich so nicht mehr weitermachen. Mein Dilemma ist unerträglich. »Du machst gar nichts, du Null«, hat er mich angeschnauzt. »Du warst schon immer ein Versager, der nichts in seinem Leben auf die Reihe …« In diesem Moment hätte ich ihn eigenhändig erwürgen können, so sehr habe ich ihn gehasst. Wenn er nur vor mir gestanden hätte, dann wäre jetzt alles vorbei, hätte der Albtraum ein Ende …

Die ewige Menschheitsgeschichte. Nur dass dieses Mal die Zuordnung von Kain und Abel nicht so eindeutig ist wie im Buch aller Bücher. Eine solche Bruder-Beziehung habe ich nie erleben müssen. Meine Stiefgeschwister in Italien habe ich nur kurz kennengelernt.

Ein Blick auf die Uhr verrät mir, dass ich mich schon

zu lange an einem Ort aufhalte. Ich sollte in Bewegung bleiben.

Ich fühle mich beinahe so paranoid, wie

a) die 90-jährige Großmutter im Pflegeheim, die davon überzeugt ist, jeden Tag bestohlen zu werden,
b) ein 15-Jähriger nach seinem ersten Space-Cookie,
c) ein Studiendirektor beim Verlassen des Sex-Shops,
d) ein Schriftsteller, der auf die ersten Verkaufszahlen seines neuesten Buches wartet und den Verleger verdächtigt, falsch abzurechnen.

Aber meine Vorsicht ist nicht unbegründet. Ich klappe den Laptop zu, lasse das Tablett – ganz sozial unverträglich, wie ich unter Druck nun einmal bin – stehen und steige ins Auto.

Auf zur nächsten Location, um mich weiter der Lektüre zu widmen. Die mehr Sprengstoff enthält, als ich mir je hätte träumen lassen. Vielleicht finden sich ja noch weitere Hinweise zu …

Ferber, Model, M. Frank, The Living Dead … und Canan?

31

Die Fahrt nach Memmingen gibt mir Gelegenheit, den Faden weiterzuspinnen, wobei ich das Gefühl habe, mich immer wieder im Kreise zu drehen. Aber das lenkt immerhin von den Schmerzen ab. Auf der A 7 herrscht reger Verkehr. Lastwagen an Lastwagen auf der rechten Spur. Nach dem Sonntagsfahrverbot rollt der Warenverkehr der Straße wieder.

Plötzlich: wieder Beklemmungen, die schwer auf meiner Brust lasten. Das Gefühl, verfolgt zu werden. Ich blicke in den Rückspiegel. Versuche, ganz bewusst langsam und gleichmäßig zu atmen. Nur keine Panik aufkommen lassen. Panik ist der Anfang vom Ende – und vor allem unnötig. Panik ändert nichts an der Situation, sondern macht sie nur noch schlimmer. Es ist eben, wie es ist. Mit oder ohne Herzflattern.

Für den Bruchteil einer Sekunde glaube ich, den weißen BMW von Julian Frank im Rückspiegel zu sehen. Ich wechsle schnell auf die rechte Spur und klemme mich zwischen zwei Lastwagen. Nichts. Fehlalarm? Kein BMW, der an mir vorbeifährt. Beim nächsten kleinen Rastplatz fahre ich rechts raus und beinahe ungebremst durch, halte dann aber kurz vor der Auffahrt. Wieder Fehlalarm. Weder folgt mir ein weißer BMW auf den Rastplatz noch fährt einer auf der Autobahn an mir vorbei. Das gibt's doch gar nicht.

Habe ich Halluzinationen? Ich war mir doch für einen Moment lang sicher gewesen, einen weißen BMW gesehen zu haben. Ich versuche, mir mein Verhalten zu plausibilisieren: Überanstrengung, Druck, Überfall, ganz großes Ding, das eigentlich meine Kragenweite bei Weitem übersteigt, aber mein oberschwäbisch-italienischer Stursinn, der …

Wieder Schmerzen, die mir beinahe den Verstand rauben. Das hat nichts mit den Nerven oder der Psyche zu tun.

Zur Ablenkung überlege ich mir, wo ich den nächsten Stopp einlegen soll, und entscheide mich dann für Memmingen. Dort kenne ich das vietnamesische Restaurant ›Saigon‹, das eine gute Mittagskarte hat. Das Essen ist mir im Moment eigentlich egal. Ich habe aber die Illusion, dass ich mich dort geborgen und sicher fühlen werde. Mit dem Wirt kann man jede Menge Spaß machen, wenn man ihn fragt, woher er kommt. Obacht, kein Witz:

Ha Noi.

Ha Noi taugt natürlich für jede Menge Witze und wird von dem Pächter-Ehepaar mit Bedacht und Rücksicht auf den lokalen Dialekt immer wieder auf's Tapet gebracht. Während sich die vietnamesische Stadt in einem Wort schreibt, besteht die schwäbische Aussprache aus zwei Worten und entspricht damit der schwäbischen Antwort, die so häufig auf Fragen gegeben wird:

Ha, noi …

Mein Joke erheitert mich. Die Stimmung klart auf. Ein Silberstreif erscheint am Horizont.

Bis ich eine große Harley vor mir knattern höre. Auf ihr ein strammer Biker. In Bandidoskluft. Wieder plötzliches Herzrasen. Ich versuche, das Gesicht zu erkennen. Aus meiner Perspektive beinahe unmöglich zu sagen, ob der Typ bei dem nächtlichen Überfall auf mich dabei gewesen ist. Die Statur scheint mir nicht ganz zu passen. Der Typ hier hat einen zu ausgeprägten Bierbauch.

Ich drücke aufs Gaspedal und lasse den Rocker hinter mir. Ständiges Wechselbad der Gefühle:

- Einerseits: Ich drehe total durch und sehe Gespenster. So gut kann die Gegenseite doch nicht sein – allgegenwärtig ist nur Gott.
- Andererseits: Bei dem Ausmaß an krimineller Energie, den zu erwartenden Gefängnisstrafen, wenn sie auffliegen, und der vorhandenen Manpower ist doch

nicht völlig auszuschließen, dass sie mich seit geraumer Zeit observieren – vielleicht sogar ständig.

Heiß und kalt. Gleichzeitig. Dieser Gedanke ist mir eigentlich neu. Er erschüttert mich. Wie naiv ich bin. Was liegt näher, als dass die Gebrüder Frank und Model mich rund um die Uhr observieren lassen? Um immer zu wissen, was ich im Schilde führe. Um über den Stand meiner Ermittlungen immer topaktuell informiert zu sein. Um mir immer einen Schritt voraus zu sein … Dann wissen sie genau, dass ich jetzt ziemlich dicht dran bin an ihnen, und werden nicht mehr lange warten, bis sie zum finalen Gegenschlag ausholen.

Im ›Saigon‹ werde ich als seltener, aber gerngesehener Gast herzlich willkommen geheißen. Der Inhaber staunt nicht schlecht über meine Verkleidung, schweigt aber. Er weiß, dass ich öfter in geheimer Mission unterwegs bin, die Verkleidung erfordert …

Ich bestelle Frühlingsrollen, ein Hühnchengericht mit Currysoße und nur ein kleines Radler, um einen klaren Kopf zu behalten. Mein Platz ist perfekt. In einer kleinen Nische fahre ich den Laptop hoch und beginne fieberhaft zu lesen und zu suchen. Für die anderen Gäste des ›Saigon‹ sehe ich wie ein Webdesigner bei der Mittagspause aus.

Immer wieder dasselbe Muster. Datum und dann kurze Beschreibungen des Tages. Julian Frank in offizieller Bundeswehr-Mission. Deutschland-Afghanistan, Afghanistan-Deutschland. Immer wieder. Quasi Nonstop. Den Aufzeichnungen entnehme ich hier und da wichtige Details. Die Tarnung ist an sich ganz gut, aber auch weit davon entfernt, perfekt zu sein. Frank gilt als Verbindungsmann der Gebirgsjäger zur afghanischen Bevölkerung. Offensichtlich hat Model ihm die besten Zeugnisse ausgestellt, ihn praktisch als konsensuale, interkulturelle Wunderwaffe dargestellt. Ich lache mich kaputt. Das ist der Joke schlechthin. Aber so hat Frank seine Legende erhalten, die seinen Kontakt mit den Einheimischen legitimiert. Die Fahrten mit dem Übersetzer machen so Sinn. Ob und inwieweit Kameraden in Afghanistan eingeweiht sind, kann ich nirgendwo entnehmen.

Die Frühlingsrollen werden serviert. Ich genieße die knusprige Ummantelung und die süßsaure Soße. Aber das Essen spielt jetzt nicht die erste Geige. Ich suche nach Informationen über Model und/oder über Franks Bruder. Die aber nicht offen da stehen. Es handelt sich um ein klassisches Tagebuch: ›Ich erzähle, was ich erlebt habe und wie ich darüber denke.‹ Ich bin aber dennoch überzeugt, dass sich irgendwo im Text wertvolle Informationen über beteiligte Dritte befinden.

Die Hauptspeise kommt. Wieder ausgezeichnet. Das Hühnchen butterweich und die Soße eine Explosion an den Geschmacksnerven. Asiatisches Essen ist gesund, bekömmlich und schmeckt vor allem ausgezeichnet. Durch die Bank – ob indisch, thailändisch, vietnamesisch …

Fokussierung: Da – endlich. Ich habe die Spur, nach der ich verzweifelt gesucht habe. Im November 2013. Julian Frank – zu weich für das Ding und nur von seinem Bruder am Laufen gehalten.

Einen Tag nach meiner Rückkehr ein Familientreffen bei M. M. gibt schrecklich an. Er stellt seinen Reichtum zur Schau. Er kommt mir vor wie ein … Gangsta-Rapper in einem der unzähligen Musik-Videos, der mit dem, was er hat, protzen muss. Das Protzen scheint für Rocker ebenso wie für Hip-Hopper zu gelten. Der Sack wohnt in der besten Wohngegend in der Ravensburger Südstadt. Villa und Anwesen vom Allerfeinsten. Für den Pool war es natürlich zu kalt, was ihn ein bisschen gewurmt hat. Grillfest. Mit dem Hammergrill, beinahe so groß wie eine Tischtennisplatte. M. hat den perfekten Gastgeber gespielt. Bier, Wein, Whiskey und Champagner für die Frauen – keine Wünsche bleiben offen. Dabei weiß ich, dass das nur die Spitze des Eisbergs ist. Bei Partys mit seinen Freunden gibt es massenweise Koks und ›Chics‹. Was mich zu der Einsicht bringt, dass M. einen deutlich besseren Schnitt macht als ich. Ich bin und bleibe der Depp der Familie, der mit Brosamen abgespeist wird.

Während ich den Rest Soße mit Reis vermische, wird mir die Situation deutlich. Julian Frank wird vom großen Bruder zum Mitmachen gezwungen und fühlt sich dann auch noch finanziell über den Tisch gezogen. Der ältere Frank hat ein diversifiziertes Geschäftsimperium und übernimmt den Verkauf des Stoffs, während Julian nur den Transport durchführt. Dass sich dabei finanzielle Asymmetrien ergeben, liegt auf der Hand.

Als M. abwesend war, habe ich mich in dessen Büro geschlichen. Weil ich Bescheid wissen muss. Um mir meinen Teil zu sichern – oder eine Exit-Option zu besitzen. Da ich M. von Kindesbeinen an kenne, habe ich das Versteck sofort gefunden. Er ist zu schlau, um elektronisch Buch zu führen. Mit dem Verwischen von Spuren kennt er sich aus – auch elektronischen. Die Kladde war hin-

ter dem Ölgemälde versteckt. Venedig im Herbst – hat bestimmt ein Vermögen gekostet. Simples Versteck – bei einer Hausdurchsuchung fliegt das sofort auf.

Die Frank-Brüder machen mir Spaß. Da hielt der eine vom anderen nicht viel. Wobei er selber seine Aufzeichnungen um keinen Deut besser versteckte. Die Brüder fühlten sich offensichtlich sehr sicher. Vielleicht hatten sie Deckung von ganz oben und dachten deshalb gar nicht daran, alles übermäßig abzusichern. Deckung durch die Kripo oder das Militär? Sogar von beiden Seiten abgesichert?

Ms Eintragungen rissen mir beinahe den Boden unter den Füßen weg. M. vertickt das H in ganz großem Stil – in ganz Baden-Württemberg. Ordentlich und geschäftstüchtig, wie M. immer schon war, hat er alles akribisch notiert: Einnahmen, Ausgaben, Daten, Zinssätze … In Kürzeln und ohne genaue Bezeichnungen. Aber dennoch war das Ganze für mich leicht zu entschlüsseln. Zu Ms Abnehmern gehören zunächst die oberen Chargen seines und befreundeter Clubs. Erstaunlicherweise gehören also auch Hell's Angels und Bandidos zu seinen Kunden. Die Fronten zwischen Rockern hören da auf, wo der Profit für alle stimmt. Hier laufen alle Deals mindestens im zweistelligen Kilobereich. Dasselbe gilt für rumänische und albanische Banden, mit denen er vermutlich über seine Rotlichtkontakte zu tun hat. Eier hat er ja. Keine Furcht. Vor niemandem. Dass M. unterschiedlich viel für ein und denselben Stoff verlangt, entspringt seinem alten Glauben daran, dass es so etwas wie Freundschaften gibt … Was mich verwundert hat, sind unerklärliche Zahlungen von

M. an S. in astronomischer Höhe. Wer ist S.? Und was hat er gegen M. in der Hand?

Ich halte mich an dem kleinen Tisch fest. Wieder ein inneres Beben, aber dieses Mal bei 8.5 auf der Richterskala. Das ist ganz harter Tobak, denn

- ich weiß jetzt, wo M. Frank seine Buchhaltung versteckt hat,
- ich weiß außerdem, mit wem er alles Geschäftsbeziehungen unterhält,
- und zu guter Letzt ist mir jetzt endgültig klar, dass es sich um Geschäfte im zwei- bis dreistelligen Kilobereich handelt.

Das bedeutet Knast ohne Ende, weggesperrt sein für eine laaaaaaange Zeit ... Was ich nach wie vor nicht weiß, ist, welche Rolle S. in dem ganzen Gefüge spielt. Und wer S. ist. Aber dafür muss ich die Bande erst einmal drankriegen und gerichtsverwertbare Beweise finden. Und vor allem, am Leben bleiben.

Ich gebe das Zeichen zum Bezahlen und lehne den obligatorischen Likör ab. Der Inhaber sieht mich fragend an. Irgendetwas stimmt wohl mit mir heute nicht. Wie kann ich auf seinen einmaligen Lychee-Likör verzichten?

»Alles in Ordnung?«, fragt er mit asiatischem Dialekt.

Ich nicke geistesabwesend.

»Hat gut geschmeckt?«

Dieses Mal nicke ich beinahe störrisch, kriege mich dann aber wieder in den Griff und lächle.

»Danke, alles bestens. Wie immer.«

Jetzt lächelt auch mein Gegenüber und ist zufrieden. Leise entfernt er sich von meinem Tisch.

Plötzlich stand M. im Zimmer. Ich bin zu Tode erschrocken und habe die Kladde fallen lassen. Sein Blick war eiskalt. Er ging auf mich zu, packte mich an der Kehle und drückte mich gegen die Wand. Dann spürte ich den kalten Stahl an meiner Kehle. Beinahe hätte ich mir in die Hose gepinkelt. »Wenn das noch einmal passiert, mache ich dich kalt. Wenn du irgendetwas sagst, dann bringe ich dich um.« Die Klinge schnitt bereits in meinen Hals, der zu bluten anfing. »Ich bringe dich als Ersten um, wenn du mich verrätst, Bruderherz. Ich schneide dich in Stücke und verfüttere deine Haut an die Hunde.« Einmal mehr habe ich das Schicksal meiner späten Geburt verflucht und wollte nichts sehnlicher, als M. töten, aber ich bin zu schwach dafür, was er genau weiß …

Flash – … Ich sitze wie auf Kohlen. Muss handeln. Habe beinahe alle Beweise und Informationen beisammen. Ich werde Franks Buch in meinen Besitz bringen, koste es, was es wolle – und alle hochgehen lassen. Ich werde M. Frank den Mord an Canan nachweisen und sie rächen. Ich werde ihrem Vater die Genugtuung liefern, dass seine Tochter gerächt ist – auch wenn er dafür zu feige war. Ich werde Beweise finden, dass die Führungsebenen der Kripo Ravensburg und der Gebirgsjäger in die kriminellen Machenschaften involviert sind.

Voller Adrenalin steige ich in meinen roten Notbehelf, um mich in Windeseile auf den Weg nach Ravensburg zu machen. Ich wünsche mir Giulia herbei, denn die Fahrt in dem Leihwagen kann verglichen werden mit:

a) einer Segelregatta bei Flaute,

b) einem Rollator-Wettrennen von 90-Jährigen,

c) einem Bobby-Car-Rennen zweier adipöser Dreijähriger.

Während ich sämtliche Verkehrsregeln breche, um zumindest etwas an Fahrt zu gewinnen, überlege ich, ob ich zunächst noch Julian Franks Tagebuch weiter analysieren soll, um gegebenenfalls auf weitere Hinweise und Indizien zu stoßen. Dann wische ich diese Überlegung abrupt vom Tisch und entscheide mich dafür, dass jetzt die Zeit des Handelns gekommen ist.

Ein Mann muss tun, was ein Mann tun muss.

Die Weisheit eines alten Cowboys – geäußert durch John Wayne – mit seinem leicht verräterischen Entenwatschel-Gang; irrtümlicherweise immer für besonders maskulin gehalten, dabei das genaue Gegenteil.

Jetzt wird aufgeräumt – ohne Rücksicht auf Verluste, auch eigene. An einer Kreuzung krache ich beinahe in einen roten Daimler, A-Klasse. Mutti mit zwei Bälgern unterwegs. Das wäre ein Spaß geworden.

32

Sortieren. Fokussieren. Auf die Straße schauen. Sonst baue ich noch einen Unfall – ohne Fremdverschulden.

Als ich endlich auf der A 96 bin und alles aus dem Leihwagen kitzle, was möglich ist, beginne ich wieder nachzudenken. Auf der Autobahn lässt sich einfacher fahren als in der Stadt.

Freie Fahrt für freie Bürger.

Immer wieder gehe ich den Tagebuchinhalt in Gedanken durch. Offensichtlich wissen die beiden Brüder unterschiedlich viel. M. Frank hält die Zügel in der Hand. Er ist das Alpha-Tier – und er hat seinen Bruder stark unter der Knute, was diesem seit Kindesbeinen stinkt.

Wer ist S.?

Das ist die entscheidende Frage. S. scheint mit M. Frank vernetzt zu sein. M. Frank betreibt strikte Interessenseparierung und Informationsgeheimhaltung. Bei ihm laufen die Fäden unzweifelhaft zusammen.

Was aber nicht bedeutet, dass M. Frank niemanden über sich haben kann. Was könnte M. Frank veranlassen, hohe Geldbeträge an einen dubiosen S. zu überweisen? Den Tagebucheintragungen zufolge handelt es sich um Erpressung – eine Annahme, die durch keine Beweise gestützt wird. Aber angenommen, es handelt sich um Erpressung: Was könnte S. wissen, dass M. Frank astronomische Summen an diesen überweist? Und das in regelmäßigen Abständen.

Ich glaube, dass der Sachverhalt anders gelagert ist und Julian Frank falschliegt. Dabei sind unterschiedliche Szenarien denkbar. M. Frank könnte Waren und Informationen von S. beziehen – und diese bezahlen. Oder aber M. Frank kauft sich bei S. Schutz, Einfluss und Macht.

Aber S. kann nicht der Polizeipräsident Ravensburgs sein – auch nicht KHK Heinkel, so sehr ich mir das auch wünschen würde. In Gerd Ferber findet sich kein S. Es sei denn, er hat eine mir unbekannte Mittelinitiale. Ich beschließe, Bettina beim nächsten Mal danach zu fragen.

Naheliegend könnte auch sein, dass S. die Abkürzung für einen Ort ist. Dabei wäre dann Stuttgart möglich. Tätigt M. Frank Geldtransfers in die Landeshauptstadt? Bliebe aber immer noch die Frage offen, an wen. Auch andere Orte sind denkbar. Oder ist S. die Abkürzung für eine Organisation? Was die Palette der Möglichkeiten weiter ins Unendliche steigert.

An eine Chiffre oder einen Code will ich gar nicht denken – das scheint vor dem Hintergrund der restlichen Eintragungen auch nicht plausibel.

Bei Leutkirch im Allgäu bemerke ich zum ersten Mal, dass mich eine dunkle Daimler-Limousine verfolgt. Es handelt sich nicht um M. Franks Fahrzeug. Diese Limousine hat schwarz getönte Scheiben. Ich erkenne auf den ersten Blick, dass die Limousine gepanzert ist. Geheimdienst? MAD? Regierungsauto? Ich wechsle auf die rechte Spur. Der Daimler auch. Er bleibt hinter mir. Ostentativ. Ich versuche, jemanden zu erkennen. Keine Chance durch getönte Scheiben. Schemenhaft erkenne ich einen großen Typen mit Schnauzer, der sein Gesicht hinter einer Fliegersonnenbrille versteckt.

Ich schere wieder aus und drücke auf die Tube. Leider vergebliche Liebesmüh. Der Fiat Punto keucht und schnauft wie ein Asthmatiker bei extremem Pollenflug. Der Daimler bleibt auf der linken Spur. Verfolgung? Wozu? Mit meinem roten Gefährt bin ich jederzeit wieder einzuholen. Meine Pferdestärke hat gegen diejenige des Typen mit dem angeklebten Schnurrbart keine Chance. Nicht den Hauch einer Chance, um präzise zu sein.

Bei der nächsten Raststätte fahre ich ab und bleibe direkt bei der Einfahrt bei den Zapfsäulen stehen. Das schwarze Gefährt rauscht auf der Autobahn vorbei. Ich atme auf. Erleichterung. Aber dann, auf einen Schlag, da sind sie wieder, die Beklemmungen. Alles nur Einbildung? Oder reale Gefahr. Ich fahre zurück auf die A 96. Alles cool. Alles easy.

Wieder Gedanken-Karussell beim Fahren. Was soll ich tun? Bei M. Frank einbrechen? Die Aufzeichnungen finden? An sich der schnellste Weg. Unkomplizierte Lösung. Wozu noch Diskussion und Zeit vergeuden, wenn alles klar ist?

Aaaaaaaber: alles hoch kriminell. Einbruch mit Waffe … Das gibt Knast – einige Jährchen im Bau. Heinkel hat mich bereits mehr als nachdrücklich gewarnt. Sie bereiten meine Akte und eine Anklage sorgfältig vor, um mich für lange Zeit wegsperren zu können.

Andererseits könnte mich M. Frank bei dem Bruch erwischen. Und wer würde es ihm dann übel nehmen, wenn er den Einbrecher sozusagen in Notwehr erschießt? Jeder Richter würde ihn freisprechen, vorausgesetzt, dass er mich mit einer legal erworbenen Waffe erschießt, und davon ist leider beinahe auszugehen, denn M. Frank ist mit allen Wassern gewaschen … Sollte ich schneller sein als er, dann gibt es für mich noch eine Mordanklage obendrauf …

Bad vibes. Ich brauche andere Gedanken. Und einen Stimmungswechsel.

Ich entscheide mich für den iPod. Der Punto hat zwar eine Anlage, da kann ich aber gleich selber singen und die Beatbox mimen.

Keine gepanzerte schwarze Limousine in Sicht. Alles unter Kontrolle. Der Puls ist dennoch viel zu hoch. Die Gedanken rasen weiter. Ich bleibe aufmerksam. Vielleicht hängt mein Leben davon ab. Meine Feinde haben schon einmal bewiesen, dass sie nicht lange fackeln, sondern lieber kurzen Prozess machen. Auch wenn das Ganze lediglich eine liebevolle Warnung war, aber mit einer deutlichen Botschaft: Das nächste Mal bist du dran, ohne Wenn und Aber.

Je näher ich der Stadt der Türme komme, desto sicherer fühle ich mich. Heimat, süße Heimat …

Trugschluss, denn hier lauern Gefahren. M. Frank, The Living Dead, die Kripo, vor allem Heinkel …

Aber Heimat vermittelt immer ein Gefühl der Sicherheit. Ich werde beinahe euphorisch. Theorie und Praxis von Bushido zum dritten Mal. Immer wieder der Sicherheitscheck im Rückspiegel. Keine offensichtlichen Verfolger. Viel Verkehr.

Bei dieser Verkehrslage wäre es nicht schwierig, mich unbemerkt zu verfolgen. In jedem Fall möchte mich niemand einschüchtern. Dann würden sie sich bemerkbar machen. Siehe gepanzerte Limousine.

Gesicherte Erkenntnisse – das Bermuda-Dreieck: Julian Frank – Model – M. Frank. Groß angelegter Heroin-Schmuggel aus Afghanistan. Cash, Waffen, geheime Informationen für die begehrte Ware. Die Taliban sind nicht undankbar. Mit dem Paket von Julian Frank sind sie in der Lage, den alliierten Kräften gehörig zuzusetzen. Der deutsche Bürger liest dann in der Zeitung von Taliban-Angriffen auf deutsche Lager, Konvois und …

Und das Heroin in Deutschland zerstört weitere Leben und hilft, die westliche Gesellschaft zu unterminieren und zu zerstören – alles dekadent, korrupt, dem Verfall anheimgegeben. Mir wird abwechselnd heiß und kalt. An dem Fiasko beteiligt: Teile einer Elitetruppe der Bundeswehr.

Und in meiner Heimatstadt gehen die kriminellen Aktivitäten weiter. Menschenhandel im großen Stil, von Rockerbanden organisiert. Der menschliche Körper als Ware. Der Asphalt verschwimmt. Die Sonne blendet mich. Ich bremse. Schwindel. Den Körper verkaufen zu müssen, um überleben zu können. Und obendrauf gibt es H, zack, die volle Ladung, rein in die Vene, dann die Wärme, das Gefühl der Sicherheit und … Das hilft einerseits, alles zu ertragen, potenziert aber zugleich die Schmerzen und die Abhängigkeit …

Zeit, die kriminellen Machenschaften zu beenden. Ein für alle Mal. Ich drücke wieder aufs Gaspedal. Je eher, desto besser. Obwohl der Punto bereits am Limit angelangt ist, versuche ich, mehr aus ihm rauszuholen. Lichthupe. Hupe. Ich fahre wie ein Irrer. Besessen von einer fixen Idee. Die Welt zu retten. Oder sie zumindest ein bisschen besser zu machen. Ich, der Weltenretter …

Plötzlich. Schock. Erschütterung. Vor mir. Die schwarze Daimler-Limousine. Mir stockt der Atem. Ich kontrolliere mit Mühe das Lenkrad. Leichtes Schlingern. Er war die ganze Zeit vor mir. Hat mich wahrscheinlich nie aus den Augen verloren. Vielleicht hat er einen Peilsender an meinem Punto angebracht. Zusammenreißen. Selbstkontrolle. Rote Lichter. Der Daimler tritt auf die Bremse. Ich verlangsame ebenso das Tempo. Hoffe, dass mir hinten niemand reinrauscht.

Dann: verdrecktes Nummernschild. Keine Möglichkeit der Identifizierung. Wirkliche Profis. Er spielt. Gibt Gas. Ich beschleunige ebenfalls. Was mich beunruhigt, ist das Masseverhältnis. Gegen den Daimler ist mein Punto ein Mückenschiss, der nicht einmal zehn Sekunden bestehen kann.

Check im Rückspiegel. Der nächste Schreck. Ein Double. Wieder eine gepanzerte schwarze Daimler-Limousine. Sie haben mich in die Zange genommen. Mein Puls rast. Das Blut rauscht. Komme ich hier wieder raus? Angst. Der Fahrer könnte ein Zwilling des vorderen sein …

Das Adrenalin verleiht meinen Gedanken Flügel. Was aber nichts nutzt. Ich bin geliefert. Und das weiß ich. Der vor mir fahrende Daimler biegt auf die rechte Spur. Meine Chance? Oder eine Falle?

Intuitiv drücke ich auf das Gaspedal. Als ich am schwarzen Daimler vorbeiziehen möchte, zieht dieser ruckartig nach links. Eigentlich logisch … und gleichzeitig: ein kräftiger Aufprall von hinten. Versuche verzweifelt, gegenzusteuern und die Kontrolle zu behalten. Aber eine erneute schwere Erschütterung. Wieder gleichzeitig. Von hinten und von der Seite.

Mein Kopf schlägt brutal nach links, der Gurt blockiert und schneidet mir die Luft ab, das Lenkrad wird mir mit Gewalt aus den Händen gerissen. Ich sehe erste Sterne. Dann spüre ich, dass mein Auto ungebremst in die Leitplanke donnert. Ein Aufprall. Erschütterung. Mein Körper wird hin und her geschleudert.

Die Leitplanke verhindert, dass ich auf die Gegenfahrbahn geschleudert werde. Sie bremst meine Geschwindigkeit. Trotzdem überschlägt sich der Punto und ich verliere das Bewusstsein, es umfängt mich tiefe, schwarze Nacht und das Reich der Schmerzen hat mich wieder …

33

Ein Tunnel. Tiefe Dunkelheit umfängt mich. Ich falle. Grenzenlos. Die Tunnelwände verwandeln sich in Gesichter. Gesichter, die mir etwas zu sagen versuchen. Aber ich erkenne niemanden. Ich verstehe nichts. Ich habe Angst. Wahnsinnige Angst. Die mich auffrisst. Von innen. Die Gesichter starren mich unentwegt an, verzweifelt und schmerzverzerrt. Sie wollen mir immer wieder etwas zurufen. Doch alles bleibt stumm, kein Ton erreicht mein Ohr und nur mein Körper setzt den Weg in die unendliche Tiefe fort, und die Dunkelheit steigert sich …

Doch dann bremst sich mein Fall, ich schwebe einen kurzen Moment lang und dann beginne ich emporzuschweben. Langsam gleite ich nach oben, ohne Gewicht und schwerelos. Immer noch umfängt mich Dunkelheit, aber die Gesichter sind mit einem Schlag verschwunden, die Tunnelwände sind dunkel. Und dann erkenne ich ganz weit oben ein kleines Licht. Und je weiter ich nach oben schwebe, desto größer wird das Licht und desto heller erscheint es. Es umfangen mich eine Wärme und eine Sicherheit, eine Angstfreiheit, die ich zuvor nie gekannt habe …

Ich habe das alles immer für billige Klischees gehalten und ich bin umso erstaunter, dass es mir nun leibhaftig widerfährt. Selbst in meinem Dämmerzustand erkenne ich den Unterschied zwischen meinem Vorbewusstsein und dem, was mir jetzt passiert. Es stimmt also wirklich …

Dann trete ich in eine Zwischensphäre. Mein Körper

gewinnt wieder an Gewicht und drückt mich nieder. Ich merke, dass ich in die Welt der Dinge zurückkehre, und es gefällt mir gar nicht. Die Wärme, die Sicherheit, die Angstfreiheit verschwinden und ich spüre …

… starke Schmerzen.

Wie durch einen Vorhang hindurch, aber sie sind da, vehement und unersättlich. Ein Schleier umgibt mich und ich bin da, wach, aber ich nehme alles nur gedämpft wahr. Ich versuche, die Augen zu öffnen, und bin mir nicht sicher, ob ich sie schon geöffnet hatte oder mir alles nur mit geschlossenen Augen vorstelle. Alles in Mega-Slow-Motion-Zeitlupe. Zeit besitzt in meinem Zustand keine Bedeutung mehr und so vergehen Sekunden, Minuten und Stunden, und alles ist eins und ohne Unterschied. Ich weiß nicht, wie lange ich so daliege.

Ich dämmere wieder weg, komme wieder ein wenig zu mir, spüre das unendliche Meer der Schmerzen … Dann höre ich Stimmen, nehme Bewegungen wahr und weiß, dass ich nicht alleine bin. Die Stimmen klingen seltsam verzerrt und weit weg, so, als ob sie Außerirdischen gehören würden. Wieder einmal umfängt mich totale Dunkelheit und ich sacke wieder weg.

»Herr Denz ist auf keinen Fall vernehmungsfähig …«

»Aber es bestehen ein dringender Tatverdacht und Fluchtgefahr. Ich muss leider darauf bestehen!«

Die Stimmen entgleiten mir. Ich versuche mit aller Macht, mich ins Leben zurückzukämpfen.

»Sie können ihn höchstens zehn Minuten befragen. Herr Dr. Reiter hat größte Bedenken. Aber zehn Minuten hat er Ihnen zugestanden …«

Ich höre ein zufriedenes Lachen.

»Sehr gut.«

»Ich kann Ihnen aber nicht sagen, wann Herr Denz wieder das Bewusstsein erlangen wird.«

»Kein Problem. Ich warte.«

»Wie Sie wünschen.«

Dann höre ich Schritte und eine Türe, die zuschlägt.

Als es mir endlich gelingt, die Augen zu öffnen, erkenne ich, dass ich in einem Krankenbettzimmer liege.

Krankenhaus – was sonst. Weiße Wände, Laminatfußboden, eigentümliche Gerüche nach allzu Menschlichem und Desinfektionsmitteln, Bettgestelle, ein kleiner Fernseher, ein Beistelltisch, auf dem eine Flasche Mineralwasser steht, in die Wand integrierte Schränke.

Ich schließe wieder die Augen, das Licht ist zu hell. Ich habe wahrgenommen, dass zwei weitere Betten in dem Zimmer stehen. Dann höre ich deutliche Geräusche, eine Klospülung, Klappern und eine widerliche Stimme, die vor Gehässigkeit und Hohn geradezu trieft.

»Ich habe Sie gewarnt, aber Sie wollten ja nicht hören.«

Ich bin mir sicher, dass ich mir diese Stimme einbilde und sie ein Produkt meiner Schmerzen und der Schmerzmittel ist, aber dann höre ich wieder dieselbe Stimme, die denselben Satz sagt.

»Toll, Sie können ja sogar blinzeln.«

Unter größten Schmerzen drehe ich den Kopf Millimeter um Millimeter nach links. Dabei gleichzeitig die Augen zu öffnen, übersteigt meine Fähigkeiten und ist beinahe übermenschlich. Doch dann ist es so weit. Auf dem Stuhl neben meinem Bett sitzt – KHK Heinkel.

Ein Schreck durchfährt meine Glieder und ich traue meiner Wahrnehmung nicht. Heinkel …?

»Das ist eine Überraschung, nicht wahr?«

Trotz meines Zustandes möchte ich aufstehen und dem kleinen Wicht eine zentrieren, dass es sich gewaschen hat.

»Ich bin hier, um Sie zu informieren, dass …«

Jetzt wünsche ich mir wieder einen Zustand der Bewusstlosigkeit, damit ich mir das Geschwätz Heinkels nicht anhören muss, aber mein Geist und mein Körper versagen mir diesen Gefallen und so …

»… wir Ihnen folgende Straftatbestände vorwerfen: bewaffneter Einbruch, illegaler Erwerb von rezeptpflichtigen Betäubungsmitteln, Fahren unter dem Einfluss von Alkohol und Medikamenten, Verstoß gegen zahlreiche Bestimmungen der Straßenverkehrsordnung und Mordversuch gegen Unbekannt …«

Das ist wie ein Schlag in die Magengrube. Die anderen Vorwürfe an sich sind schon schlimm genug. Aber Mordversuch?

»Bisher haben Sie Glück, dass Ihr potenzielles Mordopfer sich nicht bei uns gemeldet hat, aber wir haben Zeugen, die aussagen, dass Sie den Mercedes von der Straße drängen wollten …«

So sieht das also aus. *Ich* habe versucht, den Daimler von der Straße abzudrängen. Schlagartig wird mir klar, wie mein Fahrverhalten und die zum Unfall führende Szene auf Zeugen gewirkt haben können – und dass der Unfall nun mir angelastet werden wird, damit sie einen Grund haben, um mich für lange Zeit wegzusperren, da ich für sie eine große Gefahr darstelle, eine tickende Zeitbombe bin …

»Hat es Ihnen die Sprache verschlagen? Das ist ja ganz und gar untypisch für Sie. So kenne ich Sie gar nicht.«

Wieder dieser Hohn und die Verachtung in der Stimme.

»Was ist mit mir passiert?«

Ich höre die eigene Stimme. Wüstes Gestammel und Gelalle. Aber ich bin in der Lage zu sprechen. Heinkel lacht.

»Sieh an, er kann sprechen.«

Dämliches Glucksen. Er findet seine Kommentare todlustig. Wie bei einem Kleinkind.

»Ich bin kein Arzt. Aber was Ihren Geisteszustand betrifft, so kann ich mir vorstellen, dass der Staatsanwalt eine Untersuchung anordnet.«

So weit ist es schon. Sie wollen mich für geisteskrank erklären lassen, damit sie meine Ermittlungsergebnisse als Produkt einer kranken Fantasie darstellen und alles unter den Teppich kehren können. Wut steigt in mir auf. Ich bin nicht bis hierher gegangen, um mich dann kurz vor der Ziellinie abfangen zu lassen. Adrenalin durchströmt meinen Körper und kämpft gegen die Opiate.

»Liegt ein Haftbefehl gegen mich vor?«

Heinkel blinzelt. Sehr gut, weiter.

»Der Staatsanwalt …«

Ich höre gar nicht mehr zu.

LmaA.

Arschlecken. Das heißt, der Staatsanwalt hat noch Bedenken. Noch gibt es keinen Haftbefehl. Einmal mehr bin ich dankbar, dass es in Deutschland die Gewaltenteilung gibt, auch wenn sich manchmal der Eindruck aufdrängt, dass alle unter einer Decke stecken … Heinkel labert weiter. Das Größte für ihn – sich selber reden zu hören. Er versucht, mir Angst zu machen.

»Beamtenbeleidigung dürfte dann auch nicht mehr ins Gewicht fallen?«, frage ich nun mit beinahe sicherer Stimme und schon recht schlagfertig.

Er sieht mich verständnislos an, à la:

›Hä? Was soll'n das?‹

»Verzieh dich! Ich will dich hier nicht mehr sehen.«

Wäre ich beweglicher gewesen, hätte ich ihm die Zunge rausgestreckt und den Mittelfinger gezeigt. Aber Heinkel fällt ohnehin das Gesicht runter. Knallrote Birne. Er will sprechen, schluckt aber leer.

»Das … das werden Sie noch bereuen«, bringt er schließlich mühsam hervor, macht aber keine Anstalten aufzustehen.

»Drohen Sie mir nicht. Mein Rechtsanwalt freut sich über jedes weitere Detail Ihres schikanösen Verhaltens und wird unsere Klage gut vorbereiten. Das wird dem Polizeipräsidenten gar nicht gefallen, wenn die Kripo Ravensburg als faschistoider Haufen …«

Da ist sie wieder in Sicht, wenngleich auch der Gipfel noch weit entfernt ist – meine Bestform. Heinkel reißt sich mit Mühe zusammen, hat sich jetzt aber wieder in der Gewalt.

»Ich gehe jetzt. Aber ich komme wieder. Zur offiziellen Anhörung.«

Offiziell. Ich lache. Er braucht also einen Zeugen. Das hätte er sich früher überlegen sollen.

»Sie wissen, dass ich als Verdächtiger das Recht habe, die Einvernahme abzulehnen und zu …«

Wieder ein entsetzter Blick. Jetzt kenne ich mich auch noch mit den Rechten eines Straftatverdächtigen aus.

»Ich lasse Ihnen die Vorladung schriftlich zukommen. Dann sehen wir uns auf der Polizeidirektion.«

Billiger Trick.

»Das ändert nichts. Ihre Vorladung kann ich mir als Notration auf die Toilette legen, denn als Verdächtiger habe ich das Recht …«

Unwirsch winkt er ab. Jetzt hat er eine richtig ungesunde Gesichtsfarbe. Er steht auf und verlässt ohne Gruß das Zimmer. Den Wicht habe ich ganz gut losgekriegt. Ich hoffe, dass mir das mit meinen Schmerzen auch noch gelingt.

34

Als Heinkel verschwunden ist, lasse ich mich sprichwörtlich wieder fallen. Schließe die Augen. Merke, wie sehr mich das Ganze angestrengt hat. Die Geräuschkulisse ist wieder gedämpft. Ich schlafe ein und falle …

Als ich die Augen wieder öffne, sehe ich eine attraktive Krankenschwester an meinem Bett stehen. Groß, drall und blond. Mein Beuteschema. Sie lächelt mich an. Ich habe keine Ahnung, wie meine Visage aussieht. Grün, blau, verbeult oder intakt?

»Wie geht es Ihnen denn?«, zirpt der Mitte 20-jährige Engel mit langen, wilden Locken.

Jetzt keinen Fehler machen. Ich will hier raus und zwar so schnell wie möglich. Dazu ist dringend nötig, dass meine Schmerzen verschwinden.

»Ganz gut«, antworte ich mit so festem Blick wie möglich, »aber wenn Sie noch eine Kleinigkeit gegen die Schmerzen hätten … Wissen Sie, ich habe da so ein Stechen im rechten Zeh.«

Sie lacht. Dann: mit kritischem Blick schaut sie auf ihr Klemmbrett. Sehr sexy. Ich spüre, dass ich wieder auf der Erde gelandet bin.

»Das ist in Ordnung, die letzte Dosis ist schon eine Weile her. Ich bringe Ihnen gleich etwas.«

Wieder schenkt sie mir ein Lächeln. Trotz meines Zustands spüre ich ihren Blick bis in den Unterleib.

»Was fehlt mir?«, versuche ich erneut, etwas über meinen Zustand in Erfahrung zu bringen.

»Der Arzt wird Ihnen gleich Genaueres sagen können«, antwortet sie. »Herr Dr. Reiter kommt gleich zu Ihnen.«

Geistesblitz. Ich benötige Unterstützung, egal, was der Arzt sagt. Ich packe die Charme-Offensive aus – so gut es geht.

»Könnten Sie mir einen riesigen Gefallen tun?«

Ich weiß nicht, ob mein George-Clooney-Blick gelungen ist, gebe mir aber allergrößte Mühe.

»Ich denke schon«, meint sie, etwas unsicher, was jetzt folgen wird – vielleicht die Bitte, die Ehefrau zu verständigen.

»Rufen Sie bitte meinen besten Freund an. Volker Schreiber. Er ist Redakteur bei der Oberschwäbischen Zeitschrift.«

Zunächst ein Fragezeichen – schwul? – und dann Erleichterung. Bester Freund räumt eigentlich alle Zweifel aus.

»Ja, natürlich.«

»Als kleines Dankeschön würde ich mich freuen, Sie einmal zum Kaffee einladen zu dürfen, sobald es mir wieder besser geht.«

Jetzt strahlt sie richtiggehend.

»Bitte teilen Sie …«

»Franziska«, unterbricht sie mich. »Eigentlich Franzi. Für meine Freunde.«

Zauberhaftes Lächeln. Ich fühle mich beinahe gesund.

»Sehr schön. Franzi. Bitte teile Volker mit, dass er mir frische Kleidung, einen Laptop und meine Notfalltasche bringen soll …«

Franzi blickt mich verständnislos an. Sie kann ja nicht wissen, dass Volker einen Schlüssel zu meinem Büro besitzt, wo immer ein gepacktes Notfall-Set und ein Rucksack mit frischen Kleidern bereitstehen. Sie nickt.

»Ich muss jetzt weiter …«, fügt sie hinzu und schlägt die Augen nieder.

Ich seufze – ernst gemeint.

»Das ist bedauerlich. Aber ich würde mich sehr freuen, wenn du bald wieder bei mir vorbeischauen könntest …«

Blinzel, blinzel, blinzel …

Ich nenne ihr aus dem Gedächtnis Volkers Handy-Nummer und hoffe inständig, dass sie ihn erreicht und Volker den Ernst der Lage erkennt und schnellstmöglich seinen Arsch hierherbewegt.

35

Für wenige Sekunden registriere ich, dass ich mit zwei alten Männern auf dem Zimmer liege, was den eigenartigen Geruch zum Teil erklärt. Wieder drückt es mich wie von Geisterhand auf das Kissen und ich falle in einen tiefen Schlaf.

Als ich wieder aufwache, steht ein Doktor vor mir. Assistenzarzt. Jung, ambitioniert und intellektuell. Ende 30. Die Brille auf die Nasenspitze gesetzt. Sein Namensschild weist ihn als Doktor Reiter aus – so wie Franzi ihn bereits angekündigt hatte.

Angestrengt liest er einen Bericht. Sein blondes Haar ist bereits ein wenig schütter. Er ist schlank. Wirkt recht abgespannt. Überarbeitet. Hat dunkle Ringe unter den Augen.

»Da muss ein Missverständnis vorliegen«, murmelt er, während er den Kopf schüttelt und noch einmal in den Bericht hineinschaut, »das verstehe ich nicht. Hier steht doch, dass Ihr Arm amputiert wurde.«

Sein Dialekt ist abenteuerlich. Sicherlich aus dem Bergischen Land. Ecke Wuppertal-Oberbarmen. Der passt nach Oberschwaben wie ein Plumpsklo ins Schloss Windsor. Voller Sorge bewege ich meine Muskeln. Der Arm ist noch dran.

»Der Fehler ist wohl in der Hektik entstanden …«, legt er seine Sicht der Dinge dar, entschuldigt sich und bekommt einen hochroten Kopf.

Zu viele Pommes und Rote Wurst, tippe ich. Bluthochdruck wie ein Ochse nach zwei Wochen Enthaltsamkeit.

»Kein Problem«, beruhige ich ihn, dass er keinen saftigen Brief von meiner Krankenkasse oder an den Chefarzt befürchten muss. »Der Arm ist ja noch dran. Vielmehr würde mich der wirkliche medizinische Befund interessieren.«

Einen Moment lang blickt er überrascht auf.

»Oh, das kann ich Ihnen sagen.«

Als würde es mir dadurch gleich besser gehen, strahlt er mich an. Dann wendet er sich meinem Anliegen zu.

»Sie wurden hier bewusstlos eingeliefert, nachdem Sie mit Ihrem Auto einen Totalschaden hingelegt haben.«

Er macht eine bedeutsame Kunstpause. Meine Pumpe rauscht wie doof. Warum macht er es so spannend?

»Sie haben beinahe 18 Stunden geschlafen. Schwerwiegende Prellungen. Gehirnerschütterung. Und ein Schleudertrauma«, betont er jedes Wort des medizinischen Befunds distinguiert.

Ich mache beinahe einen Luftsprung.

»Das war's?«, betont lässig.

Er schaut mich irritiert an. Ich frage mich, warum Franzi nicht ihn anbaggert. Der ist doch eine gute Partie. Sichere Stellung, Einkommen in Ordnung und über den Rest könnte man getrost hinwegsehen.

»Es könnte sein, dass eine Ihrer Rippe angebrochen ist. Das müssen wir noch einmal röntgen.«

Vielleicht eine angebrochene Rippe? Das beunruhigt mich nicht im Geringsten. Ich habe gute Lust, sofort aufzuspringen und das Krankenhaus zu verlassen.

»Wann werde ich entlassen?«

Ich versuche, mir meine Ungeduld nicht anmerken zu lassen.

Dr. Reiter legt seine Stirn in Sorgenfalten. Seine grauen Zellen arbeiten, aber nicht ganz so, wie er will. Eine Schlafpause täte ihm ganz gut.

»Das kann ich jetzt noch nicht sagen«, lässt er mich weiter in der Luft zappeln. »Das muss ich erst im Team besprechen. Der Chefarzt kommt erst heute Abend wieder hierher …«

So schnell gebe ich mich nicht geschlagen.

»Ich fühle mich schon wieder ganz gut. Wie ausgewechselt. Ehrlich. Mit frischer Wäsche wäre ich sofort startklar.«

Reiter fällt beinahe in Ohnmacht und regt sich gleichzeitig bei so viel Selbstbestimmungswillen des Patienten tierisch auf.

»Ausgeschlossen«, entscheidet er knapp.

Ich beschließe, nicht bis zum Äußersten zu gehen. Soll er doch denken, was er will. Mich hält hier keiner fest.

»Ich würde mich freuen, wenn Sie mir alsbald mitteilen könnten, wann mein Entlassungstermin ins Auge gefasst werden kann«, gebe ich mich deshalb ziemlich diplomatisch.

Irritiert ob meiner Wortwahl, blickt er mich an.

»Selbstverständlich«, murmelt er dann.

Dann beginnt er, mich zu untersuchen.

36

Kaum ist Dr. Reiter durch die Tür verschwunden, beginne ich zu überlegen:

Sofort fliehen oder auf Volker warten?

Ich entscheide mich für die zweite Variante. Ich benötige meine Ausrüstung und frische Wäsche – und seine Unterstützung. Also entspanne ich mich und versuche noch etwas zu schlafen. Ich weiß, dass auf Volker Verlass ist. Sobald er kann, wird er hier auftauchen. Dann versuche ich, mit ihm zusammen Licht ins Dunkel zu bringen.

Franzi weckt mich und bringt mir einen kleinen Messbecher mit einer klaren und bitter riechenden Flüssigkeit. Da nützt auch ihr ganzer Charme nichts, den sie aufbietet, um mir zu gefallen.

»Novalgin?«, frage ich enttäuscht.

Sie nickt.

»Dr. Reiter ist bei Schmerzmitteln eher zurückhaltend. Aber wenn du möchtest, kann ich dir auch noch etwas anderes bringen.«

Wenn ich es genau bedenke, ist Novalgin schon in Ordnung. Da bleibt zumindest der Kopf klar.

»Ich habe da noch was für dich.«

Franzi nestelt in einer Tasche ihrer Schwesterntracht herum. Dann nimmt sie einen in Cellophan gewickelten braunen Quader heraus und steckt ihn mir verschwörerisch unter die Bettdecke. Ganz in die Nähe meines Gemächts. Dabei versäumt sie es nicht, mir ein wenig den Oberschenkel zu tätscheln. So was aber auch …!

»Weltklasse!«, ist das Einzige, was mir einfällt.

Deshalb hat Heinkel nichts von meinem Dope erwähnt. Weil er nichts gefunden hat. Wie es aussieht, kann ich meinen Führerschein behalten. Das Rezept für die in meinem Blut sicherlich festgestellten Codein-Tabletten kann ich nachweisen.

»Markus, der Rettungssanitäter, ist mit mir befreundet. Er hat das in Sicherheit gebracht, bevor der Schleimer von der Kripo aufgetaucht ist.«

»Darf ich dich küssen?«

Das ist ganz ernst gemeint. Am liebsten würde ich sie in den Arm nehmen und feste drücken. Dass ich meinen Führerschein behalten kann, ist für meinen Beruf lebensnotwendig. Und für mich als Person unabdingbar. Dass ich den Leihwagen vermutlich zu Schrott gefahren habe, interessiert mich nicht die Bohne. Das ist ein Fall für die Versicherungen. Wichtig ist, dass meiner geliebten Giulia nichts passiert ist. Ein Unfall mit ihr hätte mir das Herz gebrochen.

»Später«, entscheidet sie weise und zwinkert mir liebevoll zu.

Ich merke, wie mir beim Gedanken an später das Blut ins Gesicht schießt. Sie hat wohl ernste bis entschlossene Absichten.

»Weltklasse«, wiederhole ich mich recht eintönig.

Nach einem kurzen weiteren Geplänkel zieht sie wieder von dannen. Ich nutze die Gelegenheit und schließe die Augen. Wirre Traumbilder ziehen herauf. Erinnerungsfetzen, Flashbacks. Das kann ich jetzt nicht gebrauchen. Jetzt nicht. Ich öffne die Augen.

Zum Glück erlöst mich Volker. Er stürmt zur Tür hinein. Schwungvoll, jung und dynamisch. Kein abgehalfterter, ausgebrannter Journalist – zumindest nicht, was seine Schaffenskraft betrifft. Aber äußerlich ist er dennoch beinahe das Gegenteil von mir. Er hat blonde Haare, ist korpulent und klein. Er hasst Sport und körperliche Ertüchtigung.

Hinzu kommt sein stets knallrotes Gesicht. Die Gesichtsfarbe schreit: Bluthochdruck. Anstatt natürlich etwas dagegen zu unternehmen, stopft er lieber Beta-Blocker und Sedierungsmittel in sich hinein. Und auf Kaffee, Zigaretten und Alkohol möchte er nicht verzichten.

Viele Menschen unterschätzen Volker beim ersten Kennenlernen, da sein Gesicht und Blick etwas bäurisch-naiv wirken.

»Mensch, Spaghetti, was machst du denn für Geschichten?«, fragt er halb vorwurfsvoll und halb interessiert, während er meine Notfalltasche auf den Boden neben das Bett stellt und Kleidung und Laptop auf das Bett legt.

Er hat die Angewohnheit, mich wegen meiner italienischen Herkunft liebevoll zu ärgern.

»Spaghetti-Spätzle«, korrigiere ich ihn. »Das ist eine lange Geschichte«, fahre ich vielsagend fort.

»Dann leg schnell los, denn ich habe nicht ewig Zeit. In zwei Stunden habe ich einen Interviewtermin mit MdB Schwarz. Du weißt schon – die Artikelserie.«

Seine wässrigen blauen Augen blicken listig drein. So ist er halt. Immer Journalist, auf der Jagd nach einer guten Story. Wer will es ihm verdenken? Sein Jagdinstinkt zeichnet ihn aus.

»Also gut. Dann lasse ich mal die Hosen runter.«

Volker verschluckt sich beim Lachen.

»Bloß it, untersteh dich.«

Er zieht einen silbernen Flachmann aus der Jackentasche und nimmt einen kleinen Schluck.

»Ah, des isch guat. Jetz koasch loaslege.«

Sein gepflegter oberschwäbischer Dialekt gehört mit zu seiner Tarnung. Dadurch lullt er die Leute ein und kaschiert sein wahres Wesen. Ich versuche, mich knapp zu fassen und dennoch alles Wichtige in meine Erzählung reinzupacken. Dabei rede ich mit gedämpfter Stimme. Man weiß ja nie. Feind hört mit. Nach dem, was ich alles erlebt habe, kann ich nichts mehr ausschließen.

Immer wieder unterbricht mich Volker:

»Oh.«

»Ah ja.«

»Ha noi.«

»Des gibt's doch gar it.«

Sein Doppelkinn wackelt bei manchen Stellen meiner Erzählung vor lautem Lachen. Das betrifft aber nur Stellen, die mich und/oder Heinkel betreffen. Volker hasst Heinkel beinahe genauso innig wie ich – und das will viel heißen. Wobei der Typ einem auch kaum eine andere Wahl lässt.

Als ich fertig bin, stützt Volker sein Doppelkinn liebevoll ab und blickt mich nachdenklich an. Er wirkt jetzt sehr ernst.

»Da hast du dich ja wieder mal schön in die Scheiße reingeritten, Enzo«, meint er schließlich.

»Dafür kann ich nichts. Das liegt an dem Fall. Vertrackt und immer eine Überraschung parat.«

»Trotzdem«, beharrt er, »ist das einige Hausnummern zu groß für dich. Du hättest den Fall nach dem Tod von Canan abschließen sollen. Tochter gefunden – selbstindizierter Goldener Schuss – Fall abgeschlossen.«

Wir blicken uns direkt in die Augen. Wer zuerst blinzelt, hat verloren. Das alte Spiel. Ich schließe als Erster die Augen. Übermüdung und so …

»Komm, du weißt, dass ich so nicht bin. Ich kann das nicht. Außerdem war der Goldene Schuss nicht selbst verursacht. Frank oder einer seiner Komplizen hat da kräftig nachgeholfen.«

Kritisch zieht er die rechte Augenbraue nach oben.

»Was soll's? Du arbeitest doch, um zu leben. Und hättest du den Fall früher abgeschlossen, würdest du sicherer leben.«

Jetzt reicht es mir. Ich schlage mit der linken Faust auf meinen Beistelltisch. Schmerzen durchströmen meinen Körper.

»Schluss jetzt. Du bist nicht so. Ich bin nicht so. Wenn du eine interessante Story ausgräbst, hörst du auch nicht auf, nur weil es dir über den Kopf wachsen könnte. Du möchtest auch immer, dass die ganze Wahrheit ans Tageslicht kommt.«

Schweigen – unentschieden.

»Okay. Ich zeige dir jetzt, warum ich so beunruhigt bin.«

Mit diesen Worten schnappt er meinen auf dem Bett liegenden Laptop und fährt ihn hoch. Er weiß also etwas und ist bereit, dieses Wissen mit mir zu teilen. Gemeinsam können wir es schaffen.

»Das ist ein Krieg, den du nicht gewinnen kannst«, setzt er noch einmal einen drauf und seufzt, weil mein Laptop so lange braucht, bis er hochgefahren ist.

Volker ist mir eindeutig zu pessimistisch.

»Was meinst du damit?«

»Politik – Geheimdienste – Organisierte Kriminalität«, antwortet er sibyllinisch und schnauft tief durch.

Er trägt jetzt seinen allwissenden Ich-blick-bei-allem-durch-und-erklär-dir-jetzt-mal-die-Welt-Blick.

»Und was heißt das konkret?«

Statt einer Antwort hackt er etwas in meinen Laptop hinein. Er sucht wohl etwas – im Internet.

»Lesen bildet«, meint er dann.

Ich kann erkennen, dass er die Onlineversion der Oberschwäbischen Zeitschrift öffnet. Auf seinen Arbeitgeber lässt er nichts kommen.

»Du meinst doch nicht, dass ich euer Käseblatt jetzt auch noch regelmäßig lesen soll?«, frotzle ich.

Nun reicht er mir den Laptop. Es handelt sich um einen Artikel und der Bildschirm zeigt vor allem das Bild zu dem Artikel mit einer viel zu langen und umständlichen Bildunterschrift. Hat Volker vermutlich wieder die Praktikantin erledigen lassen, ohne es zu kontrollieren. Würde ich nicht schon liegen, dann müsste ich mich zumindest setzen.

10. August 2013: MdB Landkreis Ravensburg Herbert Schwarz bei der Hochzeit mit seiner Frau Maike, geb. Model.

Auf dem Bild ist ein strahlender Bundestagsabgeordneter mit einer deutlich jüngeren Frau zu sehen. Er trägt einen schwarzen Frack und sie ein schneeweißes Kleid mit einer langen, ausladenden Schleppe. Beide strahlen um die Wette. Hinter der Braut kann ich Generalleutnant Model erkennen.

»Zweite Ehe«, kommt Volker meiner Frage zuvor. »Das hat damals ziemlich viel Staub aufgewirbelt. Die erste Ehe ist gescheitert, weil Schwarz immer wieder nebenrausgeschossen hat und seine erste Ehefrau sich das nicht bieten lassen wollte. Diese Flausen wollte ihm Maike Model austreiben – mit Erfolg, wie man munkelt. Aber Sicherheit ist nirgends.«

Ich atme tief durch.

»Model und Schwarz sind also verschwägert«, setze ich an und kralle meine Finger in das Laken, »aber was hat das jetzt mit meinem Fall zu tun?«

Meine grauen Zellen arbeiten auf Hochtouren.

»Noch nichts«, spannt Volker mich auf die Folter. »Aber wie du weißt, schreibe ich ja gerade eine Artikelserie über Schwarz. Und bei meinen Recherchen sind mir einige Ungereimtheiten aufgefallen.«

Ich explodiere geradezu vor Neugier, drossle das Ganze aber zu einem eher beiläufig interessierten: »Aha. Ist er katholisch und der Papst hat seine Scheidung nicht anerkannt? Oder ist es nicht ganz so schlimm?«

Mein Sarkasmus passt meinem Freund gar nicht. Aber auch er hat sich im Griff und lässt sich nichts anmerken.

»Schwarz kommt aus ganz einfachen Verhältnissen. Er hat sich mühsam emporgearbeitet. Aber er lebt deutlich über seine Verhältnisse.«

Volker macht ein Gesicht, als habe er soeben die Weltformel genannt. Das erklärt mir aber noch gar nichts.

»Das tun viele Menschen, Volker.«

Er nickt, während er einen kleinen Schluck aus dem Flachmann nimmt.

»Aber nicht in diesem Umfang. Schwarz hat sich ein sehr teures Anwesen in der Südstadt gekauft. Vier Limousinen sind auf seinen Namen angemeldet. Er besitzt ein Haus in Südfrankreich und eine Ferienwohnung in der Schweiz. Außerdem hat er eine Jacht auf dem Bodensee und …«

»Okay. Das haut mich um. Aber als Bundestagsabgeordneter verdient er doch nicht schlecht, hinzu kommen Vortragstätigkeiten, Aufsichtsratsposten, Aufwandsentschädigungen …«

Verärgert wischt Volker meine Einwände vom Tisch.

»Du tust so, als ob ich nicht bis drei zählen könnte. Natürlich habe ich das alles überprüft. Da bleibt dennoch ein gewaltiges Defizit – und das nicht nur in der Portokasse. Fragt sich, woher er das nötige Kleingeld hat.«

Kurzes Schweigen. Ich weigere mich noch immer,

mir die zwingende Schlussfolgerung einzugestehen. Das bedeutet, dass ich den ganzen Fall unter einem ganz neuen Gesichtspunkt betrachten muss. Und das wiederum heißt, einzugestehen, dass Volker mich auf eine entscheidende Spur gebracht hat. Einfach so. Mir nichts, dir nichts. Innerhalb von wenigen Minuten. Nachdem ich ihm den Sachverhalt aus meiner Sicht einmal geschildert hatte.

»Also …?«, fragt Volker provokant.

»… liegt der Verdacht nahe, dass Model und Schwarz beim H-Afghanistangeschäft unter einer Decke stecken. Als Schwäger sozusagen.«

Unter der Decke knete ich den Kanten. Die Energie muss irgendwohin. Ich fühle mich topfit. Adrenalingeschwängert und der Blutdruck hängt bereits unter der Decke. Ich muss handeln.

»Was wiederum …«

Doch so leicht lasse ich mir von ihm die Butter nicht vom Brot nehmen und unterbreche ihn barsch: »… bedeutet, dass Model und Schwarz mit den Gebrüdern Frank zu tun haben und vielleicht an dem Mord an Canan beteiligt sind.«

Das Schweigen im Walde oder besser im Krankenhauszimmer. Wir blicken uns lange an – jetzt keine Duell-Situation, sondern Freunde, die einander verstehen und nahestehen.

»Okay. Ich muss jetzt hier raus. Zu Schwarz.«

Volker lächelt nachsichtig.

»Irgendwie hatte ich das schon befürchtet.«

Ich schlage die Decke zurück.

37

Meine Flucht aus dem Krankenhaus blieb unbemerkt. Meine Zimmergenossen hatten unbeteiligt vor sich hingedämmert. Der Flur war menschenleer gewesen. Auch Franzi weit und breit nicht in Sicht. Dito Dr. Reiter.

In Volkers Peugeot atme ich erst einmal tief durch. Ich merke, dass ich stärker angeschlagen bin, als ich mir eingestehe. Dr. Reiter hatte vielleicht doch nicht so unrecht, als er eine heutige Entlassung ausschloss.

»Und jetzt?«

Dumme Frage. Als ob Volker das nicht wüsste.

»Fahren wir zu Schwarz. Ich muss ihn befragen.«

»Ich kenne deine Befragungen«, kommt es wie aus der Pistole geschossen. Er bekräftigt seine Ablehnung vehement: »Ausgeschlossen. Ich habe einen Ruf und meinen Job zu verlieren.«

Das sehe ich ein. Rücke aber dennoch keinen Deut weit von meinem Standpunkt ab. Ich habe schließlich einen Fall zu lösen. Und Canans Tod zu rächen. Und meine Intuition sagt mir, dass Schwarz irgendwie mit drinhängt. Oder zumindest Informationen besitzt, die helfen, Zuhälter-Frank zur Strecke zu bringen. Ich versuche, höflich zu bleiben und dennoch meinen Standpunkt klar zu definieren. Volker fuchtelt mit den Armen wie ein Stardirigent.

»Mein letztes Angebot. Ich setze dich in der Nähe von Schwarz' Villa ab. Fünf Minuten später rufe ich bei Schwarz an und teile ihm mit, dass ich mich verspäte. Und das ist ein absoluter Freundschaftsdienst.«

Stimmt. Sehe ich auch so. Und mit zahlreichen, nicht überschaubaren Risiken für Volker behaftet:

1. Er wird im Krankenhaus mit mir zusammen gesehen.
2. Er setzt mich in der Nähe von Schwarz ab. Hier sind Zeugen auch nicht auszuschließen.
3. Er ruft bei Schwarz an, wenn ich mir bereits Zugang zu dem Anwesen des Verdächtigen verschafft habe.
4. Er erfindet eine Ausrede, um den Interviewtermin zu verschieben.

»Du bist ein Schatz«, sage ich euphorisch.

Falsche Wortwahl. Er verzieht angewidert das Gesicht. Also ist Wiedergutmachung angebracht. Ich muss ihm eine Steilvorlage geben, damit er mit seinem Wissen glänzen kann. Dann fühlt er sich besser.

»Ich dachte immer, dass Opium aus Afghanistan geschmuggelt wird und dann in der Türkei oder Osteuropa zu Heroin weiterverarbeitet wird.«

Treffer. Er lächelt. Startet den Motor und fährt los, während ich mich mit Artillerie, Handschellen, Totschläger und Schlagring bewaffne. Ich bin mir sicher, dass die psychologische Wirkung meines Arsenals vollkommen ausreichend ist. Ein geborener Schwätzer, Blender, Aufschneider und Selbstdarsteller wie Schwarz knickt beim bloßen Anblick meiner schmerzhaften Utensilien ein.

»Inzwischen haben die Taliban mit al-Qaida-Geldern Labors in ihrem afghanischen Einflussgebiet errichtet. Die sind die bestgehüteten Geheimnisse Afghanistans, und den Allied Forces ist es bisher trotz aller – auch intensiver geheimdienstlicher – Bemühungen nicht gelungen, herauszufinden, wo.«

Das war ja auch nicht verwunderlich, wenn Typen wie Julian Frank NATO-Geheimnisse, Waffen und Geld für die begehrte Ware bezahlten. Verrat, der Leben kostete, am Hindukusch und in der Heimat.

38

So schnell es geht, laufe ich die Serpentinenstraße hinauf. Volker hat kalte Füße gekriegt und mich am Fuß der Halbhöhenlage bei einem griechischen Restaurant aussteigen lassen. Ich erinnere mich an deftige Fleischplatten mit einem Nettogewicht von über einem Kilo, ganz wenig Reis und fünf Pommes frites. Für den großen Fleischhunger ideal. Dafür hat Volker mir versprochen, dass er mit seinem Anruf noch ein paar Minuten länger wartet.

Das Laufen bereitet mir größte Mühe und mir ist schwindlig wie nach einer durchfeierten Rutenfest-Woche. Meine Gedanken überschlagen sich und ich sehe mehr Fragezeichen als Antworten.

Ist das H-Geschäft in Afghanistan Teil einer klandestinen Geheimdienstaktion und Schwarz in seiner Funktion als Mitglied des Verteidigungsausschusses daran beteiligt, also eigentlich ohne Schuld?

Blödsinn, verwerfe ich meine Gedanken, denn alle Indizien sprechen dafür, dass es sich um gewöhnliche Kriminalität zum Zwecke der Kapital- und Profitmaximierung handelt.

39

Obwohl der Wind pfeift, steht mir der Angstschweiß auf der Stirn. Ich versuche, cool zu bleiben. Was mir in etwa so gelingt wie einem 15-Jährigen bei seiner Konfirmation. Das Äußere des Hauses wirkt einschüchternd. Hohe Hecken, die die Sicht ins Innere verhindern. Die Mauer, die das ca. zwei Meter hohe Eingangstor umfasst, ist aus Marmor oder sieht zumindest so aus. Ich klingle bei G. Schwarz und versuche, möglichst entspannt in das Kameraauge zu blicken.

Nichts – Funkstille. Mein Herz pocht mir bis zum Hals hinauf. Meine Blutdruckwerte will ich in diesem Moment lieber gar nicht wissen. Ich weiß, dass Schwarz zu Hause sein sollte – er wartet schließlich auf Volker. Aber vielleicht wäre ein Kontrollanruf doch nicht verkehrt gewesen.

Ich hoffe, dass ich im Moment nicht zu sehr unter Beobachtung stehe. Aber die Chancen tendieren gegen null. Nachbarliche Neugier ist nicht an sozialen Status gebunden. Es knackt und das Kameraauge wird erleuchtet. Futuristisch. Ich fahre zusammen, habe mich aber sofort wieder in der Gewalt.

»Ja?«

Eindeutig die Stimme von Schwarz. Sie klingt aber nicht so eloquent und einnehmend wie bei dem Vortrag in der Stadtbibliothek. Meine Erscheinung muss ihn irritieren, denn es herrscht Schweigen. Ich sehe nicht wie mein Freund Volker aus. Ich versuche, ein verschwörerisches *und* geheimnisvolles Gesicht zu machen.

»Ich habe eine wichtige Nachricht von Anton.«

Obwohl ich ihn nicht sehe, spüre ich, dass Schwarz nachdenkt und verwirrt ist. Er steht auf dem Schlauch. Dann lacht er.

»Toni?«

Klar. Anton = Toni. Toni Montana. Das Vorbild aller Rapper. Nur dass der Bundeswehr-Toni nicht mit Schnee, sondern mit H dealt. Putzig. Altmodische Namen aus dem letzten Jahrtausend – und putzige Kosenamen: passend zu einem der besten Filme aller Zeiten. Ich nicke nur.

»Was fällt Ihnen ein, hier aufzutauchen?«, faucht mich Schwarz an. »Wir hatten vereinbart, dass hier niemand auftaucht. Nicht bei mir.«

Seine Stimme klingt jetzt gar nicht freundlich oder verbindlich. Sie ist so scharf und schneidend wie ein frisch gewetztes Fleischermesser.

»Es ist aber wichtig«, beharre ich. »Toni steckt in Schwierigkeiten. Es ist dringend, wirklich.«

So hat sich Schwarz das also vorgestellt. Schmutzige Geschäfte machen, sie dann aber aus der eigenen Lebenswelt draußen halten wollen. Wie praktisch. Großer Reibach, Jackpot, aber immer sauber bleiben. Das ist das Credo der Reichen. Hauptsache, mir geht's gut und nichts bleibt an mir kleben.

»Wenn Toni Probleme hat, soll er sie doch selber lösen. Mich geht das nichts an. Kommen Sie trotzdem rein, aber nur ganz kurz«, meldet er sich wieder. »Ich erwarte bald einen Journalisten. Ein wichtiger Termin.«

Schwarz hält viel von sich. Keine Frage. Der Türöffner summt. Sehr dezent und vornehm. Ich öffne das Tor und gehe durch einen gepflegten, frisch gerechten Kiesweg auf das zweistöckige Anwesen zu. In dezentem Gelb gestrichen. Mit vornehmen weißen Fensterläden.

Ich überschlage die Größe und komme auf mindestens 600 Quadratmeter. Die Gartenanlage ist zwar nicht riesig, aber sehr gut in Schuss. Schwarz beschäftigt sicherlich einen Gärtner und seine Ehefrau Maike, geborene Model, hat Besseres zu tun, als ihre Nachmittage mit schnöder Gartenarbeit zu verbringen.

Ich wende kurz den Kopf und stelle mir die Aussicht aus dem ersten Stock vor. Sicherlich atemberaubend. Wenn man abends beim Glas Rotwein auf die Stadt hinunterblickt und all das sein Eigen nennen kann. Es ist nicht Glanz und Gloria aus amerikanischen Gangsterfilmen, will aber eben auch erst einmal verdient werden. Und das ist der springende Punkt – laut Volker.

Die schwere Eingangstür öffnet sich wie von Geisterhand und als ich eintrete, sticht mir zuerst der Kronleuchter im Empfangsbereich ins Auge. Nicht mein Stil, aber dennoch beeindruckend. Gemacht für jemanden, der es nötig hat, Eindruck zu schinden, ohne deswegen billig zu wirken. Der Boden ist aus Marmor.

Schwarz erwartet mich in schwarzem Anzug, rotem Hemd und gewagter gelber Krawatte. Ob die Farbkombination ein politisches Statement ist? Mit unwirscher Handbewegung winkt er mich in ein relativ kleines Zimmer. Der Salon bleibt wohl wichtigeren Personen als Lakaien seines Schwagers vorbehalten. Aber auch das Arbeitszimmer hat es in sich. Antike Möbel aus dunklem Holz, ein mächtiges, dunkles Ledersofa und ebensolche Sessel. Möbel und Kleider machen eben Leute. Schwarz deutet auf einen Ledersessel, fährt sich über seinen dichten Vollbart und bleibt stehen.

»Und? Was ist so wichtig?«

Dann mustert er mich eindringlich.

»Ich kenne Sie übrigens nicht.«

Er baut vor. Raffiniert. Das lässt ihm die Möglichkeit, alles zu leugnen. Sein Handy klingelt. Mit einer eleganten Bewegung holt er es aus der Anzugtasche und schaut aufs Display.

»Herr Schreiber?«, meldet er sich, und seine Stimme klingt mit einem Schlag wieder wie diejenige eines Politikers, der noch große Pläne hat und sich dabei des Stellenwertes der Presse bewusst ist.

Konzentriert hört er zu, was Volker ihm zu sagen hat.

»Nein, kein Problem, Herr Schreiber«, sagt er dann. »Eine Koinzidenz, wenn Sie so wollen. Ich habe hier auch noch etwas zu erledigen.«

Dann lauscht er wieder konzentriert, ohne mich dabei aus den eiskalten graugrünen Augen zu lassen.

»Bis dann«, verabschiedet er sich und legt auf.

40

»Und jetzt zu uns.«

Seine Stimme klingt wieder gefährlich und schneidend. Mit einer gekonnten Handbewegung streicht er sich durch sein volles schwarzes Haar, das nur vereinzelte graue Strähnen aufweist. Die Augen blicken mich eiskalt an. Für sein Alter macht er einen sehr vitalen Eindruck. Die Sonnenbankbräune und die aristokratische Kleidung verleihen ihm eine Aura des Unverwundbaren. Das kräftige, runde Gesicht strahlt Selbstbewusstsein, aber auch Wachsamkeit aus – vielleicht auch Bauernschläue. Seine Nase hätte am ehesten einer kosmetischen Korrektur bedurft – Professor Mang hätte hier seine ganze Kunstfertigkeit aufbieten müssen, aber sie passt zum energischen Ganzen des Machtmenschen aus der Provinz.

»Wir sind aufgeflogen!«

Ich dachte, dass ihn das aus den Socken hauen würde. Aber ich habe mich getäuscht. Er zuckt nicht einmal mit der Wimper.

»Was heißt das?«

Er dreht sich um, geht zu einem kleinen Sekretär und gießt sich ein teuer aussehendes Kristallglas mit einer bernsteinfarbenen Flüssigkeit aus einer noch teurer aussehenden Karaffe voll. Mir bietet er nichts an. Das verbieten ihm die Standesunterschiede. Und, dass er mich nicht kennt …

»Unser Handel mit Afghanistan ist entdeckt worden.«

Seelenruhig nippt er an seinem Glas.

»Ich habe keine Ahnung, wovon Sie sprechen.«

Die Ruhe in Person. Der hat Nerven. Wie Drahtseile.

»Toni hat mich hierhergeschickt, um Sie zu warnen. Wir müssen aktiv werden. Sonst ist alles verloren.«

Mein Plan geht nicht auf. Schwarz ist durch nichts aus der Reserve zu locken. Das ist beinahe schon übermenschlich. Oder er ist einfach nur cool. Vielleicht das Politikergen.

»Ich glaube, Sie versuchen hier, Spiele mit mir zu spielen. Aber da gibt es nichts zu holen. Mich können Sie nicht erpressen.«

Punkt. Keine Fragen mehr.

»Ich bin so sauber wie Meister Propper.«

Er lacht. Sein ausgeprägter Adamsapfel hüpft vergnügt auf und ab. Humor hat er ja. Ich lächle höflich.

»Wenn es Ihnen nichts ausmacht, würde ich Sie jetzt bitten, mir Ihren Namen zu nennen.«

Die Höflichkeit ist trügerisch. Seine Augen sprechen eine andere Sprache. Ich nehme mir vor, Schwarz keine Sekunde zu unterschätzen.

»Oh, hat es Ihnen die Sprache verschlagen?«

Ich räuspere mich. Zeit, die Initiative zurückzugewinnen. Sonst steckt er mich mit seinem Kammerspiel noch in die Tasche.

»Wir müssen einen Privatschnüffler ausschalten. Enzo Denz. Er weiß über alles Bescheid …«

»Afghanistan …«

Keine Reaktion.

»H …«

Die Coolness höchstpersönlich.

»Canan …«

Für den Bruchteil einer Sekunde glaube ich, dass er blinzelt.

Er ist immer noch die Ruhe in Person und zwinkert mir vergnügt zu.

»Letzte Chance für Sie. Ich rufe jetzt Toni an und frage ihn, ob er einen jungen verwirrten Mann kennt, der offensichtlich unter Betäubungsmitteln steht und nicht ganz gesund ist.« Er kramt sein Handy hervor, drückt eine Kurzwahltaste und während er auf die Verbindung wartet, setzt er noch eins drauf: »Sollte das nicht der Fall sein, werde ich Kriminalhauptkommissar Heinkel von der Kriminalpolizei Ravensburg anrufen, damit er Sie wegen Hausfriedensbruchs und versuchter Erpressung in Gewahrsam nimmt.«

Jetzt biete ich alle meine Coolness auf, um nicht zu blinzeln oder leer zu schlucken. Schon wieder Heinkel. Den kann ich jetzt brauchen wie Schwarzafrikaner Sunblocker.

Zeit zu handeln. Ich bringe Stupsi ins Spiel. Stupsi ist ein snub nose Revolver. Oder eben ›Stupsnasenrevolver‹ auf Deutsch. Die kurzläufige Faustfeuerwaffe stammt von Smith & Wesson. Best of the best.

Endlich – Schwarz erstarrt. Die längst überfällige Reaktion. Jetzt habe ich ihn da, wo ich ihn gern hätte: in der Ecke.

»Sofort auflegen!«

Meine Stimme duldet keinen Widerspruch. Er drückt auf die rote Taste und steckt das Handy in die Hosentasche. Er hat ein wenig Farbe verloren.

»Und jetzt?«

Er hat sich wieder gefangen.

»Schießen Sie mich über den Haufen?«

Der Humor ist auch zurückgekehrt.

»Das gibt eine gute Publicity. Wenn ich überlebe, ist

mir ein Ministerposten in der kommenden Legislaturperiode sicher.«

Ich lache.

»Nein«, sage ich, jetzt auch ganz entspannt. »Wir unterhalten uns. Die Stichworte habe ich Ihnen bereits genannt.«

Ich fixiere ihn. Auf einmal wirkt er nicht mehr so sicher. Ich winke ihn mit Stupsi zu einem Ledersessel.

»Afghanistan – Heroin – Canan.«

Seine Hände umfassen verkrampft die Polsterlehnen.

»Verteidigungsausschuss – Mordanklage«, ergänze ich.

Die Kinnlade fällt ihm sprichwörtlich herunter. Jetzt ist die Fassade zusammengebrochen – glaube ich.

41

Aber wieder einmal habe ich mich getäuscht. Schwarz ist ein harter Brocken, der eigentlich Ehrenmitglied bei den Living Dead sein sollte. Sein Stehvermögen ist beachtlich.

»Das wird Sie einige Jahre kosten«, sagt er nun betont deutlich und sachlich, während er mich taxiert.

Um eine schlagfertige Antwort nicht verlegen, kontere ich: »Dann verbringen wir ja die nächsten Jahre zusammen«, was er wiederum mit einem müden Lächeln quittiert.

Schluss mit dem Taktieren.

»Ich habe gerichtsverwertbare Beweise, dass Generalleutnant Model und der Gebirgsjäger Julian Frank Heroinschmuggel in großem Stil aus Afghanistan organisieren.«

Die Pause hätte ich mir sparen können.

»Selbst wenn Ihre Fantasien zuträfen, was hätte das dann mit mir zu tun?«, kontert er – vorhersehbar.

»Sie sind mit Generalleutnant Anton Model verschwägert.«

»Ja und?«

Sein Blick ist angriffslustig.

»Seit Jahren leben Sie weit über Ihre Verhältnisse. Ich habe Beweise dafür, dass Ihre Ausgaben Ihre Einnahmen um ein Vielfaches übersteigen.«

Seine makellose Bräune wird von einem Rotton überdeckt.

»Was wissen Sie schon von meinen Finanzen? Ich habe geerbt.«

»Definitiv nicht.«

Ich hoffe, dass die Informationen von Volker zutreffend sind. Dass er sauber recherchiert hat.

»Als Politiker gibt es viele Möglichkeiten, gutes Geld zu verdienen.«

Erneut schüttle ich den Kopf. Er schaut mich kritisch an. In seinem Kopf rattert es – gewaltig.

»So langsam kommt mir der Verdacht, dass Sie mit dem Schmierfinken unter einer Decke stecken.«

Jetzt habe ich einen Kloß im Hals. Volker wollte ich auf keinen Fall in die Sache mit reinziehen.

»Sehen Sie, da ist doch was dran. Wie sonst wollen Sie sich das alles – Domizil hier, diverse Ferienhäuser, teure Autos, eine Jacht und, und, und – leisten können …? Ihre Finanzen zu durchleuchten, wäre sicherlich für jeden Finanzbeamten ein großes Vergnügen.«

Treffer. Jetzt wird er sogar bleich wie ein Handtuch. Das Thema Finanzen behagt ihm gar nicht. Sehr gut, vielen Dank für den heißen Tipp, Volker.

»Ich habe mir jetzt genug von Ihren bodenlosen Unterstellungen anhören müssen«, versucht er, in die Offensive zu gehen, und trinkt noch den Rest des Glases leer. »Sie sind ja geisteskrank.«

Hier ist auf normalem Weg nichts zu machen. Schwarz würde sich lieber die Zunge abbeißen, als etwas zuzugeben. Auch wenn ihn sein Körper verrät. Also muss ich zu drastischeren Mitteln greifen.

»Es liegt nicht in meinem Interesse, Ihnen wehzutun«, gebe ich mich weltmännisch, »aber wenn das der einzige Weg ist, Sie zum Sprechen zu bringen, dann bleibt mir wohl nichts anderes übrig.«

Ich seufze und erhebe mich aus dem Sessel. Schwarz ist nicht der Einzige, der schauspielern kann.

»Das werden Sie nicht wagen …«, stottert er, als er sieht, wie ich meinen goldenen Schlagring anziehe.

Gleichgültig zucke ich mit den Schultern, packe Stupsi weg und baue mich vor ihm auf. Soll er ruhig einen Kampf probieren – mit Schwarz werde ich im Handumdrehen fertig – auch jetzt. Aber den Gefallen tut er mir nicht. Er bleibt im Sessel sitzen, kalkweiß, und seine Hände krallen sich verzweifelt in die Sitzlehnen.

»Wie viel Prozent kriegen Sie vom H-Geschäft?«

Rote Birne/Blutdruckschock – keine Antwort.

»Was haben Sie gegen Charlie Frank in der Hand? Mit was erpressen Sie ihn? Warum hat er Sie noch nicht beseitigt? Zu viel schlechte Presse, weil Sie ein Politiker sind? Oder gibt es noch andere Gründe?«

Heeeftiges Zucken.

»Waren Sie an der Ermordung von Canan Gül beteiligt?«

Keine Reaktion.

»Ich hatte Sie gewarnt.«

Ich hole aus und lande einen rechten Schwinger in seinem Gesicht. Knirschen. Er sackt nach rechts in den Sessel. Blut quillt aus seinem Mund. Er röchelt. Spuckt Zähne aus. Brückenteile. Verzieht das Gesicht vor Schmerz.

»Wer kam auf die Idee mit dem H?«

Er spuckt weiter Blut und Zähne.

»Sie? Model? Oder Frank?«

Ich gebe ihm noch einen Moment, um sich zu sortieren.

»Ich möchte es von Ihnen hören. Toni hat bereits ausgepackt.«

Sein Gesicht verfinstert sich. Unglauben, dann das blanke Entsetzen.

»Beeilen Sie sich, dann sind auch für Sie mildernde Umstände drin.«

»Verzieh' dich.«

Die Entscheidung fürs Du kommt etwas überraschend. Das ist auch nicht die Antwort, die ich hören möchte.

Ich tänzle um ihn herum wie Muhamed Ali in Bestform. Nächster Kracher. Zum Ausgleich. Ying und Yang, oder hier: links und rechts. Damit alles im Gleichgewicht bleibt. Dieses Mal schreit er laut auf. Ich hoffe, dass die Nachbarn das nicht hören. Aber bei dem großzügigen Grundstück ist das eher unwahrscheinlich. Um zu zeigen, dass es mir todernst ist, packe ich den Totschläger in die linke Hand. Als er wieder aufblickt, erschrickt er.

Der Totschläger verspricht noch mehr Schmerzen, und wer weiß, was ich dann noch auf Lager habe. Abwehrend hebt er die Hände – genug jetzt.

»Ich werde reden«, nuschelt er.

Dabei war ich gerade in Fahrt gekommen. Mein Adrenalinspiegel hat sich auf einem guten Level eingependelt. Und einem fiesen Politiker die Fresse polieren zu können, der für seinen Profit über Leichen geht, kommt auch nicht gerade alle Tage vor. Also hole ich vorsorglich noch einmal aus und lande einen Leberhaken. Damit der Schmerz auch auf den ganzen Körper verteilt ist. Schwarz klappt wie ein nasser Sack zusammen, rutscht vom Sessel, krümmt sich auf dem Boden und stöhnt jämmerlich. Um kein Risiko einzugehen, trete ich zwei Schritte zurück, damit er mich nicht an den Füßen packen kann.

»Ich will jetzt alles hören, sonst vergesse ich mich …«

Die Drohung war wohl unnötig. Schwarz kauert sich am Fuß des Ledersessels zusammen. Japst nach Luft. Wo sind nur seine Eleganz und seine Selbstsicherheit hin? Typen wie ihm kann man nie mit Worten, sondern immer nur mit Taten beikommen. Ich packe den Totschläger unbenutzt weg und ziehe noch einmal Stupsi. Dann drücke ich das kalte Eisen auf Schwarz' Schläfe. Spanne langsam den Hahn, dass er das Klicken gut hören kann.

»Ich höre.«

Er merkt nicht, wie ich mein Handy auf Aufnahme stelle. Als Lebensversicherung sozusagen.

»Begonnen hat alles, als ich Toni kennenlernte«, beginnt er, während er immer noch nach Luft schnappt.

Typisch Politiker. Schiebt immer alles auf die anderen.

»Er hat bei einem Afghanistanaufenthalt durch Zufall Kontakte geknüpft und schnell erkannt, wie viel Geld in dem Heroinhandel steckt. Ich wollte damit nichts zu tun haben. Deshalb haben Toni, Charlie und sein Bruder Julian die Sache alleine durchgezogen. Wie die das genau organisiert haben – davon habe ich keinerlei Ahnung …«

Er überlegt.

»Man kann mir also höchstens entfernte Mitwisserschaft vorwerfen. Aber Genaues habe ich wirklich nicht gewusst.«

Mitwisserschaft reicht in diesem Fall auch für ein wenig Knast, denke ich. Da kommst du nicht mehr raus. Aber du tust dein Bestes, um dein Hinterteil aus der Schusslinie zu bringen.

»Und fürs Nichtstun haben Sie in regelmäßigen Abständen hohe Summen von Charlie kassiert?«, bohre ich weiter. »Einfach lächerlich.«

Beinahe erleichtert blickt er mich an. Dann lacht er. Verschluckt sich sofort und beginnt zu husten.

»Das ist eine andere Geschichte.«

Er kriegt wohl wieder Oberwasser. Also drücke ich etwas fester mit dem kleinläufigen Revolver zu.

»Ich habe einmal den Vorsitz einer Fraktions-Arbeitsgruppe zum Thema ›Organisierte Kriminalität‹ im Bundestag innegehabt. Dabei konnte ich durch Zufall Einsicht in Akten gewinnen, die niemals für Dritte bestimmt waren.«

»BKA-Akten?«, unterbreche ich.

»Nicht ganz. Ein Kontaktmann hat mir Akten des Landesamts für Verfassungsschutz, des Landeskriminalamts und der Kripo zukommen lassen. Daraus ging hervor, dass Charlie Frank …«

Seismografische Schwingungen. Erdbeben der Stärke 9 auf der Richterskala. Nicht mehr viel Platz nach oben. Ich muss mich auf der Sessellehne abstützen, um nicht einzuknicken.

»... V-Mann ...«

Ich höre gar nicht hin und weiß, was er mir sagen will: Charlie Frank ist nicht nur V-Mann für einen, sondern gleich drei Vereine. Verfassungsschutz wegen politischer Ambitionen der Rocker, LKA wegen landesübergreifender Kriminalität und Kripo wegen konkreter Straftaten im Raum Ravensburg. Dann, wie gedämpft durch Watte, dringt es von ferne an mein Hirn.

»Daraufhin habe ich die Zahlungen auch ohne Aufforderung erhalten, was gibt es denn Schöneres ...«

Vermutlich von Frank, bezahlt durch Steuergelder, die die Geheim- und Polizeidienste diesem gaben, um ihren 1A-Tipp-Topp-V-Mann nicht auffliegen lassen zu müssen und um Schwarz in der Tasche zu haben, denn durch eine Art Erpressung wird jeder Politiker erpressbar, und es kann nie schaden, den Fuß bei der Politik in der Tür zu haben, auch wenn es einmal darum geht, welche Dienste wie viele Ressourcen erhalten, wie umstrukturiert werden soll ...

»Außerdem habe ich das Geld nicht für mich alleine benötigt«, höre ich Schwarz wie durch eine Wolke hindurch weitererzählen. »Die Partei benötigt ein Extrapolster für den kommenden Wahlkampf, denn wir müssen die Mehrheit im Lande wieder zurückerobern ...«

Ich glaube ihm kein Wort, aber er erzählt weiter, ohne Gnade.

»Außerdem hat Toni mir versichert, dass ein Großteil des Geldes in hochgeheime Bundeswehrprojekte fließt, die für die nationale Sicherheit unabdingbar sind und vom MAD gedeckt werden …«

Jetzt schwankt der Boden unter meinen Füßen, jeder hatte mich gewarnt, dass ich mir die Finger verbrennen würde. Dabei weiß ich nicht, was dran ist an den Behauptungen von Schwarz, aber wichtig ist, dass er zugegeben hat, dass das Geld zu einem Teil für private Zwecke missbraucht wurde, außerdem kann ich mir den Skandal gar nicht ausmalen, wenn das alles an die Öffentlichkeit …

Ich trete drei Schritte zurück und lasse mich beim Bücherregal auf den Boden gleiten. Das ist gewaltiger *und* subtiler, als ich mir jemals hätte träumen lassen. Unter diesen Umständen wird es schwerer als gedacht, Schwarz etwas anzuhängen, denn das heißt, dass er Protektion auf allen Ebenen besitzt und ich mich verdammt schwertun werde, ihn …

Dabei habe ich den Mann gerade krankenhausreif geschlagen, schwere Körperverletzung, das gibt, wenn es dumm läuft, … ich darf gar nicht dran denken, sondern muss mir einen Ausweg organisieren.

»Heinkel?«, frage ich nur.

Schwarz nickt. Das reicht nicht. Er muss es aussprechen.

»Hat Heinkel die Informationen weitergegeben?«

»Ja.«

Leise, aber doch hörbar. Heinkel – und dahinter steckt doch Ferber. Ganz sicher. Nur Ferber hat die Gelegenheit, an sensible Daten übergeordneter Behörden zu gelangen, denn Heinkel ist ein viel zu kleines Licht …

»Hat Polizeipräsident Ferber einen Vornamen, der mit S beginnt?«, frage ich, um weiter Terrain abzuklären.

Schwarz blickt mich verständnislos an.

»Der Gerd? Nicht, dass ich wüsste.«

»Aber er besitzt doch dasselbe Parteibuch wie Sie?«

»Natürlich.«

Als ob das eine Frage wäre. Und selbst, wenn nicht. Ab einer gewissen Ebene halten die da oben ohnehin zusammen, Parteibuch hin, Parteibuch her …

Die Situation ist verfahren. Und meine Aktien in dem Spiel stehen gar nicht so gut, wenn ich es genau betrachte, also muss ich versuchen, den Trumpf Canan zu spielen, denn dabei geht es um Mord, der sicherlich nicht von irgendwelchen dubiosen Diensten gedeckt werden wird, auch wenn der beste V-Mann dabei draufgeht, es sei denn, alles ist noch verkommener, als ich gedacht habe …

Mit einem Schlag spüre ich wieder, wie angeschlagen ich bin. Gehirnerschütterung, Schleudertrauma … Aber jetzt gibt es kein Zurück mehr. Immer weiter, weiter, weiter … um der Gerechtigkeit und der Wahrheit willen. Da bin ich ganz old school. Wichtige Werte …

42

Innen – Schwarz' Villa – Früher Nachmittag

Ich: Bei dem Mord an Canan Gül können Sie sich nicht so leicht herausreden. Da hänge ich Ihnen mindestens Mitwisserschaft an.

Schwarz lacht.

Schwarz: Mit dem Tod der kleinen Schlampe habe ich nichts zu tun.
Ich: Sie haben sie also gekannt?
Schwarz: Es wäre ein großer Verlust, wenn nicht. Die hatte Sachen drauf, von denen träume ich manchmal noch.
Ich: Eifersucht ist ein starkes Motiv.

Schwarz wischt meine Bemerkung unwirsch vom Tisch.

Schwarz: Das hat doch mit Eifersucht nichts zu tun. Das ist Sex pur. Das muss Mann erlebt haben.

Ich: Ich habe Canan gekannt. Sie hatte ein einnehmendes Wesen. Da war doch mehr als Sex.

Schwarz schaut ungläubig in meine Richtung.

Schwarz: Ich verliebe mich nicht in jeden Kontakt, den ich einmal gehabt habe.

Ich: Dann haben Sie sie aus einem anderen Grund misshandelt?

Schwarz schaut betreten auf den Boden, kratzt sich am Kinn.

Schwarz: Stimmt. Aber das war Teil der Dienstleistung.
Ich: Das verstehe ich nicht.
Schwarz: Leben Sie eigentlich hinter dem Mond?
Ich: Nein. Aber fürs Protokoll hätte ich es trotzdem gerne ein bisschen präziser.
Schwarz: Es stimuliert mich sexuell, wenn ich Hand an eine Frau legen darf.
Ich: Damit war Canan einverstanden?
Schwarz: Ich habe sie sehr gut bezahlt.
Ich: Mit dem Heroingeld!
Schwarz: Mit meinen hart erarbeiteten Diäten, Vortragshonoraren oder den Zahlungen von Frank. Suchen Sie sich was aus. Aber mit Heroingeld habe ich nichts zu tun.
Ich: Vielleicht haben Sie zu feste Hand an Canan gelegt und sie hat gedroht, Sie anzuzeigen. Dann haben Sie Charlie gezwungen, sie mit einem Goldenen Schuss ins Jenseits zu befördern.
Schwarz: Nein, verdammt noch mal. Wir haben vorher alles genau vereinbart und uns beide daran gehalten. Ich lasse mir keinen Mord oder Beihilfe zum Mord anhängen, nur weil ich mich nicht unter Kontrolle habe. Das stimmt einfach nicht.
Ich: Okay. Dann schließen wir das aus. Canan hatte ein Verhältnis mit Charlie Frank. Vielleicht ist Frank durchgedreht, als sie abhauen wollte.

Schwarz lacht wieder und rollt mit den Augen.

Schwarz: Frank ist durch und durch professionell. Wegen gebrochenem Herzen dreht der niemandem den Hals um. Und außerdem hat er mehr Hühner im Stall, als er versorgen kann.
Ich: Dann liegt das Motiv für Canans Ermordung womöglich doch woanders. Sie war intelligent.
Schwarz: Ja und? Davon habe ich nichts mitgekriegt.
Ich: Vielleicht ist sie Frank und dem Afghanistan-H auf die Schliche gekommen und wollte alles auffliegen lassen.
Schwarz: Sie haben eine blühende Fantasie. Aber warum gehen Sie von einem Mord aus?
Ich: Ich weiß, dass es Mord war. Die Indizien sprechen dafür. Außerdem war sie nicht der Typ für Selbstmord.
Schwarz: Sieh an, Sie hängen ja richtiggehend an der Kleinen.

Schwarz fixiert mich.

Schwarz: Wenn Sie die Kleine rächen wollen, würde ich in ihrem familiären Umfeld ermitteln.
Ich: Warum versucht mir jeder einzureden, dass ihr Vater etwas mit ihrem Tod zu tun hat?
Schwarz: Weil es zutrifft.
Ich: Was wissen Sie darüber?
Schwarz: Nichts Genaues. Aber Charlie hat Andeutungen gemacht, dass der Alte sie missbraucht, angefixt und auf den Strich geschickt hat.

Ich stehe auf und wanke zu Schwarz herüber.

»Ihr seid alle nur Pack!«, schreie ich aus Leibeskräften. »Ich kläre das jetzt mit Gül. Wenn es zutrifft, was Sie sagen, dann kommen Sie vielleicht noch einmal mit einem blauen Auge davon. Falls nicht, komme ich zurück und bringe Sie um. Und Sie halten still. Kein Wort. Ansonsten …«

Verängstigt nickt er.

43

Noch in Schwarz' Wohnung zücke ich das Handy und wähle Bettinas Nummer. Sie geht sofort ran.

»Können wir kurz sprechen?«

Absicherung gegenüber Ferber – auf der anderen Seite hat sie ja auf dem Display gesehen, wer sie anruft, und ist drangegangen.

»Alles gut«, beruhigt sie. »Ich bin in der Stadt. Besorgungen machen.«

Dienstagnachmittag. Was sollte die Gattin des Polizeipräsidenten auch sonst tun? Abgesehen von Golfen und Fitnessstudio.

»Ich muss dir eine wichtige Frage stellen.«

»Nur zu.«

»Nicht am Telefon. Persönlich.«

Ich vereinbare mit ihr, dass wir uns in einer halben Stunde am Untertor treffen. Nächster Anruf: Ich bestelle ein Taxi zum Griechen am Fuß des Hügels. In meiner Notfalltasche befinden sich weitere Koffeintabletten, die ich wegen der Schmerzen dringend benötige. Ich schlucke zwei trocken hinunter, um die Benommenheit aus meinem Kopf zu kriegen. Mit letzter Kraft raffe ich mich auf und hoffe, dass es nicht allzu viele Zeugen gibt, die meinen erbärmlichen Abgang mitbekommen.

Das Taxi setzt mich in der Stadt vor einem Grillrestaurant ab, das in den 70er- Jahren stecken geblieben zu sein scheint. Ich frage mich, wer denn hier essen geht. Das ist nicht einmal mehr retro, das ist nur peinlich; Balkangrill-Flair im neuen Jahrtausend. Der griechische Fahrer schenkt mir einen missmutig-genervten Blick, als ich ihm nur 50 Cent Trinkgeld gebe und auf eine Quittung bestehe. Die Tour hat sich für ihn nicht gelohnt. Wenn es gut geht, kann ich die Kosten von der Steuer absetzen.

Bettina hat sich im Toreingang versteckt. Konspiratives Treffen. Auf so etwas steht sie ja. Das Untertor ist eigentlich ein Turm und war früher das Stadttor am unteren Ende der Stadt. Heute ist er Bestandteil einer stellenweise wieder rekonstruierten Stadtmauer, die die Altstadt Ravensburgs umgibt. Auf der anderen Straßenseite, schräg gegenüber, liegt prominent die Kreissparkasse. Beinahe der ganze Verkehr, der um die Stadtmauer herumgeführt wird, fließt am Untertor vorbei. Auf dieser Straße ist immer was los.

Als Bettina mich sieht, erschrickt sie.

»Was ist passiert?«

Ich winke ab, muss mich aber gegen die Turmmauer lehnen, so erschöpft bin ich. Es riecht nach Urin. Bettina küsst mich flüchtig auf den Mund. Seeehr gefährlich. Aber es tut gut, ihre vollen, warmen Lippen zu spüren.

»Das erzähle ich dir später.«

»Sehen wir uns am Donnerstagvormittag bei dir?«, fragt sie ungeduldig.

Ich nicke.

»Wenn ich den Fall bis dahin abgeschlossen habe und noch am Leben bin.«

Mit großen Augen starrt sie mich an.

»Du machst mir Angst. Erzähl doch bitte, was vorgefallen ist.«

Ich ignoriere ihre Bitte.

»Hat Gerd einen zweiten Vornamen, der mit S beginnt? Oder einen Spitznamen?«

Bettinas Gesicht verfinstert sich.

»Steckt er irgendwo mit drin?«

»Das versuche ich gerade auszuschließen.«

Einen Moment lang überlegt sie und ich hoffe, dass sie ihren Ehemann nicht schützen möchte und mir deshalb etwas Falsches erzählt.

»Nein, Gerd hat weder einen Vornamen, der mit S beginnt, noch einen Spitznamen. Zumindest soweit mir bekannt ist.«

Eine alte Dame, die ihren Pudel ausführt, betrachtet uns misstrauisch. Wir sind ihrem Liebling im Weg. Er möchte unbedingt am Inneren des Torbogenecks sein Revier markieren. Aber wir können keine Rücksicht nehmen. Hoffentlich erkennt die Alte Bettina nicht. Bettina ist immerhin eine Art öffentliche Person in Ravensburg und ab und zu ist ihr Bild in der Zeitung zu sehen.

»Dann ist alles gut«, beruhige ich sie.

Wir schauen uns in die Augen. Ich widerstehe meinem Drang, sie in den Arm zu nehmen und zu küssen.

»Bitte pass auf dich auf«, sagt sie.

Ich nicke.

»Bis Donnerstag.«

Dann schleppe ich mich Richtung Ravensburger Bahnhof, um ein Taxi zu erwischen. Ich bin zwar beinahe klinisch tot, aber diesen Job gilt es zu erledigen. Ich muss den Fall jetzt zu Ende bringen, koste es, was es wolle.

44

Durch Zufall erwische ich denselben Taxifahrer kurz vor dem Ravensburger Bahnhof, der mich bereits in die Altstadt gefahren hat. Ungläubig blickt er zu mir herüber, während ich winke, damit er anhält. Jeder Schritt, der mir erspart bleibt, ist ein kostbarer Gewinn. Sein Gesicht sagt: ›Nicht der schon wieder‹, aber dann überwiegt der Geschäftssinn.

»Bad Waldsee?«, fragt er ungläubig und kann sein Glück kaum fassen, denn jetzt hört er kräftig die Kasse klingeln.

»Hab gerade den Balkangrill ausgeraubt, damit ich mir das leisten kann«, sage ich, während ich mich anschnalle. »Ich hoffe, Sie nehmen auch Steaks und Gehacktes als Naturalbezahlung.«

Er lacht.

»Wir Griechen sind da flexibel.«

Jetzt bin ich an der Reihe.

»Ha, ha, ha.«

Er fährt langsam an.

»Für einen flotten Bleifuß gibt's einen Zwanni extra.«

Er tritt aufs Pedal.

»Ohne Quittung?«

Er will wohl das Finanzamt aufs Kreuz legen.

»Mhm.«

Während der Fahrt schließe ich die Augen und fahre Achterbahn.

Durchhalten, Alter, versuche ich, den Kopf nicht hängen zu lassen, aber Schmerzen und Müdigkeit übermannen mich.

Schon von Weitem kann ich den markanten knapp 2,50 Meter hohen Zaun sehen. Wieder fahren Ameisen und Gabelstapler auf dem Firmengelände emsig hin und her. Ein LKW mit blau-gelber Plane wird entladen. Große Olivenölfässer, die wohl ein Fassungsvermögen von 250 Litern haben. Im Wachhäuschen bei der Schranke hockt erneut der 40-jährige Türke mit dem imposanten Schnauzbart. Déjà- vu. Er blickt erneut von der Hürriyet auf und legt die Zigarette in den Aschenbecher, während er genüsslich den Rauch durch Nase und Mund entgleiten lässt. Nur sein Blick wirkt unsicher.

Kennt er mich?

Und woher?

Was soll das Taxi hier?

»Sie wünschen?«

Wow. Perfekte Umgangsformen. Ich gebe dem Fahrer einen Fuffi, den er dem Wachmann weiterreicht – nicht, ohne neidische Blicke darauf zu werfen. Die Schranke öffnet sich dann wie von Zauberhand. Mein Taxifahrer setzt mich vor dem Domizil der Familie Gül ab. Als ich noch einen Zehner drauflege, lädt er mich diesen Sommer nach Griechenland zu sich nach Hause ein – Cashflow vorausgesetzt. Ich erwidere, dass ich es mir überlege.

Niemand beachtet mich. Auch nicht, als ich mit meinem Ersatzdietrich die Wohnungstür öffne. Seltsam – ein belebtes Firmengelände, und niemand kümmert sich darum, wenn jemand beim Chef einbricht. Vermutlich nehmen sie an, dass ich der Gärtner bin, der die pompös aussehenden Blumenkübel mit Zierpflanzen in Ordnung halten soll. Leise schleiche ich durch den mir bekannten Flur. Die geschmackvollen, teuren Lampen schweben dieses Mal wie ein Damoklesschwert über mir. Die Ölgemälde wirken bedrohlich.

Von rechts höre ich Geräusche. Leise gesprochene türkische Worte, die wie Obszönitäten klingen. Gurgelgeräusche und leises Stöhnen. Ich bekomme kalte Füße. Was, wenn Herr Gül gerade mit seiner Frau Gemahlin zugange ist? Soll ich dann reinplatzen, zuschauen, mich entschuldigen und dann wieder vom Acker machen? Wird Herr Gül wieder einen Weinkrampf bekommen? Oder zur Abwechslung mal einen Wutanfall? Immerhin gibt es nichts Intimeres, als …

»Baba …, oh, baba …«

Ich muss nicht sehr viel Fantasie aufbringen, um zu wissen, was ›baba‹ auf Deutsch bedeutet.

Wieder

»Baba …, oh, ah, baba …«

und dann irgendetwas mit

»… penis …«

Zuerst denke ich an einen Sprachenmix. Aber dann ist mir klar, dass ›penis‹ Penis auf Türkisch heißen kann.

Ich spüre, wie mir das Blut ins Gesicht schießt. Der Puls verdoppelt sich. Und der Boden schwankt. Meine Gedanken entziehen mir den Boden. Ich drehe den Türknauf. Offen.

Ich stehe in einem kleinen Zimmer. Die Jalousien sind heruntergelassen. Zwei plüschige Lampen mit roten Schirmen streuen diffuses Licht. In der Mitte des Raums steht ein weißes Himmelbett. Selma Gül kauert darauf, nackt, in Hündchenstellung, das Gesicht in einem riesigen Kopfkissen vergraben. Hinter ihr kniet ihr ebenso nackter Vater und hat seine Hände fest in ihr Gesäß gekrallt.

Einen Moment lang stockt mir der Atem, so ungeheuerlich kommt mir die Szenerie vor. Dann überwiegt die Wut. Ich schubse Mehmet Gül von seiner Tochter herunter, sodass er auf dem Fußboden landet. Sein Gesicht ist starr vor Schreck. Bedrohlich trete ich auf ihn zu, als ein lautes »Nein!« ertönt.

Es braucht wenige Sekunden, bis ich wahrnehme, dass es nicht Selma Gül gewesen ist, die ihren Vater beschützen möchte. Ich drehe mich wie in Zeitlupe um, schaue hinter mich und sehe …

… Hatice Gül auf einem Stuhl, kunstvoll gefesselt, voller Sorge um ihren Mann.

Die Situation ist nicht ungefährlich, da unübersichtlich. Ich muss für Übersichtlichkeit sorgen, sage deshalb: »Zieh' dir was an!« Und Selma Gül folgt meiner Aufforderung sofort.

»Hat er dich dazu gezwungen?«

Ihre Mutter schüttelt panisch mit dem Kopf, will ihre Tochter zum Schweigen bringen, doch Selma ist das jetzt wohl egal.

»Er hat mir die Wahl gelassen: Entweder ich vögle mit ihm oder er verkauft mich an einen Menschenhändler, wo es mir noch viel schlimmer ergeht als mit diesem alten Dreckschwein …«

Sie fängt zu weinen an.

»Binde deine Mutter los.«

Mit geschickten Händen tut sie, was ich sie geheißen habe. Dann fixiere ich die Mutter und frage:

»Warum haben Sie das nicht verhindert?«

Die Mutter sieht mich mit traurigen und unendlich müden Augen an. Sie versucht zu sprechen, doch ihre Stimme versagt. Ein neuer Versuch und mit zitternder Stimme, dann:

»Er hat geschworen, dass er Selma, Canan und mich umbringt, wenn ich ihn verrate ...«

Unglaublich. Sprechen wir von ein und demselben Mann? Mehmet Gül? Dem von Weinkrämpfen und Schwäche gezeichneten Mehmet Gül, der nicht einmal einer Fliege etwas zuleide tun konnte?

Offensichtlich gibt es hier etwas zu klären. Ich will den wahren Mehmet hinter seiner schwächlichen Biedermeierfratze herauskitzeln.

»Ihr braucht jetzt keine Angst mehr zu haben«, versuche ich, Mutter und Tochter zu beruhigen.

»Aber ...«

Auf meinen Blick hin verstummt Hatice.

»Ich regle das. Ein für alle Mal.«

Selmas Blick ist voller Zweifel.

»Sicher?«, fragt sie.

»Versprochen.«

Die Blicke der beiden Frauen sprechen Bände. Sie wünschen sich das Oberfamilienhaupt tot. Sofort.

»Ihr geht ins Wohnzimmer und rührt euch nicht von der Stelle, bis ich komme. Habt ihr das verstanden?«

Sie nicken. Selma stützt ihre Mutter. Ich drehe mich um und sehe ein schwitzendes Häufchen Elend. Gleich ist es wieder so weit. Er fängt an zu weinen. Schluchzt wie ein Schlosshund. Dieses erbärmliche Stück Dreck. Ich nehme es persönlich, denn es ist ihm gelungen, mich lange genug an der Nase herumzuführen. Ich habe ihm den liebenden, schwachen Vater abgenommen, der um das Wohl seiner Tochter sehr besorgt ist …

Aber jetzt ist Schluss mit lustig. Ich werde ihn zum Reden zwingen. Er soll alles auf den Tisch packen. Ausnahmslos. Ich zücke den Totschläger und lasse ihn hin und her baumeln.

»Was meinst du, wie weh deine Eier tun werden?«

Sein Schluchzen wird lauter. Alleine der Anblick verursacht ihm physische Schmerzen. Ich erkenne, dass bei ihm keine tatsächliche Gewalt nötig sein wird, damit er auspackt – die reine Androhung reicht schon aus.

45

Jbdd, A!

Hä? Was heißt'n das?

Jetzt bist du dran, Arschloch!

Ich bin mindestens auf 180, leicht am Überhitzen. Mitleid und Erbarmen sind jetzt nicht mehr möglich. Ich betrachte den Haufen zitterndes und schluchzendes Elend vor mir voller Hass. Noch vor wenigen Minuten hatte er unendliche Macht. Die Macht, Leben zu beherrschen und Leben zu zerstören. Jetzt ist er nichts mehr – mit einem Schlag.

Dieser Mann hat Canan auf dem Gewissen. Selma und seine Frau sind für immer gezeichnet – ein Leben lang. Er hat mich hereingelegt. Wut steigt in mir hoch. Ich möchte am liebsten in eine Gummiplatte beißen.

Ich komme mir verarscht vor wie

a) ein 15-Jähriger, der erst hinterher bemerkt, dass er ihn bei der Prostituierten gar nicht richtig drin hatte,
b) ein Tourist, der auf Teneriffa/Las Americas in eines der zahllosen Touristen-Nepplokale in Strandnähe gelockt worden ist,
c) eine alte Oma, die glaubte, bei der Kaffeefahrt gäbe es wirklich noch 20 Euro und massig Geschenke obendrauf, nur dafür, dass sie die Fahrt durch ihre Persönlichkeit bereichert,
d) ein verbitterter 50-jähriger Privatdozent, der nach gefühlt 300 Mal ›Vorsingen‹ bemerkt, dass er in diesem Leben keinen Mediävistik-Lehrstuhl mehr bekommt und seinen Lebensunterhalt weiterhin mit HARTZ IV aufstocken muss.

Um ihm Angst zu machen, schwinge ich den Totschläger hin und her. Posen.

»Willst du wissen, was Schmerzen sind?«

Er stöhnt auf.

»Nein!«

Gül ist nicht einmal annähernd so tough wie Schwarz. Typisch für Psychotiker, die anderen ihr Leben zerstören.

»Du packst jetzt alles auf den Tisch.«

Heute ist der Tag des spontanen Duzens. Ich denke, das schafft mehr Nähe bei einem Geständnis und erleichtert das Reden. Das scheint aber keinem aufzufallen oder ihn gar zu stören.

Gül nickt heftig. Wieder schalte ich unauffällig mein Handy auf Aufnahme, denn ich will auch in diesem Fall sichergehen, dass ich hinterher Beweise habe, die eindeutig sind und keine Fragen offen lassen …

Wieder heftiges Nicken. Ja, ja, ja. Ich will reden.

»Bitte, tu mir nicht weh!«

Sein Flehen ist erbärmlich.

»Du hast deine beiden Töchter missbraucht. Du bist krank. Ein Ungeheuer!«

Gül pumpt Luft, will wohl etwas sagen.

»Mit Selma habe ich erst geschlafen, als Canan nicht mehr da war. Es ist nicht so, wie du denkst.«

Das ist es nie, denke ich. Es gibt immer hunderttausend Entschuldigungen, die alles rechtfertigen …, und wie aufs Stichwort fährt er fort zu erklären, sodass mir beinahe übel wird, obwohl alles nur allzu bekannt ist.

»Als Canan fünf Jahre alt war, hat sie mich beim Spielen immer wieder gestreichelt, die Hose geöffnet und …«

Die kleine Tochter, die dem sexuellen Charme des übervirilen Vaters erliegt und diesen verführt. Die Sexualität der Kinder, die nicht unterdrückt werden darf … Ich möchte auf ihn einschlagen wie auf einen Punchingball, dieses Mal ohne angezogene Handbremse und ohne Rücksicht auf Verletzungen …

»Wann hast du das erste Mal mit ihr geschlafen?«

Als hätte er auf diese Frage gewartet, seufzt er erleichtert.

»Canan war schon eine Frau. Mit 15. Es war ein drückend schwüler Tag und Hatice war seit Wochen in der Türkei, weil sie sich um ihre kranke Mutter kümmern musste …«

So ist das. Erst mit 15, und dann noch die extreme oberschwäbische Witterung, die einem den Verstand raubt, und die Frau, die nicht da ist …

»Wie kam Canan zu Frank?«

Ich versuche, mir durch geschickte Fragen das Martyrium zu ersparen, allzu eklige Details dieser Inzest-Geschichte zu hören, wenngleich ich alle Puzzleteile der Geschichte zusammensetzen muss. Aber Gül tut mir nicht den Gefallen, er spart nicht mit Kleinigkeiten, jetzt wird er etwas genauer und …

»Hatte Canan sich anfänglich für eine Liebe zu mir entschieden, so geriet sie bald in schlechte Kreise. Sie wurde aufmüpfig und rebellierte gegen die Eltern. Sie fing an, sich mir zu verweigern, wollte nicht mehr mit mir zusammen sein, sagte, dass sie sich vor mir ekle …«

Was natürlich auf keinen Fall geht, denn wie kann sich eine Frau – und Tochter dazu – dem Mann und Vater verweigern?

»Und dann ist sie abgehauen. Sie wusste nicht nur bei mir, wie sie ihren Charme einsetzen muss, um Ziele zu erreichen.«

Oh, dieses verdammte Luder. Verführte nicht nur den eigenen Vater nach Strich und Faden, sondern auch andere Männer.

»Du hast also den Schmerz nicht überwunden, dass sie sich anderen Männern als dir hingibt?«

Wieder kullern einige Tränen seine hochroten Pausbacken herunter. Ja, das hat er nicht ertragen können.

»Wie könnte ein Vater je ertragen, dass seine Tochter in diesem Alter mit Männern Dinge anstellt, die …?«

… du ihr beigebracht hast, du Dreckschwein. Ich spüre ein heftiges Zucken. So viel Verlogenheit und Niedertracht sind mir schon lange nicht mehr untergekommen. Ein Vater, der seine Tochter sexuell missbraucht, es aber nicht ertragen kann, wenn andere Männer … Ich frage mich, um was es hier eigentlich geht. Nur Sex? Macht? Oder noch etwas anderes?

»Und dann hat sie Drogen genommen und ist in die Fänge von Charlie Frank geraten?«, versuche ich das Gespräch wieder zu beschleunigen.

Zu meinem Erstaunen schüttelt Gül den Kopf.

»Nein.«

»Nein?«

»Nein. Sie war drauf und dran, mich für immer zu verlassen. Sie hatte bereits einen Freund in Hamburg und dann wäre alles für immer verloren gewesen. Also musste ich einen Weg finden, wie ich sie an uns binden kann, an ihre Familie, ihre Heimat«, wobei er mit dem Arm eine ausladende Bewegung macht, diese Witzfigur.

Mir stockt der Atem. Nicht Frank hat sie an die Fixe gebracht? Gedanken überschlagen sich. In Sekundenbruchteilen.

»Du hast sie angefixt und an Charlie Frank verkauft, damit er sie einsperrt und sie dir nicht entwischen kann?«

Zum ersten Mal ist Gül erstaunt.

»Ich dachte, das Heroin würde ihr eine Zeit lang helfen und sie gefügig machen, aber es machte sie nur noch rebellischer. Ich hätte ihr die besten Entzugskliniken bezahlt. Aber mit ihrer Auflehnung blieb mir nichts anderes mehr übrig, als Frank zu bitten, sie in seine Obhut zu nehmen und aufzupassen, dass sie nicht entwischt.«

Er seufzt.

»Frank hat das ziemlich gut gemacht. Er hat Canan immer wieder zufriedengestellt, indem er …«

»Aber du konntest nicht mehr mit Canan schlafen?«

Jetzt schüttelt er den Kopf.

»Ich hatte eine spezielle Vereinbarung mit Frank. Ich konnte Canan sehen, wann immer ich wollte …«

Wieder schwankt der Boden unter meinen Füßen.

»Dadurch konnten sie zwar auch andere Männer besitzen, aber immerhin blieb sie mir verfügbar, wenn auch nur selten …«

Die ganze Geschichte ist ohnehin ein Ausbund menschlicher Abgründe und Niedertracht, aber es scheint immer noch eine Volte schlimmer zu gehen.

»Frank hat dir gestattet, sie zu besuchen?«

»Ich war einer ihrer besten Kunden, ja.«

Eine normale Vater-Tochter-Kunden-Beziehung. Erneut seufzt er und starrt mit leerem Blick in die Ferne.

»Aber dann hat sie sich auch hier geweigert. Ich weiß nicht, was ich ihr angetan habe und wer sie gegen mich aufgewiegelt hat.«

Gül weint wieder.

»Dann hast du den Entschluss gefasst, sie zu töten?«

Er nickt.

»Nachdem sie sich geweigert hatte, mich als Kunden zu empfangen, hat Frank ihr eine Abreibung verpasst. Das muss der Zeitpunkt gewesen sein, als sie sich entschloss, von Frank abzuhauen. Da bin ich durchgedreht. Ich konnte es nicht ertragen, nicht zu wissen, wo sie ist, wie es ihr geht …«

»Du hast mich also engagiert, um sie zu finden? Aber aus anderen Gründen, als du vorgabst.«

Wieder heftiges Nicken.

»Ich musste sie finden, denn ich wurde verrückt vor Sehnsucht.«

Gül hatte mich benutzt.

»Woher wusstest du von unserem Treffen in der ›Turm-Eck‹?«

»Es war nicht schwer, dir zu folgen. Nachdem du das Haus im Siedlerweg verlassen hattest, wollte ich klopfen …«

Hatte mich mein Gefühl also doch nicht getrogen. Ich hatte ja gespürt, dass mich jemand verfolgte, es aber auf das Dope geschoben …

»… aber ich habe bis zum nächsten Morgen gewartet und so ein widerlicher Mensch hat mir dann die Tür geöffnet. Ich habe ihm 200 Euro unter die Nase gehalten und er hat mir dafür verraten, dass du dich mit Canan in der ›Turm-Eck‹ verabredet hast.«

Das darf doch nicht wahr sein.

»Woher wusste er das?«

»Jemand hat euch belauscht.«

Da haben wir es also. Canan und ich waren nicht allein im oberen Stockwerk. Jemand hat alles brühwarm mitgekriegt. Warum hatte Canan mir nichts gesagt? War dieser Jemand ein Schutz für sie? In jedem Fall hatte diese Person die Informationen weitererzählt. Oder direkt an Gül verkauft.

»Am nächsten Tag bist du dann zur ›Turm-Eck‹ gegangen, mit einer Todesspritze für deine Tochter …«

Seine Augen werden traurig.

»Canan war wohl vor dir mit Frank in der ›Turm-Eck‹ verabredet. Vielleicht wollten sie sich noch einmal aussprechen. Als Frank ging, musste alles blitzschnell gehen. Ich bin hineingeklettert, habe die Tür verriegelt und Canan gefunden. Frank hatte ihr wohl schon etwas H gegeben, denn sie hing halb träumend auf einem der

Tische herum, die Spritze lag auf dem Boden. Sie war weggetreten und hatte Mühe, mich zu erkennen, und es schien ihr nichts auszumachen, dass ich da war. Unter dem Vorwand, dass Selma und Hatice auf sie in der Toilette warteten, ist es mir gelungen, sie dorthin zu locken. Ich musste sie stützen wie eine Kranke. Dort habe ich ihr noch einen Schuss verpasst.«

»Den Goldenen Schuss, du Schwein!«, ergänze ich schreiend. »Du hast deine Tochter umgebracht, damit sie niemand anderes besitzen konnte, weil du es nicht ertragen hast, dass …«

Anstatt zu weinen, lächelt Gül jetzt und unterbricht mich.

»Dann habe ich dich angerufen und den besorgten Vater gespielt. Dabei war ich dir immer einen Schritt voraus …«

Jetzt lacht er laut. Hämisch. Verrückt.

»Du hast die Hölle verdient!«, entfährt es mir.

Ich möchte ihn mit Füßen treten. Aber nicht einmal das ist er wert.

»Verdammt!«

Ich weiß nicht, wohin mit meinen Gefühlen. Mir zerreißt beinahe die Brust. Wenn ich an Canan denke, weiß ich, dass es jetzt keinen anderen Weg gibt, als diesen Drecksack ins Jenseits zu befördern. Aber mein Verstand sagt mir, dass das nicht geht. Deshalb entscheide ich mich für die vernünftige Variante und mache ihm Angst.

»Du weißt, was sie mit Kinderschändern im Knast machen? Besonders mit solchen, die sich an der eigenen Tochter vergangen haben?«

Das Sprechen hilft mir, mich zu kontrollieren.

Vermutlich hat längst jemand die Polizei gerufen, aber ich drücke die Kurzwahltaste – Heinkel. Als Absicherung. Dass mir nicht doch noch die Sicherungen durchbrennen. Denn dieses Häufchen Elend verdient es nicht, dass ich seinetwegen für Jahre in den Knast gehe.

46

Vorbei, alles vorbei. Ich bin am Leben – das ist es, was zählt. Ich habe eine Wahrheit ans Tageslicht gezerrt, die hässlich ist.

Einen Tag später, am Mittwochnachmittag, ging es mir immer noch nicht gut. Die Nachwirkungen des Attentats auf mich und die Anstrengungen des gestrigen Tages waren nicht spurlos an mir vorübergegangen. Der Schlaf war unruhig gewesen. Irre Träume hatten mich heimgesucht. Mit seltsamen Botschaften. Nicht entschlüsselbar. Zumindest nicht bei Bewusstsein.

Immerhin war ich jetzt schon in meinem Büro und wartete auf Kunden – oder KHK Heinkel. Kurz nachdem die Polizei bei Gül eingetroffen war, hatte ich mich nicht länger auf den Beinen halten können. Vor den Augen von Heinkel war ich einfach weggesackt. Sehr peinlich, ging aber nicht anders.

Nach wenigen Minuten war ich wieder zu mir gekommen und hatte es vehement abgelehnt, zum Arzt zu gehen.

Von den Quacksalbern hatte ich genug. Was Dr. Reiter und Konsorten mir verzapften, konnte ich mir auch selber zusammenreimen – dafür brauchte ich keinen Doktortitel. Dank Heinkel hatten mich die Beamten nach kurzer Befragung wieder gehen lassen.

Heinkel fürchtete nämlich, dass ich alles auf den Tisch packen würde, sollte ich zu unsanft in die Zange genommen werden. Dann wäre die ganze Geschichte offiziell geworden – Protokoll ist zunächst einmal Protokoll, auch wenn es später verschwinden kann.

Durch glückliche Fügung hielt er also seine schützende Hand über mich – und Güls Verletzungen und der abgefeuerte Schuss fielen unter den Tisch. Vom schwer verletzten Politiker Schwarz war keine Rede. Verkehrte Welt.

Ein Wermutstropfen blieb, denn Heinkel hatte sich bei der Verabschiedung für heute angekündigt.

»Nur ein informelles Gespräch.«

Fieses Lächeln.

»Okay. Aber bei mir. Im Büro.«

Mangels Energie brachte ich kein fieses Lächeln zustande. Dennoch ließ sich Heinkel auf meinen Vorschlag ein. Warum auch immer – er würde schon seine Gründe haben. Vermutlich Order von ganz oben – gut Wetter machen beim Denz, damit die Dinge schön gedeckelt werden. Schließlich darf von dem ganzen Unrat nichts an die Oberfläche kommen. Nicht hier, nicht in unserem sauberen und schönen Oberschwaben.

Ich überlegte gerade, ob ich mir ein Bier gönnen sollte, als es an meiner Bürotür klopfte. Ich schrie möglichst vital:

»Ist offen! Immer herein!«,

und versuchte, mich entspannt hinzusetzen.

Was mit dem Presslufthammer in meinem Kopf gar nicht so einfach war. Immerhin schien draußen die Sonne. Vielleicht wurde der Frühling dieses Jahr doch nicht so schlecht.

Heinkel wirkte unausgeschlafen. Und dennoch versuchte er, looooooocker rüberzukommen. Was misslang. Aber er gab sich Mühe. Was gar nicht seine Art war. Denn Heinkel war mit dem berüchtigten Stresser-Gen gesegnet. So wie nur wenige andere Menschen.

Der Trenchcoat wirkte noch verknitterter als sonst. Das rote Hawaiihemd darunter hatte Eigelbflecken. Ich kombinierte: Frühstücksei oder Spiegeleier zum Mittagessen. Er ging vor bis zur Schreibtischkante und reichte seine rechte Hand herüber. Zu steif und uncool. Aber eine schöne Geste – für seine Verhältnisse sogar ausgesprochen freundlich und menschlich.

»Freut mich, Sie wiederzusehen, Herr Denz.«

Das Z betonte er ziemlich hart. Aber vor Erstaunen blieb mir der Mund offen stehen. Ich reichte ihm meine Flosse, ohne dabei aufzustehen. Das ließ meine allgemeine Verfassung nicht zu. Ich musste Energien für die wichtigen Dinge des Lebens bündeln.

»Bleiben Sie ruhig sitzen. Ich weiß, wie angeschlagen Sie sind.«

Mein Weltbild geriet beinahe ins Wanken. Bei so viel Einfühlungsvermögen fiel mir nichts ein außer einer einladenden Handbewegung Richtung Besuchersessel. Heinkel setzte sich und griff in die Hemdtasche, wo sich ein Päckchen Zigaretten befand. Marlboro. Yeah, Cowboy.

»Darf ich?«

»Nur, wenn Sie was reinbröseln und ich auch mal dran

ziehen darf«, antwortete ich, suchte aber sofort nach dem Aschenbecher für Besucher, dem ich ihm rüberschob. »Dieses Kräuterzeug ist gut gegen zu hohen Augeninnendruck und allerlei andere Zipperlein. Ehrlich. Nur der Staat ist zu doof, Steuern darauf zu erheben.«

»Ein anderes Mal gerne«, lachte er, »aber ich habe heute noch eine lange Besprechung und da machen sich die roten Karnickelaugen gar nicht gut.«

»Ich habe Augentropfen da«, versuchte ich, ihn umzustimmen, während es mir schwerfiel zu glauben, was ich da hörte.

Er zündete sich die Zigarette an. Lächeln.

Wo gerade so positive Vibes in der Luft hingen, wollte ich mich nicht lumpen lassen und auch etwas zur guten Stimmung beitragen.

»Bier?«

»Da höre ich mich nicht Nein sagen.«

Ich hasste diesen abgedroschenen Spruch, schwieg aber, erhob mich, ging zum Kühlschrank, nahm zwei Farny Pils heraus und öffnete die Flaschen. Sitzend stießen wir an und tranken. Ah, gutes, kühles Bier aus der Heimat. Was kann es Besseres geben?

»Das tut aber gut«, sagte Heinkel und wischte sich etwas Bierschaum vom Mund. »Wo wir gerade beim Anstoßen sind …«

Der kleine Schleimer wollte doch etwas von mir. Obacht, nicht einseifen lassen. Aber konziliant bleiben …

»Ich bin der Hubert.«

Stilvolle Pause.

»Hubi für meine Freunde.«

Erwartungsvoll hielt er die Bierflasche über den Schreibtisch. Ich kippte bald aus den Socken. Hubi Heinkel. Nicht schlecht. Aber nur für Freunde. Offensichtlich sollte ich dazu zählen. Es fiel mir schwer, ein Lächeln zu verkneifen, ja, nicht laut loszuprusten. Innerlich pinkelte ich mir vor Lachen beinahe in die Hose.

»Freut mich, Enzo«, erlöste ich ihn schließlich und stieß an.

Unentschlossen nuckelte er an seinem Bier.

»Hast du was gegen Musik, Hubi?«, flötete ich beinahe liebevoll, vermied es aber, homophil zu wirken.

Er schüttelte den Kopf.

»Ach wo.«

Damit beging er einen Fehler. Ich ging zur Anlage und legte Azad auf:

›Fuck the police‹.

Zufall? Ha, ha, ha.

Dann drehte ich die Musik der Stilrichtung angemessen laut auf. Beim Hip-Hop muss der Bass zur vollen Entfaltung kommen können. Sonst wirkt er nicht. Das ist wie Ferrari fahren mit angezogener Handbremse.

Heinkel blickte mich irritiert an. Ich hatte ein Einsehen und drückte auf Pause – via Fernbedienung.

»Wir möchten, dass die Ereignisse um MdB Schwarz und die Gebirgsjäger nicht an die große Glocke gehängt werden.«

Endlich – da hatte er es auf den Tisch gepackt.

»Auch die ehrbaren Mitglieder eines hiesigen Motorradclubs sollten wir nicht unnötig behelligen.«

So vorhersehbar wie das Wetter Ende November. Living Dead und V-Mann Frank. Quellenschutz ging eben über alles.

»Wir?«

»Polizeipräsident Ferber. Aber auch andere wichtige Persönlichkeiten und Organisationen.«

Ich ließ ihn zappeln. Trank einen Schluck perfekt gekühltes und kunstvoll gebrautes Bier und blickte aus dem Fenster.

»Wieso?«, fragte ich dann.

»Weil wir nicht wollen, dass das Vertrauen der Öffentlichkeit in Politik und staatliche Organe untergraben wird.«

Bis hierhin klang er ehrlich.

»Außerdem steht die nationale Sicherheit auf dem Spiel – und höhere Interessen verbieten es.«

Jetzt trug er ziemlich dick auf.

»Ich werde es mir überlegen, Hubi.«

Er war enttäuscht und konnte es nicht verbergen.

»Ich sträube mich dagegen, Gül als einzigen Sündenbock hinzustellen. Das würde euch so passen. Alle Schuld liegt bei unseren türkischen Mitbürgern. Inzest – Drogen – Mord. Sogar in besseren türkischen Kreisen.«

Heinkel blickte mich erwartungsvoll an. Diese Version entsprach seinen Vorstellungen. Alles bestens.

»Dass ein oberschwäbischer Bundestagsabgeordneter der Konservativen, die Bundeswehr und Rocker mehr als nur Dreck am Stecken haben – das alles kann ich nicht vergessen. Auch die Kripo Ravensburg erscheint bei der Geschichte in einem dubiosen Licht.«

Sein Gesichtsausdruck verfinsterte sich.

»Ich werde mich mit der Presse beraten«, setzte ich eins drauf.

Sein Gesicht verriet aufkeimenden Zorn.

»Ich hätte gerne eine andere Aussage«, brachte er mühsam zwischen den Lippen hervor, die immer schmaler wurden.

»Ich habe nichts hinzuzufügen, Hubi.«

Es gefiel mir, ihn mit seinem Spitznamen anzusprechen.

»Du solltest nicht vergessen, dass du zahlreiche schwere Straftaten begangen hast, die dir einige Jahre Gefängnis einbringen könnten.«

Da war es – sein wahres Gesicht. Und willst du nicht mein Bruder sein, schlag ich dir den Schädel ein. Ich schmunzelte.

»Du solltest nicht vergessen, dass ich die Aussage von Schwarz vorliegen habe, in der er dich beschuldigt, geheime Informationen über Informanten weitergegeben und somit ein schweres Dienstvergehen und eine Straftat begangen zu haben, die auch mit Gefängnis geahndet wird, selbst wenn auf Anweisung von höherer Stelle hin gehandelt wurde.«

Ich hörte mich an wie ein Rechtsverdreher.

»Blödsinn«, unterbrach er mich, hörte sich aber unsicher an.

Wir starrten uns an.

»Dein letztes Wort?«, hakte er noch einmal nach.

Für die Extradummen.

»Lass mich einfach drüber schlafen.«

Er trank sein Bier leer.

»Okay. Wie du möchtest.«

Es sollte wie eine Drohung klingen, kam aber einfach nur platt rüber. Immerhin hatte er sich wieder im Griff und erhob sich.

»Ciao, Enzo.«

Die Spitze gegen meine italienische Herkunft entging mir nicht.

»Bene«, entgegnete ich.

Einen Moment war unklar, was passieren würde. Dann

streckte er die Hand über den Tisch. Als er sich umdrehte, drückte ich erneut den Pausenknopf. Azad erklang wieder in voller Lautstärke.

47

Als ich gerade die beiden leeren Bierflaschen vom Schreibtisch wegräumte, klingelte mein Handy.

»Hast du heute Zeit, um dein Versprechen einzulösen?« Volker – welches Versprechen? Sein Anruf kam eigentlich gelegen, denn ich musste ohnehin mit ihm sprechen, aber an ein Versprechen konnte ich mich beim besten Willen nicht erinnern.

»Hä?«

Er lachte herzhaft.

»Das bist mal wieder typisch du. Versprichst mir das Blaue vom Himmel herunter, wenn du was von mir willst. Und dann gilt plötzlich: ›Aus den Augen, aus dem Sinn‹ und, noch besser: ›Was schert mich mein Geschwätz von gestern?‹.«

Vorwurfsvolle Pause. Dann ließ er endlich die Katze aus dem Sack mit einem halb scherzhaften, halb vorwurfsvoll klingenden: »Du hast mir neulich einen lustigen Abend mit grünem Tee, Schwachsinns-Fernsehen und so versprochen«, und mir fiel alles wieder siedend heiß ein, denn grüner Tee ist nicht nur bei Volker und mir das Codewort für

Kiffen.

»Passt es dir heute?«

Er ließ nicht locker. Das zeichnete ihn aus. Auch als Journalisten. Wenn er etwas wollte, dann besorgte er es sich.

»Alles easy«, erklärte ich mich bereit.

»Ich bin in einer halben Stunde bei dir.«

Das ging mir zu schnell.

»Eine Stunde. Ich muss das Büro noch aufräumen.«

Ich konnte förmlich durch den Äther spüren, wie er sich freute. Volker war kein Kostverächter. Weiß Gott nicht.

Als Volker eine Stunde später bei mir zu Hause klingelte, hatte ich alles vorbereitet. Ich wusste, dass er das erwartete. Er folgte mir mit vor Verlangen glänzenden Augen ins Wohnzimmer. Auf dem kleinen Holztisch stand ein altes Brotbrett und ein ausgedientes, aber scharfes Käsemesser lag daneben. Auf dem Brett lag die fertige Mischung. Klein geschnittener heller Tabak und ebenso fein zerkleinertes Gras – sorgfältig gemischt. Nicht das Mischungsverhältnis, das einen sofort unter den Tisch haut, aber doch recht ordentlich.

»Isch die au sauber?«, fragte Volker und deutete auf die schlichte, aber effektive Plastik-Bong, die knapp 70 Zentimeter maß.

Seine Art von Humor, um zu sagen, dass er einen wertschätzte.

»Gerade eben geputzt. Nur für dich.«

Eine viel größere Ehrerbietung erweise ich niemandem.

»Sauberle.«

Wir lachten. Jetzt schon. Ich holte zwei Bierflaschen aus dem grün lackierten und amerikanischen Modellen der 50er-Jahre nachempfundenen Kühlschrank in der ansonsten schlicht eingerichteten Küche.

»Zum Wohl.«

Wir stießen an und tranken.

»Wer darf anfangen?«

Höflich war er ja. Ich schaltete den riesigen Flachbildschirm ein. Simpsons. Perfekt. Ganz großes Kino. Es gibt nichts Besseres auf dieser Welt, als stoned die Simpsons anzuschauen.

»Der Gast natürlich.«

Er rieb die speckigen Hände aneinander. Vorfreude ist die schönste Freude. Er nahm die Bong, zündete die Mischung im Köpfchen an, hielt das Loch mit seinem Daumen zu und saugte. Das Wasser blubberte, Rauch bildete sich in dem durchsichtigen Acryl-Zylinder und dann flutschte die Mischung ruckartig durch das kleine Metallköpfchen. Sofort nahm Volker den Daumen von dem Loch und inhalierte den Rauch, der jetzt mit ordentlichem Druck in den Rachenraum und die Lungen strömte. Sein Kopf wurde knallrot und die Augen etwas glasig. Er hielt die Hand über die Mundöffnung, damit der wertvolle Rauch nicht entweichen konnte. Dann ließ er den Rauch langsam aus seinem Mund entweichen und hustete ein bisschen. Schließlich inhalierte er den restlichen Rauch, dieses Mal ohne dabei zu husten.

»Beinahe professionell. Jetzt zeig ich dir mal, wie echte Profis das handeln«, nahm ich ihn aufs Korn.

Er kicherte und trank einen Schluck Bier.

»Das habt ihr von den dekadenten Römern immer noch im Blut. Genetisch vorbestimmt sozusagen. Außerdem machst du ja auch den ganzen Tag nichts anderes, Spaghetti«, frotzelte er zurück.

»Stimmt nicht. Ich bevorzuge eigentlich Joints. Die Bong habe ich nur wegen dir startklar gemacht.«

Wir rauchten weitere Köpfchen und hielten uns die Bäuche vor Lachen. Ab und zu plumpste einer von uns unters Sofa. Simpsons und Dope – eine subversivere Mischung ist kaum denkbar.

»Willst du heute hier pennen?«, fragte ich ihn. »Du weißt, mi casa es su casa und mein Sofa ist immer für dich da. Dann musst du morgen aber zeitig aufstehen. Ich muss aufräumen und lüften, bevor Bettina kommt.«

Seine listigen Augen waren schon etwas gerötet. Er kicherte.

»Ah, kriegt der Polizeipräsident wieder eine Abreibung – hinten rum.«

Wir prusteten los.

»Ich nehme ein Taxi. Ich hab heute noch etwas vor«, antwortete er geheimnisvoll, wobei seine Augen aufblitzten.

Volker war seit Jahr und Tag eingefleischter Single.

»Klostergasse?«, tippte ich deshalb.

»Nein. Friedrichshafen. Gents-Point. Mehr Auswahl. Mehr Programm. Da kriegsch ebbes für's Geld.«

Okay. Dann hatte er ja noch einiges vor.

»Da war ich neulich auch mal. Ich mag die roten Tapeten. Aber pass auf, dass du nicht auf Zelluloid gebannt wirst.«

Ich erzählte ihm meine Geschichte mit Elena, die er zum Wegwerfen komisch fand.

»Die können mich ruhig filmen. Das interessiert niemanden.«

Sich gut zu rauchen, um dann in den Puff einen wegstecken zu gehen. Auch nicht schlecht, aber ziemlich teuer.

»Warum besorgst du dir eigentlich nicht selber dein Dope?«, löcherte ich ihn nach einer Weile.

Er winkte ab.

»Zu viel Stress, wenn's blöd läuft. Lappen weg, Strafanzeige und so weiter. Das ist es mir nicht wert, obwohl ich es wirklich gerne mache. Außerdem tut es das hier im Regelfall auch.«

Damit hob er die leere Bierflasche hoch. Ich verstand den Wink mit dem Zaunpfahl und holte Nachschub. Die Simpsons waren vorbei und wir lachten uns einige Minuten lang dumm und dämlich über die äußerst seltsame Werbung.

Dann: Schnitt – Stimmungswechsel.

Plötzlich. Aus heiterem Himmel. Wie das bei Gras eben der Fall sein kann.

»Was ist bei dir noch genau passiert?«, wollte Volker wissen. »Hast du den Fall jetzt abgeschlossen?«

Eigentlich hatte ich mit Volker in einer ruhigen Minute im Gasthof Engel unweit des Grünen Tores über die Ereignisse der letzten Tage sprechen wollen. Aber es sollte eben jetzt sein. Ich versuchte, mich so gut wie möglich zu fokussieren und ihm den Rest der Geschichte präzise, aber verständlich darzulegen.

»Dem hast du es aber ganz schön gegeben«, kommentierte er, als ich mein Verhör von Schwarz beschrieb. »Mir persönlich erschien er gar nicht so unsympathisch. Ich hatte immer den Eindruck, dass er recht vernünftig ist. Auf jeden Fall einer von uns. Keiner aus Berlin.«

Das war ein Aspekt, den Typen wie Schwarz ausreizten. Heimatverbundenheit und Bodenhaftung. Und wenn selbst Volker darauf reinfiel, wie sollte es dann dem Durchschnittsbürger gehen? Ich schilderte Güls Geständnis.

»Du bist ein Steher«, lachte er. »Als ich dich bei der Südstadt rausgelassen habe, warst du schon am Zusammenklappen. Und dann hast du diese Weltreise hinter dich gebracht und zwei Geständnisse herausgekitzelt.«

Ich erzählte ihm weiter von Heinkels Besuch in meinem Büro. Die Stelle mit ›Hubi‹ versuchte ich besonders lustig zu erzählen.

»Hubi? Huuuuuuubi?«

Volker kriegte sich nicht mehr ein.

»Du darfst Heinkel jetzt wirklich Hubi nennen?«

Als ich mit meinen Schilderungen geendet hatte, schwiegen wir eine Weile und hingen unseren Gedanken nach.

»Im Moment sieht alles danach aus, als ob sie Gül zum alleinigen Sündenbock aufbauen wollen«, fasste Volker meine Gedanken zusammen. »Verstehe mich nicht falsch. Der Typ ist das Letzte. Aber zur ganzen Geschichte gehören mehr Beteiligte und Schuldige als er.«

»Genau«, pflichtete ich ihm bei. »Alles andere verschwindet in der Versenkung. Wie immer. Von der Wahrheit darf nichts an die Öffentlichkeit gelangen, wenn es unangenehm ist.«

Obwohl er schon ordentlich Schlagseite hatte, stopfte er sich ein weiteres Köpfchen. Vielleicht brauchte er das, um bei den Mädels in Friedrichshafen ordentlich aufschlagen zu können.

»Du solltest über die Vorfälle berichten«, forderte ich ihn auf. »Artikelserien über Ach-so-tolle-Bundestagsabgeordnete-unseres-Wahlkreises kann jeder schreiben. Damit schaffst du es nie zum Spiegel.«

Er quittierte meine Bemerkung mit einem müden Lächeln.

»Ich mag weder Hamburg noch den Spiegel und fühle mich richtig wohl hier. Wenn ich einen Knaller brauche, dann berichte ich über deine Beziehung zur Gattin des Polizeipräsidenten.«

Er lachte. Wurde wieder nachdenklich.

»Aber du hast schon recht. Ich sollte darüber berichten. Das erfordert die Journalisten-Ehre. Oder was davon übrig geblieben ist.«

Sein Doppelkinn hing traurig herab und auf seiner Stirn bildeten sich einige tiefe Sorgenfalten.

»Was ist, Volker? Mann oder Memme?«

Er druckste herum. Dann gab er sich einen Ruck.

»Ich werde mein Möglichstes tun, Enzo. Versprechen kann ich dir aber nichts. Du weißt, dass mein Chef mit Ferber befreundet ist. Und mit Schwarz. Ich fürchte beinahe, dass ich da einen Maulkorb verpasst kriege und nur den Teil über Gül berichten darf. Die offizielle Lesart sozusagen.«

Diese Antwort hatte ich befürchtet, aber auch erwartet.

»Ich verspreche dir trotzdem, alles dafür zu tun, dass die Öffentlichkeit möglichst viel von der Wahrheit erfährt.«

Obwohl wir es noch weiter mit Bier und Dope versuchten, war die Stimmung des Abends hinüber. Nach einer Stunde verabschiedete sich Volker, nachdem er ein Taxi bestellt hatte. Er wankte zur Tür und wir umarmten uns kurz.

»Pass auf dich auf, Alter, vor allem auf dein Portemonnaie«, riet ich ihm zum Abschluss, als er mit erheblichem Lärm die Treppen hinunterlief. »Und denk dran: Deine Performance wird für die Ewigkeit festgehalten.«

Er winkte mir noch einmal mit der rechten Hand zu, während er, den Rücken zu mir gekehrt, die Treppen hinunterschnaufte. Ich fragte mich, wie er den Abend noch meistern würde. Ich für meinen Teil war ziemlich platt und wollte nur noch schlafen. Aber vielleicht verfügte Volker über beachtliche Steherqualitäten. Er war eben aus echtem oberschwäbischem Holz geschnitzt.

48

Mein Wunsch nach Schlaf wurde nicht erfüllt. Ob das an meinem schlechten Karma lag? Oder weil ich nur der Depp vom Dienst war?

»Nein«, log ich. »Natürlich bin ich an dem Fall noch dran. Im Moment arbeite ich an nichts anderem.«

Das Sprechen fiel mir schwer – das Lügen nicht. Ich war müde und matt. Erledigt. Meier kannte kein Erbarmen und belferte in der mir inzwischen gut bekannten Lautstärke in den Hörer. Er war aufgewühlt und hatte Probleme, zusammenhängend zu sprechen. Ich kam nicht ganz mit. Zu zusammenhangslos und verwirrend.

»Sind Sie eigentlich schwer von Begriff?«, brüllte er mir ins Ohr wie ein gereizter Studienrat, der um seine Lebenszeitverbeamtung fürchten muss.

Ich verneinte.

»Dann noch mal im Klartext: Ich habe mich mit meiner Gattin ausgesprochen. Wir gehen jetzt zur Paartherapie.«

Ich grinste innerlich. Und wünschte dem Paartherapeuten gute Nerven und eine Packung Ohropax, behielt das aber für mich.

»Dann kann ich Ihren Fall also ad acta legen?«, hakte ich nach, nur, um ganz sicherzugehen.

Neues Gebrüll.

»Das versuche ich Ihnen doch schon seit zehn Minuten klarzumachen. Was ist denn bei Ihnen los? Sind Sie besoffen, oder? Aber, das muss ich zugeben, Sie hatten recht. Da war nichts.«

Also hatte mich mein Spürsinn nicht getrogen.

»Wunderbar, Herr Meier. Das freut mich. Ich schicke Ihnen dann die Abschlussrechnung.«

Was Besseres fiel mir nicht ein. Gleichzeitig überlegte ich krampfhaft, welche erfundenen Spesen ich noch geltend machen konnte.

»Hören Sie mir überhaupt zu?«

Am liebsten hätte ich gesagt, dass das nicht zu vermeiden sei bei der Lautstärke, schwieg aber wieder.

»Die Details möchte ich nicht am Telefon besprechen. Aber jemand versucht, mich zu erpressen, damit mein Name nicht auf einer kleinen runden Scheibe aus der Schweiz auftaucht, die in letzter Zeit so häufig an den deutschen Fiskus verkauft werden. Verstehen Sie, worüber ich spreche?«

Ich benötigte tatsächlich einige Sekunden, bis mir klar wurde, worüber er sprach. Dann fiel mir der letztjährige Fall des Präsidenten eines großen bayerischen Fußballvereins ein und ich musste lachen.

»Das finden Sie komisch?«

Mein Ohr fiel beinahe ab. Er stand kurz vor der Explosion. Ich hatte Angst, dass er durch das Handy kriechen und mich killen würde.

»Das hatte nichts mit Ihnen zu tun«, versuchte ich abzuwiegeln.

Er war nicht überzeugt, redete aber weiter. Drängte mich, den neuen Fall anzunehmen. Ich sollte die Schmeißfliege ausfindig machen, die ihn verraten hatte – koste es, was es wolle. Schön.

»Und dann?«

Mit dieser Frage hatte er offensichtlich nicht gerechnet. Jetzt benötigte er wenige Sekunden, um sich zu sortieren.

»Das lassen Sie meine Sorge sein.«

Irgendetwas passte noch nicht.

»Warum bezahlen Sie nicht einfach?«

Wieder eine kurze Pause.

»Wie kann ich mir sicher sein, dass mein Name dann nicht doch auf einer CD auftaucht?«, lautete seine Gegenfrage.

Okay. So weit, so gut. Wir verabredeten uns für Freitag. Meine Geschäfte liefen prächtig. Und die Kunden konnte man sich eben nicht immer aussuchen. Geld hatte er ja – und das zählte.

49

Nach dem Liebesakt:

Bettina tat geheimnisvoll. Bettina war nachdenklich. Bettina fühlte sich unsicher. So kannte ich sie nicht. Das machte *mich* unsicher. Nervös. Neugierig. Unruhig. Was war nur los?

»Was ist denn mit dir los?«, wollte ich wissen, während sie sich vollständig unter die Decke kuschelte.

Keine Antwort. Sie verkroch sich nur noch tiefer. Frauen sind mir ein Rätsel. Schlafen mit einem und lassen dann erkennen, dass es ihnen nicht gut geht. Oder etwas nicht stimmt. Rücken dann aber nicht raus mit der Sprache. Ich versuchte, sie zu streicheln. Die Decke bot ihr Schutz. Eigentlich ist es nicht meine Art, aber ich sah keine andere Möglichkeit, als zu fragen:

»Habe ich etwas falsch gemacht?«

Das ist eine ganz uncoole Frage für einen Hip-Hopper, aber Bettina war mir – nun, sagen wir einmal – wichtig. So wichtig, dass die Frage mich viel Überwindung kostete, ich sie aber stellen konnte.

»Nmhmn.«

Was sollte das heißen?

»Wie bitte?«

»Nmhmn.«

Sie ließ mir keine andere Wahl. Ich wickelte sie mit Gewalt aus der Decke. Was Kraft kostete. Sie war stark. Sie drehte das Gesicht weg. Ich drehte sie wieder zu mir her. Ich blickte in ihre strahlend blauen Augen.

»Lass mich.«

Komplizierte Frauen, da hatten Snoop Doggy Dog und 50 Cent absolut recht – manche mehr, manche weniger. Sie drehte sich wieder herum. Ich fing an, sauer zu werden. Schnaubte ein paar Mal kräftig. Schüttelte den Kopf. Räusperte mich. Stand auf. Wollte mich anziehen.

»Komm her«, sagte sie.

In weniger als einer Sekunde lag ich in ihren Armen. Männer, pfff – ein Witz der Schöpfung.

»Verrätst du mir jetzt, was los ist?«

Sie blickte mir tief in die Augen.

»Versprichst du mir, ruhig zu bleiben?«

Was sollte diese Frage? Rätselraten in Sekundenbruchteilen:

Hatte sie einen neuen Lover?

Hatte sie Gerd alles gestanden?

War Gerd von alleine dahintergekommen?

Gab es andere Gründe, die dafür sprachen, dass wir uns nicht mehr sahen?

Ihre Kinder?

Ein plötzlich entdecktes schlechtes Gewissen?

Religiöse Erweckung?

»Okay.«

Sie schüttelte den Kopf.

»Du musst es richtig aussprechen.«

Ich seufzte.

»Ich verspreche dir, ruhig zu bleiben.«

Herzklopfen – Neugier – Anspannung. Dann:

»Ich glaube, ich bin schwanger.«

Zum Glück lag ich im Bett. Ich spürte, wie mir das Blut ins Gesicht schoss. Die Pumpe hämmerte. Die Brust fühlte sich eng an. Ich japste nach Luft. Versuchte zu sprechen. Stammelte.

»Von mir?«, brachte ich mühselig heraus.

Sie rollte mit den Augen. Lächelte ein klein wenig. Küsste mich sanft auf die Lippen.

»Ich gehe davon aus.«

Sie klang wie eine Finanzbeamtin, wäre da nicht der warme Unterton in ihrer Stimme gewesen.

»Und Gerd?«

Sie machte eine wegwerfende Handbewegung, die alles bedeuten konnte:

a) Coitus interruptus,

b) hat kein Interesse an ihr,

c) kriegt keinen mehr hoch,

d) b) und c).

Der Detektiv in mir erwachte.

»Du hast doch behauptet, dass du verhütest und ich mich um nichts kümmern muss.«

Sie schlug die Augen nieder.

»Das stimmte auch«, meinte sie sanft.

Offenbar wollte sie nicht mehr sagen.

»Und jetzt?«, hakte ich deshalb nach.

»100-prozentige Sicherheit gibt es nicht. Ich habe zu einer schwächeren Pille gewechselt. Und warte seit Tagen auf meine Tage …«

Eine Träne kullerte an ihrer Wange herunter. Ich atmete erleichtert auf. Das klang nach einem sicheren Fall von ausbleibender Regel wegen:

a) Präparatwechsel

b) Stress

c) irritiertem Biologismus.

Mir fiel ein Song ein. Der letztes Jahr reüssiert hatte. Ich stand auf und ging ins Wohnzimmer herüber. Schaltete die Bose-Anlage mit Subwaver ein. Suchte das Lied. Schaltete so laut, dass die Lyrics im Schlafzimmer gut zu hören waren. Nahm die Fernbedienung mit und legte mich neben Bettina.

Sie blickte mich ungläubig an, mit einem leichten Schmunzeln im Gesicht, unter all den Sorgen.

»Können wir das noch mal hören?«

»Klar.«

Ich drückte auf Play. Wir lauschten. Konzentriert. Als die Stelle mit dem kleinen Ding und den zwei Strichen kam, lachten wir lauthals los.

»Das ist lustig«, sagte sie. »Ziemlich lustig.«

»Klar. Alles easy.«

»Und jetzt?«

Ihre Frage.

»Wo liegt dein Problem?«, entgegnete ich.

Wieder Tränen. Frauen sind wechselhaft. Unberechenbar. Wachsweich nach allen Richtungen.

»Ich bin zu alt. Ich möchte keine Kinder mehr. Und: Sollte ich tatsächlich schwanger sein, muss ich schnellstens mit Gerd schlafen.«

Am liebsten hätte ich einen Satz unter die Decke gemacht. Das bedeutete, dass sie im Fall der Fälle Gerd das Kind unterschieben würde. Ein weiteres von zig Milliarden Kuckuckskindern im Verlauf der Menschheitsgeschichte. Ich nahm sie fest in den Arm, drückte sie an mich und küsste sie innig.

»Ich gehe jetzt in die Apotheke und dann testen wir, ob ein oder zwei Streifen erscheinen. Einverstanden?«

Sie nickte – dankbar und erleichtert.

»Bisher habe ich den Mut dazu noch nicht gehabt. Ich muss aber Gewissheit haben.«

»Kopf hoch. Wird schon alles in Ordnung sein«, versuchte ich sie aufzumuntern, merkte aber, wie ein Restzweifel an mir nagte.

Ich zog mich an und ging aus der Tür. Auf dem Weg nach unten beschloss ich, mir eine Ausgabe der Oberschwäbischen Zeitung zu kaufen. Um nachzuschauen, ob etwas über einen Rockerclub, die Bundeswehr oder einen konservativen Abgeordneten drinstand. Ich zweifelte daran: heute nicht, morgen nicht und übermorgen auch nicht. Und wenn, dann würden sie nur Gutes berichten. Aber über Gül würden sie herfallen wie die Hyänen. Und ihn alleine büßen lassen. Für die Sünden aller.

NACHBETRACHTUNG

Die Personen und Handlungen in der »Goldene Schuss« sind, wie sich das für einen Kriminalroman gehört, frei erfunden. Darauf wird bereits vor Beginn des Buchs hingewiesen. Auch erfundene Personen und Handlungen müssen irgendwo spielen. Dabei handelt es sich um einen zwar »imaginierten«, aber doch realen Raum. In diesem Fall spielt die Geschichte im oberschwäbischen Ravensburg. Und so mag vielleicht den einen oder anderen Leser das Gefühl beschleichen, dass er die Szenekneipe Turm-Eck aus eigener Anschauung kenne, obwohl das ja eigentlich gar nicht sein kann. An dieser Stelle sei noch der Hinweis erlaubt, dass der Autor dieser Zeilen zwar seit Jahren in der Landeshauptstadt Baden-Württembergs wohnt, sein Herz aber immer noch an der oberschwäbischen Heimat hängt.

Dass der seine Tochter missbrauchende Vater ein Türke ist, ergibt sich lediglich aus dem reizvollen türkisch-italienischen Spannungsverhältnis zu Enzo, der ja »halber Italiener« ist. Und was liegt näher als die Annahme, dass ein erfundener Bundestagsabgeordneter aus Oberschwaben einer konservativen Partei angehört? Obwohl es in allen gesellschaftlichen Schichten schwarze Schafe gibt, braucht es doch eine gehörige Portion schriftstellerischer Phantasie, um aus braven Soldaten richtiggehende Bösewichter zu machen. Und dasselbe gilt natürlich auch – vielleicht in etwas geringerem Maße, wenn man die Berichterstattung in den

Medien aufmerksam verfolgt – für Mitglieder von einschlägigen Motorradclubs.

Last but not least noch ein paar Worte zum Private-Eye selber. Enzo ist weder Muster-Bürger noch ein tugendhaftes Vorbild. Im Gegenteil, er nimmt es mit dem Gesetz und den gesellschaftlichen Konventionen nicht immer genau. Dass er sich sein Leben manchmal schön trinkt und raucht, könnte im günstigen Fall als postpubertäre Phase eines Dreißigjährigen abgetan werden, der hierin Bewältigungsstrategien gefunden hat, um mit seinem Leben und der darin herrschenden Einsamkeit klarzukommen. Und auch den Umstand, dass Enzo eine Affäre mit einer verheirateten Frau (ausgerechnet mit der Gattin des Polizeipräsidenten!) eingeht, kann man zwar nicht schönreden, aber dadurch erklären, dass Bettina und er erwachsen sind, ihre Beziehung gleichermaßen wünschen und außer dem gehörnten Ehemann niemand geschädigt wird. Richtiggehend problematisch sind die zahlreichen Gesetzesübertretungen, die Enzo begeht. Er bricht mehrfach ein und schlägt Verdächtige aus Wut und Enttäuschung zusammen und, um ihnen ein Geständnis zu entlocken. Hier gibt es kein Wenn und Aber. Das geht gar nicht. Auch wenn es Enzo einzig und allein darum geht, dass die Wahrheit ans Tageslicht kommt und die Großkopfeten zur Rechenschaft gezogen werden. Enzo geht es also um Gerechtigkeit in einer Welt, die nicht immer gerecht ist. Trotz seiner Mängel, seiner ruppigen Art und der auf den ersten Blick distanziert wirkenden inneren Einstellung besitzt Enzo ein gutes Herz und die Fähigkeit zur Empathie. Den Armen und Ausgestoßenen dieser

Gesellschaft fühlt er sich näher als dem vermeintlich warmen und angenehmen Hafen der Bürgerlichkeit.

Stuttgart, 10. Dezember 2014, Stefan Schweizer

MICHAEL BOENKE
Kässpätzlesexitus

978-3-8392-1662-0 (Paperback)
978-3-8392-4601-6 (pdf)
978-3-8392-4600-9 (epub)

»Ein skurril-heiterer Schwabenkrimi mit sprachlichen Finessen und vielen Bezügen zur regionalen Küche.«

Das heitere Kässpätzleswettessen in sommerlich oberschwäbischer Idylle nimmt ein jähes Ende: Eine tote Mitesserin – erstickt am schwäbischen Gaumenschmaus. Ein Unfall, so ergeben es die Untersuchungen. Dann gibt es eine zweite Tote, gegart im Dampf des Pasteurschranks einer oberschwäbischen Brauerei. Und wiederum heißt es: ein tragischer Unfall. Daniel Bönle, mittlerweile Hausmann, wird in die skurrilen Ereignisse hineingezogen. Seine Ermittlungen führen ihn auch wieder ins geheimnisvolle Ried …

HAJO HEIDER
Schweres Wasser

978-3-8392-1672-9 (Paperback)
978-3-8392-4621-4 (pdf)
978-3-8392-4620-7 (epub)

»Technologieschmuggel zu Gunsten einer fremden, aufstrebenden Atommacht – ein Fall für Kriminaloberkommissar Bramert und Sylvia Schliemann.«

Kriminaloberkommissar Bramert aus Stuttgart erfährt, dass eine Firma gegen das Export-Kontroll-Gesetz verstößt. Kurz darauf wird eine Angestellte der Firma bei einem Anschlag schwer verletzt. Sylvia Schliemann, die Schwester der Verletzten, mischt sich so lange in den Fall ein, bis sie für die Polizei unentbehrlich wird. Zusammen mit Bramert versucht sie ihre Schwester vor weiteren Anschlägen zu schützen und den Fall zu lösen, der immer stärker auf ein Nuklearverbrechen hinweist.